往来皆鸿儒

《白丁会客厅》教育访谈实录一

中国教育智库网·白丁智库　主编

上海交通大学出版社
SHANGHAI JIAO TONG UNIVERSITY PRESS

内容提要

　　《白丁会客厅》是国内教育类高端深度访谈节目。借力教育部直属事业单位——教育部学校规划建设发展中心、中国教育智库网的资源优势，《白丁会客厅》自 2017 年 7 月开播以来，邀约了行业内的知名人士，包括教育部官员、顶级学者、国家级智库、一线名校长、全国两会代表、跨界名人等，深入解读教育焦点、难点、热点、痛点。目前已采访超过 50 位教育领域颇具影响力的嘉宾，吸引超 500 万人次观看。本书集结了 2017—2018 年 20 余期精华节目的文字稿，内容涉及幼儿教育、基础教育、高等教育等多方面的热点问题。

　　本书可供教育界人士以及关注、关心教育发展的各类社会人士阅读。

图书在版编目(CIP)数据

往来皆鸿儒：《白丁会客厅》教育访谈实录一／ 中
国教育智库网•白丁智库主编. —上海：上海交通大学
出版社，2019
ISBN 978-7-313-21554-3

Ⅰ.①往…　Ⅱ.①中…　Ⅲ.①访问记-作品集-中国
-当代　Ⅳ.①I253

中国版本图书馆 CIP 数据核字(2019)第 141865 号

往来皆鸿儒

《白丁会客厅》教育访谈实录一

主　　编：中国教育智库网•白丁智库
出版发行：上海交通大学出版社　　　　地　　址：上海市番禺路 951 号
邮政编码：200030　　　　　　　　　　电　　话：021-64071208
印　　制：上海春秋印刷厂　　　　　　经　　销：全国新华书店
开　　本：710 mm×1000 mm　1/16　　印　　张：16.5
字　　数：274 千字
版　　次：2019 年 8 月第 1 版　　　　印　　次：2019 年 8 月第 1 次印刷
书　　号：ISBN 978-7-313-21554-3／ I
定　　价：58.00 元

前　言

白丁，与千万人同往矣

每个人呱呱坠地的那一刻，都是一个拥有无限可能的"白丁"。

2017 年 7 月，《白丁会客厅》（以下简称《白丁》）在凤凰网开播，"风直播"的平台，让这档节目以最真实的面貌与观众见面。

如果您曾经有缘看过当时的直播，一定会捕捉到不少稚气、青涩的画面。在那个每周固定的时段，《白丁》像一个蹒跚学步的婴儿，一点点成长。

即便节目画风上有许多不成熟，但《白丁》的立意却笃定且鲜明——为业内打造一个"有高度、有广度、有深度、有温度"的教育主题空间。

基于这样一个信念，《白丁会客厅》从开播之初就高举高打。

借力教育部直属事业单位——教育部学校规划建设发展中心、中国教育智库网的资源优势，《白丁》邀约的大多数嘉宾都是行业内的知名人士，教育部官员、顶级学者、国家级智库、一线名校长、全国两会代表、跨界名人等，不一而足。

遗憾的是，由于直播的形式，这些名家的教育思想并未用可回看的视频或流畅的文字沉淀下来，即便网上有些节选的内容，却不够完整和系统。

本书的梳理，捡回了这些遗珠！

《白丁会客厅》，往来皆鸿儒。

"鸿儒篇"是本书皇冠上的明珠，也是节目的"高度"担当。本篇里，我们从50 多期专访中精选了 6 篇文章，被访者无一不在该领域有着深厚的学术造诣，其视野与格局让节目内容相当"硬核"。

以当代教育名家姜大源为例，他对产教融合的阐述有层次、有深度、有见地，无论是初次接触这个话题还是已经做过一定层面研究的人士，读此一篇，都会受益匪浅。

"高教（职教）篇""基教篇""幼教篇""家教篇"以及"特别篇"，内容覆盖教育各学龄段，话题从理论到实践，从校内到校外，从公办到民办，从时下到未来，甚至从人类到人工智能，充分展示了节目的"广度"，它们都是这档节目最重要的基石。

客观地说，大多数嘉宾都是成名后才走进《白丁会客厅》的，但也有不少人从《白丁》走出去后，在教育圈内更知名了。

特别是一土学校创始人李一诺的一期，是最让团队感动的专访之一，抛却"清华学霸""世界青年领袖""前麦肯锡全球董事合伙人"等一切光环，仅"我愿探寻教育的水下冰山"这份情怀，就足以让人钦佩。在那之后，几乎每次有关她的报道，都会有教育圈同行告诉我们：因看过那次"有温度"的专访，一见她就感觉心里暖暖的。

《白丁》成就嘉宾，嘉宾更成就了《白丁》。

2018年底，基于中国教育智库网3年的雄厚资源积累，基于《白丁会客厅》近2年的优质内容沉淀，基于"未来学校研究与实验计划"的成功实施，中国教育智库网总负责人、未来学校研究院执行院长郑德林正式对外宣告，"白丁智库"成立！

如何定义白丁智库？

白丁智库，是教育生态架构师聚集的平台。

白丁智库的核心任务是进一步明确未来学校的发展理念、基础框架、技术方案、实践路径和资源配置，推动发展一批引领示范项目学校和具有普遍应用价值的资源、方案、产品、技术和服务。

白丁智库，是未来学校的中央厨房。白丁，也将是未来学校的中国品牌。

显而易见，白丁智库代表着《白丁会客厅》新的起航，白丁智库必将为节目的"有深度"提供更多的源动力。

未来，以节目为支点，我们将不仅携手更多教育鸿儒，也将携手更多普普通通的教师、家长、教育企业等教育同仁，在新的阶段，共同探索未来学校、未来教育的发展与创新。

其实，每个人在成长的过程中，相对于新的阶段和新的领域，都是一个白丁。

白丁智库亦如是，我们愿与千万人同往矣！

目　录

往来皆鸿儒

《白丁会客厅》教育访谈实录一

鸿儒篇

他们有着深厚的学术造诣，他们的视野与格局一次又一次刷新着我们对教育的认知。他们口中的教育是要顶天立地的，是要站在世界中央的，从教育改革到产教融合，从人工智能到教育信息化，他们代表的是今天教育最有高度的声音。

姜大源：产教融合，为
"两个一百年"提供人才支撑

2017年12月，国务院办公厅正式印发《关于深化产教融合的若干意见》（以下简称《意见》），首次将"产教融合"上升为国家教育改革和人才开发的整体制度安排。

《白丁会客厅》栏目组在《意见》发出的第9天邀请到姜大源对这一文件进行解读。在访谈中，姜大源认为：产教融合，从职业教育上升至高等教育，是国家在为"强起来"提供更加完善、更加强大的人才培养体系。但"上热下不热，官热民不热，校热企不热"的现象，一直阻碍着产教融合落实。如何解决？他提出了四项改革建议。

人物简介

姜大源，教育部职业技术教育中心研究所高等职业教育研究中心主任，中国当代教育名家。

从职教到高教，产教融合
要为"强起来"提供人才支撑

白丁：姜大源老师的名字在中国职业教育界如雷贯耳，在90位"当代教育名家"中，姜老师也是为数不多的从事职业教育研究和实践的学者之一。国务院办公厅最近发布了一个重要的文件——《关于深化产教融合的若干意见》，《意见》

中首次将"产教融合"上升为国家教育改革和人才开发的整体制度安排。您如何看待这份文件以及这种上升的背景和意义？

姜大源：以往提到产教融合，人们往往认为指的是"职业教育"领域，而这一次国务院颁发的文件将"产教融合"上升到了整个高等教育系统。

改革开放以来，我们的职业教育一直在探索这条人才培养路径。职业教育和普通教育不同的是，它有两个学习地点——学校和企业。2014年，在国务院召开的职业教育工作会议上，习总书记就加快发展职业教育做出重要批示，明确提到"产教融合、校企合作、工学结合、知行合一"。所以"产教融合"的思想也是从习总书记新时代中国特色社会主义思想中延续下来的。这一次《意见》的颁布，不仅仅是对职业教育和应用型本科教育提出的要求，也是对整个高等教育系统提出的要求。

中国改革开放四十年来，各类教育所培养的人才为国家的发展提供了强有力的支撑。中国之所以今天能够在世界上有话语权，成为世界第二大经济体，很大程度上是因为中国是全世界唯一拥有联合国产业分类所有工业门类的国家，工业门类非常齐全。在这样一个工业体系背后，一定有一个支撑其发展的人才培养体系。职业教育在其中发挥了不可替代的作用。

今天《意见》认为，职业教育的"产教融合"人才培养路径，适用于整个高等教育系统。我认为这是中央在为我们从"站起来""富起来"到"强起来"的"两个一百年"的目标实现，提供更加完善、更加强大的人才培养体系。

我们在谈教育的时候不能总有"二元论"的思想，教育不是要将学生关在学校里面，教育当然要注重个人的发展，但个人的发展不是海市蜃楼，不是空中楼阁，不是雾里看花，也不是水中捞月，教育一定要让学生实现从学校人、自然人到社会人、职业人的转变。这样的转变不是通过学历实现的，而是通过职业来实现的。

教育不能仅仅从个人需求出发，还要将个人需求与国家需求、产业发展需求结合起来，这样我们的经济才能发展，个体也才能通过职业发展彰显出价值。

从某种意义上说，经济也是最大的政治。正是因为今天的中国成了世界第二大经济体，我们才有实力做"一带一路"、建立"金砖银行""亚投行"，我们才有自己的话语权。而这样的经济背景，必须要有强大的人才作支撑。什么才能创造强大的人才支撑？产教融合、校企合作。

那么，在我们"强起来"的过程中，仅仅依靠职业教育作支撑是不够的，必须通过高等教育培养出更多的创新型人才。教育不仅要"顶天",还要"立地"。因此,产教融合的战略提出后,只有"顶天人才"和"立地人才"的培养,才能够与产业、行业、企业相结合,这样我们的创造能力才有可能提升,中国前行的力量才能变得更强。

《意见》的提出也和世界教育发展趋势相吻合。

比如,德国战后经济腾飞的秘密武器就是"双元制"的职业教育,"双元制"教育也被誉为世界的楷模。面对新社会、新世界的发展,德国首先提出了工业4.0的概念,认为工业不是虚无缥缈的,它依旧是个物理系统,但并不是传统的物理系统,而是信息物理系统,不是互联网取代实体经济,而是互联网融入实体经济。

所以,德国人认为,只依靠学校,培养不了对产业发展有价值的人。因此德国人就将中等职业教育领域里企业和学校联合培养的产教融合的"双元制"教育模式,上升到了工程师教育中,产生了"双元制"的工程教育。

产教融合仍在表层,四项 改革建议破除困境

白丁: 我们目前对职业院校和应用型本科高校的人才培养改革进入了改革的关键期,但是产教融合长期以来停留在表层,难以深入,您认为主要的难点在哪里?

姜大源: 其实,中央很重视职业教育,重视校企合作、产教融合,但是社会上却还是存在着所谓"上热下不热,官热民不热,校热企不热"的现象,这才造成了很多事情停留在表层。

对职业教育的发展,中央很重视,但地方却重视不足,总将升学率视为自己的政绩;政府官员很重视,但百姓却更重视升学,希望自己的孩子考上清华北大;学校很愿意和企业合作,但企业并没有意识到自己也是人才培养的主体。我经常说:"晚上7点钟央视《新闻联播》前播放的几秒钟的白酒广告,会花掉几个亿(人民币),却很少见到有企业为职业教育的产教融合、校企合作投入巨资。"

我们原来一谈到教育就认为是学校的事情,但是我刚才讲到,职业教育、应用型教育,甚至整个高等教育,不能只有学校这一个教育地点。就像这次《意见》中提到的,企业也要作为人才培养的主体。但是,企业要营利,学校要育人,我们应该如何把企业营利的功利性和学校育人的公益性有机地整合在一起?

其实在这一领域,我们还有很多问题可以进行探讨。比如:是否可以由企业承担相应的社会教育责任? 企业能否作为教育机构存在?

所有企业都有资格做培训,但绝不意味着所有的企业都有资格做教育。因为教育是公益性事业,而企业从事的是营利性事业。一旦成为做教育的企业,这种企业就应有一种社会担当,也就不再只是为企业自身培养人才,更重要的是,要为国家培养人才。

在这方面我们依旧可以借鉴德国的做法。德国只有五分之一到四分之一的企业有资格做教育,这些企业被命名为"教育企业",能够享受与学校一样的社会待遇,德国的职业教育其实是根据产教融合、校企合作的原则,由企业根据企业需求进行招生的。这些教育企业与学生签订的合同是教育合同。既然是教育合同,就要为人一生的发展着想,当然也要为企业的发展着想。

我多次提到过,教育如果是为经济发展服务的话,那么企业和学校是互为"主客体"关系的。当企业需要职业人才时,企业是需方,学校是供方,当学校需要企业提供新的技术、实训基地、实训老师时,学校是需方,企业是供方。因此我认为不能仅仅谈企业"参与"职业教育,因为"参与"意味着是被动的,不是"必须",所以应该是企业"参加"职业教育。

我希望中央能够出台相关的政策,赋予有资格的企业以教育机构的地位,这样企业就能够根据自身和行业发展的需要培养人才。这是对学校教育的有益补充。

做教育的人不要认为这有功利性,经济发展难道不追求功利吗? 而正是因为经济发展创造了财富,我们才在世界上有了话语权。

白丁:您刚才谈到的"三热三不热"的问题应该说也是目前要突破的难点,那如何破解这些难点? 新出台的《意见》,对破解这些难题能否起到推进作用?

姜大源:《意见》非常好的一点在于它把我们的这些做法上升到了国家层面,给大家指明了方向,但这仅仅是一个开始,还需要出台更多细则,同时要在体制机制改革方面有所突破,所以我提出了四个改革方向。

第一,赋予有资格的企业以教育机构的社会地位,通过减税等措施缩减企业为此投入的成本。

当企业获得了教育机构的地位,就意味着这个企业有担当,得到了教育机构和人民的认可,这远比做广告更能扩大企业的知名度和提升声誉。企业也会逐步意识到自己这样做绝不是白掏钱的。

第二，建立国家资格框架或资历框架。

这里的国家资格框架或资历框架，不是仅仅指职业资格框架，而是涵盖了学历、职业以及通过自学得到认可的"资格"。

为什么现在"校热企不热、官热民不热"呢？因为现在老百姓不认可职业教育，不认可产教融合，认为上大学拿到博士学位才是光彩的，我们总强调职业教育很重要，但是现在为什么百姓都希望升学？因为职业教育的地位，在实际社会升职中，在人事、工资、招聘等政策上，并没有得到认可。

国际上认为教育有三种途径：第一种是正规教育，一般指学校教育；第二种是非正规教育，即培训；第三种是非正式教育，即自学或网上学习。如果通过不同的教育路径，能够达到同等的社会地位和社会认可，那么大众就不会千军万马过独木桥般地只走学校教育这一条路了。

欧洲47个国家在2010年就制定了欧洲资格框架。欧洲资格框架共有8级，无论是进学校、参加培训还是自学，只要达到资格框架中的某一级，就是等值的，具有同等地位。例如，达到5级就是短期高等教育，达到6级就是本科教育。

以前我们也有8级工资制，当时的8级工能拿到的工资是超过工程师的，相当于副教授的工资，是非常值得自豪的。联合国教科文组织在2011年11月公布的教育分级也是8级，这是有一定道理的。我们应该重新进行研究，把它恢复起来。这对"一带一路"战略也是有益的，否则64个国家，我们应该用什么样的标准呢？

义乌是世界上最大的小商品集散地，义乌工商职业技术学院约有9 600名学生，其中留学生占到了九分之一，有40多个"一带一路"国家派遣学生在这里学习。"一带一路"沿线国家的学生，想要帮助本国经济发展，一定会找到我们的职业教育。因为这些国家看到了中国这40多年快速发展变化背后、强大的工业体系背后，职业教育体系的支撑力量。我们有1 400多所高职院校和11 000所中职院校，这些学校所覆盖的门类就是中国的整个工业体系。假如这1 400多所高职院校，每所学校有500名留学生，就至少有70万人的规模。所以我们看出，职业教育地位的提升正是产教融合的结果。

白丁：过去我们一直认为职业教育是比较落后的，但是现在看来职业教育已经开始在做输出了。

姜大源：是的，我们的职业教育已经在做输出了。

现在有一种倾向，好像只要提到工业 4.0 和智能化，职业教育就可以不要了，尤其是中等职业教育就可以没有了。这对中国未来的发展不是好事。

我们从事教育的人往往只从教育的范畴思考问题，如很少研究劳动力结构问题。劳动力结构是否合理要关注两个问题：年龄结构和受教育程度结构。目前我国这两种情况都出现了大的适配问题。

从劳动力年龄结构来看，中国人"太老"了，现在我国十几亿人口的中位数年龄是 37 岁，而印度大约是 26.6 岁。新加坡南洋理工学院等 5 所理工学院，其入校生年龄相当于中国高二学生的年龄，毕业生年龄相当于中国大一学生的年龄。因此，他们的劳动力是生产型、创造型的劳动力，而接近退休年龄的劳动力，则更多呈现为消费型劳动力。

我们的国内生产总值在 2012 年出现拐点，与此同时，中职招生数量下降。世界上多数职业的初始入职年龄，都在 15～24 岁之间。如果把中职取消，学生都去读高职或者应用型本科，意味着就业年龄要推迟 3～4 年，也就是每人要少工作 3～4 年。这个数字乘以 10 亿，意味着整个社会劳动力要少工作 30 亿～40 亿年，这对国家是极大的损失。

为什么我们的高铁这么安全？因为每天的第一趟都是空车，防止出现事故。这些事情都是中职毕业生完成的，如果你是大学毕业生，还愿意做这些事情吗？

我国现在是全世界唯一一个未富先老的国家。1950 年，日本的老年抚养比为 10∶1，十个人抚养一个老人，到 1992 年，四个人抚养一个老人。随后，日本国内生产总值急剧下降，到现在还没恢复。尽管这不完全是由抚养比问题造成的，但抚养比上升带来经济下滑的表现十分明显。

所以一个十分迫切的问题需要回答：我们社会积累的财富能否承担所需要抚养的人？我国当前仅 60 岁以上的人口就超过 2.3 亿，若加上 0～14 岁的需要抚养者，我国全员抚养比大大超过警戒线。日本是先富后老，而我国是未富先老的。

另外一个问题是劳动力受教育程度问题，并不是越高越好。

现在我国高等教育毛入学率超过了德国和瑞士。德国、瑞士高等教育毛入学率大约为 30%。2017 年公布的全世界 10 个竞争力最强的国家中，9 个是欧洲发达国家，而这 9 个国家高中阶段接受职业教育的学生平均超过 50%。

我们现在的实际情况是两难并存，大学生就业难，技术人员招工难。2015

年,我国高校毕业生约有 750 万人,2016 年约有 765 万人,2017 年约有 795 万人,2018 年达到约 820 万人的新高。如果不进行产教融合、校企合作,如果我们培养的学生不符合产业、行业、企业发展的需要,如果高校生找不到工作,那不但不能为国家创造更多更好的财富,而且还会产生严重的社会稳定问题。我们要完成"两个一百年"的目标,2020 年要决胜小康,但如果高校培养的人不能满足企业、行业的需要,必将导致教育与经济发展严重的脱节,上述目标就很难实现。

进行产教融合、校企合作,与关注人的发展之间并不矛盾。

职业是个体融入社会的载体,是个体生涯发展的媒介,是张扬个性的平台。接受职业教育并不意味着一生就没有接受高等教育的机会了。何为最公平的教育?最合适的教育是最公平的教育。在人生的同一节点,尤其是在初中毕业、高中毕业时,我们要提供多次机会选择教育。

例如,中等职业教育以及各类学校的毕业生参加工作后,还能有机会选择重新回到教育系统读书学习,然后再就业,再回教育系统读书,再出去就业……所以,多种类型的教育、能够提供多次机会选择的教育,才是最公平的教育,也是最合适的教育。我们不能把所有的教育都设置成一次性的教育,博士生 30 岁毕业的话,那真正工作的年限还有多少呢?

所以,结合文件来说,我们要让高等教育也认识到这个问题,那就是未来的教育体系不应是封闭的体系,而应是开放的体系。将高等学校的毛入学率定义为职前,也就是"直通车式"的高校毛入学率,对经济、社会和个人发展是有问题的。我建议,应该将高校毛入学率定义为基于终身教育的高校入学率。

教育部职业教育与成人教育司王继平司长认为,要做强中职、做优高职、做大培训、做好职业启蒙。这里的职业启蒙,要从普通中小学做起,培养核心价值观,弘扬工匠精神。职业启蒙的目的,就是要重视个体的兴趣爱好和智力倾向,这有利于个人今后的教育和职业的选择。在这方面,中等职业学校在职业启蒙和劳动教育方面,已经发挥了重大作用。

第三,从顶层设计上,应考虑建立国家层面的职业教育综合管理机构。

习总书记讲到"产教融合、校企合作、工学结合、知行合一",这些都是基于两个方面的思考,不仅仅是学校也不仅仅是企业。我希望能够从国家层面建立一个综合管理机构。

近几年国家行政部门做了很多改革,也出现了许多来自实践的改革智慧,国家在 20 世纪 90 年代也做过有益的尝试。我相信,在顶层设计方面,还会越来越好。我所说的这一管理机构,应由国务院直接管理,各级各部门层层落实,要突破现有的一些体制机制障碍。当然,这方面难度比较大,因为涉及国家级机构改革的问题。

十九大报告中强调优先发展教育事业,职业教育也属于教育范畴,当然也要优先发展。关于职业教育,十九大报告中提出了21个字:"完善职业教育和培训体系,深化产教融合,校企合作。"

显然,这里表达的意思是:因为目前还不完善,因此才要继续完善。同时我们注意到,要完善的是职业教育和培训体系,而不仅仅是教育部门的职业学校体系和人社部门的职业培训体系。将职业教育等同于职业学校体系是有失偏颇的。教育部管理的职业学校和人社部管理的职业培训,应有机地整合在一起。还有一个关键词是"深化",也就是要完善这个体系深化的抓手——产教融合、校企合作。

我认为在"教育优先"的基础上,从产教融合的维度和紧迫性来看,职业教育更需要优先发展。

十九大报告中还提到"就业优先"。我在前面已经谈了很多关于就业的问题。家庭中如果有几个人失业,家庭就不稳定。一个城市、一个社会如果有大量人口失业,这个城市、这个社会就不稳定。所以,不能简简单单地认为就业是一个很低的目标。从心理学角度来看,稳定的职业对人的心理稳定和社会稳定起着重要作用。世界上发达国家的国家领导人竞选,无一例外都会做出降低失业率、提高就业率的承诺。美国之所以要将中低端职业岗位拉回国内,也是为了创造就业机会。

显然,这意味着,职业教育是一个跨越了两个"优先"的教育:教育优先和就业优先。无疑,职业教育对中国未来的发展发挥着不可替代的作用。

第四,成立真正的行业协会。

我国目前的行业协会,还不是真正意义上的行业协会。在德国,行业协会对职业教育有八大功能,其中就有监督和评价功能,要监督那些教育企业的校企合作、产教融合的情况。

《意见》颁布后,无论是高等教育还是职业教育,要落实,要落地,必须考虑在我国近几年发展中至关重要的三大领域绝不能"缺位":高等教育和职业教育在实体经济的发展中不能缺位;高等教育和职业教育在精准扶贫的行动中不能缺位;高等教育和职业教育在"一带一路"命运共同体建设中不能缺位。这样,《意见》的落实,就有了更好的抓手。

调动企业积极性：赋予
企业以教育机构地位

白丁：《意见》中提出，我们要强化企业的主体作用，那么我们应如何理解企业在产教融合中的教育价值？

姜大源：《意见》中提到的很重要的一点是需求导向。我国目前最迫切的需求从哪儿来？从"两个一百年"、决胜小康社会、2050年要实现的目标等地方来，这都需要教育提供与实现这些目标紧密相关的适配人才。

但人才培养不能只依靠学校，学校在人才培养方面往往更多地强调个性需求和自我发展需求，而忽略了经济社会发展的需要。实际上，个性需求和自我发展需求必须与国家需求有机地整合在一起。因为刚才说过，一个人的发展是通过职业而不是通过学位来实现的。产教融合通过校企合作的途径，更有利于实现自我发展的目标。学校培养的人，如果不能满足产业的需求，如何为国家创造财富和价值呢？只有企业最清楚学校应开设什么样的专业。

但是现在有一个误区，以为按照职业需求培养人，人的可持续发展就没有了。这种理解是错误的。长期以来，学校传授的都是静态的学科知识，以为有了知识的"量"的存储就能应对未来。实际上，应该通过动态的知识应用的学习来培养迁移能力，也就是说，只有通过知识的"质"的把握，才能更好地应对未来。

以数控机床专业为例，在普通高等院校，这一专业的课程门类，往往是从机械科学演绎出来的，并不是企业的需求。对职业教育、应用性教育来说，企业需要更多能够操作、维修、监控数控机床的人。而这个岗位对职业能力的要求，也是伴随着技术发展不断变化的。在这里，工作过程才是客观存在的应用知识的结构。通过工作过程掌握知识，是职业教育在课程开发中的突破，是教育学领域里的创新。

这也是我为什么说产教融合、校企合作的教育，才是更关注人发展的教育，是关注人伴随着技术发展不断提高自身的教育。因为基于知识应用的教育教学，其课程内容是对岗位群、职业群所需要的知识和技能的归纳，它的起点是动态的。而基于知识存储的学科体系的教育教学，其课程内容演绎的起点是静态的。

所以普通高等院校的教育教学,常常是"海阔凭鱼跃,天高任鸟飞",一直沉醉于所谓"讲的知识越多越好,这些知识总有一天能用上"的美梦之中。其实,到底是哪一天,老师自己也不知道。我常常开玩笑说,当我们在即将走完人生最后一段路的时候,躺在病床上或许会问自己,怎么我学了这么多知识,到现在还没用上呢? 之所以出现这种问题,就是因为没有从需求导向出发。

只要有新的技术就会有新的职业、新的专业、新的课程,企业在这个过程中发挥着非常重要的作用,因为产业需求一定反映在企业变化着的能力要求上,因此学校教育教学归纳的内容也要随之变化。但是这并不意味着,学校教育要完全照搬企业需求,照搬企业客观存在的工作过程。

教育不是简单地跟着企业走,而是将企业需要排在第一位,首先从产业需求出发,从行业需求出发,从企业的需求出发,然后将产业、行业、企业的需求与人的需求集成起来。

具体到课程开发中,它应该对应用知识的过程进行教学化、系统化的处理,它源于工作过程且高于工作过程,要使学生在直接经验和知识获取的同时,学会比较、学会迁移,进而内化为应对未知的能力。课程必须是开放的,一定是从实际需求和个性出发整合的结果。

白丁: 刚才您提到的"三热三不热"中的"学校热企业不热",背后的逻辑是什么? 应如何调动企业发挥教育价值的积极性和主动性?

姜大源: 刚才提到,要赋予有资格的企业以教育机构地位。传统观念一般认为,企业是功利性的。但是,如果企业能成为教育机构,那它就会将教育视为自身的社会担当,其社会地位就不同了,自我认知也不同了,它就不仅仅只是靠在电视上做广告的商业行为来提高自己的社会地位了。一旦企业将教育这一公益事业视为己任,人们就会对企业另眼相看,就会认可企业也是培养人的机构,而不只是为了赚钱。

德国教育型企业的课程标准是由教育行政部门制定的,原因在于德国认为教育型企业是教育机构,教育部门管理教育机构是天经地义的事,这是世界教育史上的一大创新。

所以,我们应该将有资格的企业认定为教育机构,这样才能够更好实现《意见》中提出的产业需求导向的要求。所以,我不厌其烦地指出,产教融合不能只提企业参与,参与是可以选择的,而当企业成为教育主体之一时,就有了相应的责任,这时候就是参加的问题了。

世界上的职业教育有三种模式——学校模式、企业模式、"企业＋学校"模式。

所谓企业模式,主要是日本、英美等国家采取的市场导向模式,或者称其为一种经济调节的模式;所谓学校模式,主要是苏联、东欧等采取的由教育部门管理的学校模式,是一种教育调节的模式。

市场模式过于功利,教育模式又往往与需求无关。于是德国人企图将企业模式的市场调节与学校模式的教育调节结合起来,最终形成了一种"企业＋学校"联合培养的"双元制"职业教育模式,从教育学的维度,我将其命名为教育调节的市场模式,或者称之为教育调节的企业主体模式。

中国目前的情况是仅有学校作为教育主体,这次《意见》提出教育要实行产教融合,明确提出以企业为主体。那么鉴于目前的教育体制,我国很可能会形成一种"双主体"的教育模式。

"双主体"可以有以下几种情况。一是建立具有完整教育功能的主体,即教育可由学校提供,也可由企业提供。这种"双主体"是分离的"双主体"。二是建设具有互补功能的"双主体",或称为融合的"双主体",即在某些教育环节以企业为主体,在另外一些教育环节以学校为主体。

根据中国国情,如果采取互补或融合型的"双主体"模式的话,中国能够形成一种市场调节的学校中心模式。当然,也存在部分企业独立成为教育主体的可能性。这就是第三种情况,即"市场＋教育"的"双调节"企业中心模式。

关于"双主体"可能有各种解读。但不管怎样,将市场调节的企业中心或者教育调节的学校中心两者融合起来,是个方向,这在现阶段是可以实现的。至于两者如何权衡,我们还需要做很多工作。

在中国人眼里,教育具有至高无上的社会地位。因此一旦企业成为教育机构,在教育上享受与学校平等的待遇,这时候的企业就会有强烈的社会责任感。现在很多企业都希望招聘名校毕业的高学历人才,也是因为企业在乎与教育相连接的社会地位。那么当这些企业成为教育机构的时候,地位就不同了,它可以自主或联合招生,可以培养人才,可以为企业的发展"输血"。

很久以前,我曾读过一篇文章叫《华为的悲哀》。这应该是华为初创时期的一篇报道。文章中提到一个情况,华为原来招聘的人学历都很高,后来发现招聘的人中,很多人并不能或不愿从事一线的生产工作,这就与企业实际需求脱节。

所以，企业的人力资源结构并非学历越高越好，而是需要各个层次的职业人才。如果企业能够成为教育机构，它会更清楚自己的需求和培养的方向。

白丁：您对德国很了解，能否再为我们分享一些德国在这方面的经验？

姜大源：德国是"学校＋企业"的联合培养模式，与我国提出的校企合作、产教融合，是一致的。按照德国"双元制"的经典模式，学生60％～70％的时间在企业里学习，30％～40％的时间在学校里学习。

德国"双元制"教育的主体是企业，这种教育企业与学生签订的合同是职业教育合同，这个合同只有三年或三年半的有效期。根据德国联邦职业教育法，企业是法律主体，无论学生在学校还是在企业里学习，企业都要承担所有的经费，包括养老、医疗、失业保险以及生活津贴等。请注意，这里使用的是"津贴"一词，而不是报酬。因为在职业教育合同中表明，学生与企业之间不是劳动关系或劳资关系。"报酬"是企业对从业者的劳动付出所给予的补偿。但"津贴"不是，津贴是一种生活补助。由于"双元制"学习是在学校和企业之间展开的，学生为此要增加很多生活上的开支，这比接受单纯的学校教育的开支要大。再者，报酬是要上税的，而津贴则不然。在德国"双元制"三年或三年半的学习时间里，所有生活津贴都是由企业提供的。

还有个故事很有意思。比如，西门子和宝马都是教育企业。若西门子为招收的学生提供了三年4万欧元的津贴，学生毕业后不一定非要到西门子工作，可以去宝马等其他企业。这时，学生是不用归还这笔津贴的，宝马等接受了西门子培养的学生，也不必归还西门子这笔费用。其他占企业总数四分之三、没有资格从事教育的企业，若招聘到教育企业培养的学生，也不用额外出钱。

对此，到德国去考察职业教育的人，若只从市场经济角度考虑，往往都不理解德国教育企业的做法。其实那是由于德国企业认为，这样做的目的是在为社会、为德国培养人才，而不仅仅局限于为自己的企业培养人才。这一点值得我们的企业学习。

白丁：《意见》出台后，教育系统都在认真学习和解读。那么企业和行业协会对文件的重视程度怎么样？

姜大源：现在教育界对《意见》的解读比较多，尤其是普通高校，反响很强烈。但到目前为止，还没有看到企业有太大反应。另外，行业协会的解读也非常重要。

关于《意见》出台，还有一个细节很有意思。就是这个文件是由国家发展和改革委员会来进行解读的，而过往关于教育的文件一般由教育部解读。我理解，这是因为文件涉及的育人主体，已经跨越了传统学校范畴。我建议，国家相关部门应邀请第一、二、三产业领域里有代表性的企业谈谈对这份文件的理解，看企业的理解与学校的理解有什么差别，如何才能做到真正的产教融合。

总之，要理清产教融合中涉及体制机制改革的问题，都需要从长计议和规划，需要在文件的基础上细化企业的权责和义务。

将"成果转化的价值"
作为高校评价标准之一

白丁：校企合作的质量决定了产教融合的结果和质量，但是目前我国高等教育仍然存在着闭门搞研究、做课题的现象，您认为应该从哪些方面提升高校深度参与产教融合的能力？

姜大源：传统高校当然要强调创新，特别是基础科学研究方面，有些研究虽然暂时不知道有什么用处，但我们需要这样的研究，因为这是一个关乎民族复兴、能对世界文明做出贡献的领域。当然，这样的研究想要最终产生效果，需要一个厚积薄发的过程，而对于其他95%的高校，都要走产教融合的道路。这条路其实是使大学的科学研究成果更快转化为生产力的最佳途径。

破解这些问题，要改变教育的评价标准和机制。评价大学的标准不能只看在核心期刊上发表的论文数量，还应该看研究成果创造的社会价值、经济价值。

美国作为世界第一强国，评价大学的标准之一就是研究成果所能转化的商业价值。这不是功利，成果如果不转化为商业价值，如何验证成果创造的社会财富呢？

有些人常以科研课题拿到的经费数额作为评价标准，但是课题经费是纳税人的钱，所以你必须考虑科研成果能为社会创造多大的价值。另外，现在高校工程技术领域热衷于申请专利，那么专利能否转化为实际的生产力和成果呢？这更应该成为对学校的评价标准。

如何才能实现转化？研究型大学想要将研究成果尽快转化为实际的生产成果，那么课题研究的选题，特别是应用性研究课题的选题，一定要源于实践，源于企业,源于行业,源于经济发展的需要。硅谷为什么能成功? 就是因为硅谷周围的学校是从硅谷企业拿项目的。

为什么现在高职院校这方面做得比较好? 我国从 2006 年 12 月开始,启动了国家示范性高等职业院校建设计划,其中有一项就是对学校科研成果转化的要求。高职院校的定位很清楚,其中一个功能就是要为中小微企业的发展提供技术服务。高职院校每年都有一份教育质量年度报告,其中有每年的校企合作50 强、国际影响力 50 强院校排行榜等。这里涉及的一些评价指标,也应成为普通高等院校的评价标准。

从另一种意义上来讲,我认为高职院校可以成为研究型大学、工程型大学将科研成果转化为实际生产力的转换器、变压器或者叫变频器。

在产业的各个层面上,普通高校做普通高校的产教融合,高职院校做高职院校的产教融合,中职院校做中职院校的产教融合。那么,产教融合就有可能将普通高校、应用型高校、高职院校、中职院校连接起来,形成一个完整的科研成果转化链。应用型高校、高职院校、中职院校,离产业的距离要比普通高校更近,更能近距离地了解产业、行业、企业的需求。那么这些学校如果能和普通高校结合起来,就能够实现全教育链和全产业链的融合。职业教育可以成为普通高校科研成果向生产力转换的重要的驿站、转换器,也能够更快更及时地创造更高的社会效益。

白丁: 除了功能上的互补外,是不是意味着在这种转化上,普通高等教育应该向职业教育学习?

姜大源: 是的。普通高等院校应该放下自己的身段,不要认为职业教育是二流、三流,甚至是不入流的教育。

职业教育研究的领域比普通教育要多很多。除了普通教育要研究的教育、学校、学习以及教育科学、学校教育学、学习心理学以外,职业教育还要研究职业、企业和工作,还要研究职业科学,要研究企业教育学、工作心理学,以及研究如何在企业中为学生提供教学支撑,如何把知识与技能,理论与实践,人文理性与工具理性加以整合,如何摒弃"二元论"等。

这就是跨界的思考。一旦进入产教融合、校企合作阶段,教学地点就从原来的一个地点变成了两个地点,教育研究领域就从一个变成了两个:除了"教育—学校—学习",还有"职业—企业—工作"。这为未来教育学的发展,提供了更加广阔的空间。

　　白丁：谢谢姜教授今天为我们展现的作为一名当代教育家所该有的担当，我相信今天所提到的内容对很多人都会有启发，也能够使我们更好地理解这份文件，更好地应用和把握这份文件带给我们的机遇。

　　（本文根据姜大源 2017 年 12 月在《白丁会客厅》的采访视频整理而成）

刘坚：打开中国学校封闭的大门

——学业过剩陷阱，很可能是导致二十年后中等收入陷阱的主要原因。

——国际社会十分关注的沟通与合作素养在《中国学生发展核心素养》中却没有收录。

——对改革的质疑和反对声，更容易来自城市里的既得利益者，因为改革对他们的挑战恰恰是最大的。

——人类生活中的每一个领域，背后都有成千上万的一流企业在支撑运行，唯独教育领域独善其身。

从基础教育的供给侧改革到教育创新的种种阻碍，从核心素养到行政部门对"高考工厂"的束手无策，从数学的核心能力到拼奥数可能使大脑受到损伤……刘坚在《白丁会客厅》留下了诸多令人印象深刻的观点，同时，他的理性也一并展现在我们面前。

人物简介

刘坚，中国基础教育质量监测协同创新中心副主任、首席专家，北京师范大学博士生导师，中国教育创新研究院院长。

中国基础教育优势下降，谨防"学业过剩陷阱"

白丁：目前我国基础教育在读、写、算方面实力很强,在全球范围内都有很大的影响力。但同时,我们基础教育对创新的需求也非常迫切,对此需要教育进行供给侧结构性改革,那么您如何看待基础教育领域供给侧结构性改革和教育领域产能过剩的问题?

刘坚:我想针对这个话题,先讲几个故事。

1986年11月,《参考消息》报道了这样一则信息:当时英国分管教育的国务大臣接受记者采访时,记者问他7乘以8等于几,大臣说好像等于54,当记者告诉他等于56的时候,这位大臣说看来英国要加强基本的读写算能力培养了。

1997年,加拿大驻华使馆的一位工作人员说,办公室一位中年女士用了15分钟都没算出61减去19等于几。

我想,类似的事情极为普遍。

前一段时间新闻里面说,英国剑桥大学现在已经计划取消大学生纸笔考试,因为学生的字迹太潦草,不便于辨认,影响教师对学生水平的判断,因此计划用计算机进行考试。

我们应该如何解读这样的新闻?为什么他们的社会会如此包容?为什么不是因为学生写字潦草要进一步强化写字?作为世界一流的大学遇到这样的问题,他们的选择是避开孩子的弱点,发挥孩子的优势,让孩子的想法有机会被呈现出来,而不至于被误读。

还有一个故事是在2010年,媒体报道美国分管陆军训练的国防部长向全球宣布,美国陆军取消拼刺刀训练。这对陆军来说是最常规、基本的训练科目,但是为什么取消?因为拼刺刀和未来社会、现代战场没有关系。未来战场上决定胜负的不是拼刺刀。

这一系列的故事让我们思考,对中国学生除了要做读写算能力的培养,还需要做些什么?教育领域是否存在供给侧改革问题?什么是当前基础教育领域的过量库存和产能过剩?我们的短板和不足究竟在哪里?

我国的基础教育在知识、技能、基本读写算方面有着明显的优势,但是放到国际视野中,学生的动手实践能力、创造性、独立思考性、个性、好奇心以及一些其他重要方面表现出不足。表面上东、西方教育各有优劣,但如果把我们放在人工智能时代已经到来的背景下,中国基础教育的优势是在下降的。

美国基础教育中学生读写算的能力非常欠缺,但缺失的恰恰是机器可以替代的,拥有的恰恰是未来社会需要的。我国基础教育缺失的是未来社会需要的,而优势却是机器可以替代的。虽然我不认为剑桥大学取消纸笔考试就一定对,基本的读写算能力应该具备,就像即使交通工具再发达,也不能因此失去步行的能力。但是,从这个意义上说,中国的基础教育面临更为严重的挑战。

西方国家向中国基础教育取经,英国引进了中国数学教材,这是二三十年前我们很难有的、在学术界得到尊重的机会。但是我们要看到,很多西方社会的教育工作者都希望了解为什么中国在经济发展不平衡、在经济状况并不很富裕的情况下,读写算能力会这么强。他们希望从中获得某种启发来弥补自己的不足。那我们是不是更应该思考自己的教育在面临怎样的挑战? 我们应该做些什么?

中国最近几年提到供给侧结构性改革,它绝对不仅仅是经济生活面临产能过剩的问题。如果说教育领域存在某种陷阱的话,我更愿意说是"学业过剩陷阱"。教育领域防止"学业过剩陷阱"与经济社会中防止"中等收入陷阱",我认为是同等重要的。

所谓"学业过剩陷阱",简单讲就是指以死记硬背的捷径获得标准答案谋取高分数的教育。这样的教育,无视好奇心与求知欲,忽略知识的再创造再发现的过程,不鼓励独立思考和亲身经历,更不需要同伴间的分工与合作;全体师生,用同样的方式、同样的时间、学习同样的内容、面对同样的试题、提取同样的答案、争取同样的分数……这个状态,过去的 10 多年有所改变但没有根本改观。

对于"中等收入陷阱",中国政府和社会各界都有足够的警觉,但是教育领域的"学业过剩陷阱"似乎很少提及,更没有引起学术界、媒体和领导层重视。"中等收入陷阱"的成因有很多种,但是在我国,教育领域根深蒂固的、体制性"学业过剩陷阱",很可能是导致 10 年后、20 年后经济社会"中等收入陷阱"的主要原因。

我非常愿意呼吁这件事情,这也是为什么我最近几年回到大学的原因。北京师范大学作为中国教育领域里的"航空母舰"应该有责任率先向社会发出这样的呼吁,让中国的教育创新持续地向前发展,有效地遏制应试教育对社会和中学学生的摧残。

我们看到在中小学生有限的学习生涯中,他们的学习体验、课业负担、健康发展状况等都不容乐观。之前还有媒体报道,在开学仪式上,学生在阳光下 20 分钟就出现了身体不适,甚至晕倒。这并不是偶然现象,类似的问题要引起全社会的警醒。

我们的基础教育要有效地遏制对应试能力的培养,应该释放每一个孩子与生俱来的好奇心、个性和创造性。

何为核心素养? 学术界仍有争议

白丁:针对实践创新,在 2016 年发布的《中国学生发展核心素养》总体框架中也有提及。它从文化基础、自主发展、社会参与三个维度定义了适应社会发展和终身发展必需的品质和能力。那么现在中国学生核心素养的建设情况如何?

刘坚:在国际话语体系中,"核心"指的就是关键、少数。面对未来社会,对于国家、政府、组织、学校、未成年人而言,具备哪些要素才能适应未来社会? 怎样能够让社会变得更好?

我在 2015—2016 年受全球教育创新峰会组织 WISE 的委托,梳理了面向未来核心素养的全球经验。我们选择了 29 个国家和地区,包括 5 个国际组织。其中,既有美国、英国、日本、韩国、新加坡等发达国家,也有俄罗斯、印度、巴西、南非等发展中的大国,包含不同的文化背景,如伊斯兰文明、基督教文明、儒家文明等。收集了他们从 2000—2015 年间涉及核心素养的官方文件,以此为研究对象,用规范的、学术界认可的方式进行梳理、解构、重组。

结果发现,这些国家和国际组织最为关注的几个元素是沟通与合作、创造性与问题解决、个人责任与社会参与、信息素养等。其中,排在第一位的是沟通与合作,有 23 个国家或地区明确提及。

中国政府委托学者持续三年时间进行研究,形成《中国学生发展核心素养》。除了一级指标,还有 18 个要素。但是国际社会十分关注的沟通与合作素养,在《中国学生发展核心素养》这样一个大而全的框架中却是没有的。

我们通常说中国人每一个人都是很强的,但是一个团队在一起,似乎就容易出现问题。所以沟通与合作对于中国人、对于未来社会更加重要。

这份报告并不是政府官方文件,而是委托大学研究课题组进行发布的,这意味着中央政府关注立德树人,重视核心素养培养,但到底什么是最重要、最关键的素养,显然我国学术界存在着不同观点。在面对多样化争议的过程中,让课题组来面对公众,让大家有机会在思考核心素养的时候还能听到不同的声音,这也是一件好事。

教育改革的阻力往往在城市

白丁： 在偏远地区，学生获取高质量教育还存在着困难。那么核心素养在偏远地区实施是否存在障碍？

刘坚： 我们往往凭感觉认为偏远地区实施核心素养教育一定会处于劣势，但实际情况未必如此。

21世纪初期，党中央国务院推动的新世纪基础教育课程改革，重视在中小学开展社区服务、社会实践、研究性学习等综合实践活动，这几个领域往往被大家认为是高大上的领域，一般只有城里的孩子有机会，或者城里的教师才有能力驾驭。但是在2012—2013年，我们曾经组织了全国的大规模调研，得出的数据表明，在这些领域中，县城及以下的高中生发展状况反而不低于甚至略好于省会城市的高中生。实际上，课程改革的历史多次证明：改革的阻力往往在城市，而改革的困难通常是在农村。

到今天为止，有很多对改革的质疑和反对声都来自城市，因为城市在专业地位上处于优势，比如，高级教师、特级教师，这些群体在原有体制中处于比较好的学术状态，而改革对他们的挑战恰恰是最大的，因此他们也更容易产生抵触，从某种意义上来说，他们是一种既得利益者。但是处于欠发达地区的老师们，各方面都相对处于劣势，因此对新鲜事物往往有着更加开放的心态。但也并不是完全没有劣势，劣势在于可能会出现盲从，也就是对任何新鲜事物都照单全收。

事实上，城里学生走出教室、参加综合实践活动的机会、时间、空间远远少于或小于乡村学生。所以说，如果核心素养能有好的制度政策保障，那么对乡村学生会更有帮助。不过，如果仅仅把综合实践活动局限在乐高机器人、3D打印这样的领域，当然乡村孩子会遇到更大的挑战。但是我想在国家课程制度中的综合实践活动应该不仅仅是指这些。

不能让应试教育出现了"伤亡"才管理

白丁： 对众所周知的一些以追求高考升学率为目标的"超级中学"，您如何看待他们的办学理念？与实施核心素养是否存在冲突？

刘坚： 过去十多年，在部分地区出现了一些"超级中学"，如河北的衡水中学、安徽的毛坦厂中学。这些学校通常采取非正常的军事化管理手段,充分利用学生一切可以利用的时间用于对提高高考成绩有用的课程上,长此以往,形成了居高不下的高考升学率,引起了全社会的关注,甚至得到了一些地方政府和家长的追捧。于是也就形成了所谓的"良性循环",优质生源,"优秀"师资和居高的学费,这一现象至今依然没有得到有效解决,在不少地方仍然很严重。

我们曾经在这些学校做过深入调研,也看到过曾经在这些中学工作过的老师所写的信件。在这样的学校里,学生每天早上5点起床,只有几分钟的吃饭时间,跑步时每个孩子之间的间隔是相同的、步调是一致的、抬腿的高度是一致的,因为学生要把需要背诵的书放在前面同学的后背上,动作一致才不会有太多抖动,才不影响后面的学生一边跑步一边背书。还有一些学校在做操时放的不是有活力的音乐,而是英文单词。更有学校把高三学生所在的楼层大门上锁,防止外来参观者影响学生的学习生活。只是,一旦发生突发情况会是什么样的后果?

但是,面对这样的办学行为行政部门却束手无策,甚至到了苍白无力的地步。我想以这样的样本为例,应该深度剖析我们的教育行政部门、监管部门到底应该怎么办?就好像食品安全问题,难道出现了伤亡才进行管理吗?

据了解,我国台湾地区教育行政部门正在全力推行的"繁星计划"很有成效。这个计划希望每一所高中学校的年轻人都有机会进入自己心仪的名校深造。然而,在大陆又有多少省份,每年上北大读清华的名额,越来越出自极为有限的一所或几所高中?

由这件事不难发现,我们的教育管理水平与党和国家的要求、与老百姓对优质教育的期待、与符合青少年身心发展规律相比,还有着相当大的差距。

数学学科核心能力: 有条理的思考与抽象化

白丁:在基础教育阶段,数学困扰着很多学生,您曾主持研制"义务教育国家数学课程标准",并主编了一套新世纪数学教材。您认为在基础教育的数学学习中,学生应习得的核心能力是什么?

刘坚:在基础教育阶段,数学首要使人习得的核心能力就是有条理的思考。有条理的思考是数学可以赋予学生的最为独特的能力,对儿童的成长和一生的幸福生活也是非常重要的。

比如，为什么三角形三个角的度数加起来不多不少刚好是180度？这个问题会困惑每一个处于成长阶段的孩子。也正因为如此，围绕这样一些类似的问题的探讨就变得非常有意义。在这个过程中，学生们可以测量求和、可以把角撕下来拼在一起、可以想办法把一个三角形的三个角折叠到一起，这样的过程可能会有很多次的反复与争论。因为在孩子们的小宇宙里，三角形的大小、胖瘦、形态各不相同，怎么会不多不少就是180度呢？这是他们一时半会儿接受不了的。

只要将学习的主动权交给学生，学生探求未知世界的欲望会不断膨胀，获得新知、建立信心、掌握方法、继续新的旅程……少年就是这样长大成人的。

其次，中小学阶段的数学学习可以使学生发展抽象的能力。

公众往往对抽象这个词比较害怕。提到抽象，人们往往会想到未知数字母、方程式、函数表达式等。其实，所谓抽象，是一个将现实问题变成数学问题的过程，是先通过去掉颜色、材质、人物等物理世界的要素，再用数学方法进行求解，返回来解释现实问题的过程，这个过程在计算机时代也被称为建模。所以，抽象化其实也就是用眼光把生活中的问题转化为数学问题，这种眼光是非常重要的。

21世纪初期开展的课程改革，就是要将中小学阶段的数学课程与现实生活建立起内在的、非人为的联系，只有这样的联系越紧密、越自然，学校的数学教育才越成功，学生在数学课堂上也会越有自信，好奇心、求知欲也越会被激发。只有当数学的学习与学生以往的生活建立联系时，学习才真正发生，否则就只是被动记忆。数学是如此，中小学各学科的学习也是如此。

对于基础教育而言，不应该期望每个孩子都成为数学家，但是他要形成这样的信念，就是面对一个棘手复杂的社会问题、科技问题时，如果有数学家参与可以解决得更好。这就够了，这就是一个成功的数学教育。

我们经常举一个例子，这也是在教育界普遍流行的一件事。美国国防部长不是数学专业出身，但在海湾战争之前，他知道想要打赢这场仗，必须要有数学家的高度介入。因为需要在计算机环境中通过模拟才能知道海湾战争怎样才能打赢。所以，数感是一件很重要的事情，如果数感不好，我们对真实问题的定量把握就有可能脱离现实情节，这是作为一个良好的数学公民应有的基本素养，也是学生未来走向社会做出决策时非常重要的。

让综评与高考挂钩？问题很复杂

白丁：您曾主持了教育部"建立中小学生学业质量分析、反馈与指导"项目，率先提炼出包括学生学业水平、学生学习动力、学生学业负担、师生关系等在内的绿色指标评估系统，请您简要介绍该系统。在高考改革的背景下，社会都在关注除高考分数外的其他素质的评价，该系统能否解决这一问题？您对高考改革在此方面的评估有何建议？

刘坚：首先说，这个系统解决不了高考问题。

在 2003 年，教育部领导思考了一个问题，那就是我们的教育系统似乎缺少一个与国家教育方针政策相协调、目标一致的评估体系。

我国的教育法明确指出，促进人的品质、智力、体质的健康成长是教育的根本。但是，评价中小学校办得好坏的一直是分数和升学率，尤其是高中阶段的学校，只要成绩好，其他一切都可以让步，前面谈到的一批"超级中学"的出现就是现实的写照。

于是 2003 年教育部成立了一个课题组，先是在上海市浦东新区、辽宁省大连市进行探索，随后整个辽宁省、上海市，及江苏省参与进来，坚持了十年，积累了大量丰富的数据。

与此同时 2009 年、2012 年，上海学生 PISA 成绩两次获得全球第一，国际上很多国家都到上海来学习经验，这让上海人有了足够的自信去面对几十年没有很好解决的问题，也就是学业负担过重的问题。但是，我们从数据中发现，从 2005 年到 2011 年，上海学生的课业负担不但没有下降，反而持续上升。上海市教委的主要负责人就提出，能否对社会公布一些数据，引导全社会参与讨论、督促改进。

在这样的背景下，我们组织数据分析专家根据多年的积累，结合教育现状，提炼出了学生品德行为指数、学业标准达成指数、学生学习动力指数、学生学业负担指数、师生关系指数、教师教学方式指数、校长课程领导力指数、学生社会经济背景对学业成绩的影响指数、学生体质健康指数和跨年度进步指数等数据。

就这样，2012 年 8 月，上海市教委和教育部课程中心联合对外发布了我国首个省级教育区域（上海市）学业质量"绿色指标"评估报告，这引起了社会公众和媒体的积极评价。这项举措极大地推动了国家教育部在全国范围内推动中小学教育综合评价的改革进程。

我们现在把它称之为"区域教育质量健康体检",在不少区域进行了有益的尝试,每年会产生一份报告,用来评价一所学校、一个区域的教育状况到底如何。就像医学上对人进行周期性的体检一样。

前段时间,浙江省杭州市一所学校将上课时间向后推迟了半小时,就是因为我们反馈的数据表明,学校上课太早,不能保证学生有足够的睡眠和健康的早餐。而健康的、有规律的早餐对学生成长非常重要。现在的家长为了学生的学业,往往挖空心思,但太多的数据表明,与其将大量资金和时间用于补习,不如保证每天有丰盛的早餐和正常的睡眠。

21世纪初,教育部发布相关文件,明确提出要对学生进行综合素质评价,不仅是学业方面,对品德行为、兴趣爱好、心理健康等方面也要进行评价,这件事情说起来容易,但是如何能较好地评价一个学生?这需要日常的成长记录。包括学生的课堂表现、作业状况、运动习惯、研究性学习、社区服务等。如果能够做真实的记录,经过日积月累势必可以清晰看到一个人的成长成才历程,但是如果过早地与高利害的高考挂钩,这件事情马上就会产生一些问题,如诚信问题,这也是我们国家面临的巨大挑战。因此,想把这件事情落实到高考上是很复杂的。我觉得当成长记录与高考选拔保持一定距离时,也许更有价值。

高考改革是个难题,更考验我们有没有决心、有没有正视问题的勇气。我国正在进行"双一流"建设,如果中国的一流大学仅仅依赖高考成绩来决定录取什么样的学生,那这样的大学永远不能成为真正意义上的世界一流大学,世界一流大学一定有独特的人才录用标准,这也是对国家未来发展至关重要的事情。这件事情仅仅依靠机器是解决不了的,是我们必须要花费人力和财力投入的。

中国教育创新存在的四大问题

白丁: 谈到改革创新,其实很多创新我们是有方向甚至有方法的,但是很多改革呈现的局面并没有我们期待中的那样快,您长期以来致力于教育创新,您认为目前我国的教育创新存在哪些问题?

刘坚: 我认为主要体现在这样几个方面:

第一,总体上我国学术界或者说在教育领域有大量成果束之高阁,在不同层面、不同领域,每年都有很多成果,论文著作发表速度惊人,但这些成果往往仅满足于教师的职称评定。如何将成果进行应用一直是一个问题。

第二,理论工作者往往满足于形成成果以及将成果发表,对成果如何转化为现实生产力并不关心。更有甚者,我们一些一流大学一流的实验室"两头在外":优秀人才交流讲学在国外,一流成果用英文发表在国外。如何培养中国的下一代,如何解决中国的科技创新和社会问题,却很少顾及。

第三,数以千万计的中小学教师群体满足于将自己的经验用于工作,但如何将工作中的有效经验进行提炼,形成模型,变成可复制的成果进行推广,我们的一线教师还缺少这方面的意识,更缺乏积极性,得不到体制和制度上的支持与鼓励。

第四,社会参与教育改革的渠道非常有限。教育界之外的人,如科技工作者、企业家,普遍认为教育系统是个象牙塔,学校自给自足,相对独立封闭,很难介入,更谈不上深度参与。但是,教育是一个非常典型的社会事业,涉及每一个家庭、每一个孩子,理应全社会共同参与。

无论衣食住行还是人类生活中的哪一个领域,其背后都有成千上万的一流企业在支撑运行,从而满足人们不断增长的需要。以医疗领域为例,各种各样的创新产品帮助医生们更好地实现治病救人的理想。唯独教育领域独善其身,教师如何教?学生如何学?企业的力量、社会的智慧、市场的潜力都止步于这一系统,教育系统内优秀成果的推广应用也十分有限。每个年轻教师怀着忐忑不安的心、极其有限的教育智慧走进教室,他们往往需要 10 年、20 年的时间才能胜任这个岗位,更多的人在日复一日的无助中产生了职业倦怠,但他们面对的却是嗷嗷待哺的少年。

这种现状不能再继续下去了。

所以从 2015 年开始,我们借助北京师范大学的平台,利用公益的力量,做了中国教育创新成果的发现、遴选、应用、推广工作,希望全社会共同关注,形成蝴蝶效应。我们做了多年教育创新博览会,在此基础上,2017 年贵州省教育厅、潍坊市教育局、宜昌市西陵区不约而同地提出要在地方上举办类似的博览会。在这个过程中,我们还发现以下几点。

第一,总体上,从事教育创新,特别是将教育创新成果产品化,变成可复制、可推广的经验,社会层面的参与依然非常有限。

第二,企业界开发的教育成果往往注重解决方案和应用推广,但缺乏较好的教育理念,容易迎合市场,有应试倾向,实践案例经不起推敲。教育系统内有一些教师研发的成果,有良好的理念和实践经验,但缺乏系统的解决方案和可复制、可推广的模型。

那么优秀的教育创新成果应该具有什么特征?我们提炼出了一个SERVE模型,这个模型主张:好的教育创新成果应有良好的价值理念、系统的解决方案、可复制可推广的标准规则以及经得住推敲的实践案例,具有这些特征的产品才能称之为优秀教育创新成果,才能服务于教育。

第三,更深层次的问题是体制机制问题。发现、提炼教育成果,让好的教育创新成果得到应用和推广,这不是自然而然发生的,需要新的机制,需要制度设计。因此我们呼吁,从国家层面,应像建立经济特区、高新科技园区、上海自贸区那样,设立国家级教育成果孵化基地、国家级教育创新成果集成基地、国家级教育创新成果应用示范区。

由于学校几十年来相对封闭,以及教育自身的独特性,必须由国家在政策、制度、环境上给予保障,让教育系统更加开放、更加灵活,调动一切可以调动的社会力量,广泛吸纳社会机构和社会资本,从而帮助教育系统解决问题。

[观众提问]

拼奥数? 被动超负荷训练
可能使大脑受损

观众:现在很多学生都在学奥数,大部分孩子都是不喜欢的,但是家长担心如果不学就会被落下,您如何看待拼奥数的现象?

刘坚:这的确是一个困扰着中国老百姓的很大的问题。20世纪80年代我曾经当过7个月的奥数教练员,因此也直接观察过孩子们的状况。

1992年,南开大学计量经济学家史树中教授的一篇文章中提到一点,数学竞赛在某种程度上是竞脑运动。就好比体育奥林匹克竞赛,几乎每位国际奥林匹克体育冠军,身体的某个部位都是伤残的,因为他必须比常人付出更多才有可能成为世界同龄人中最杰出的,特别是身体,要进行负荷超过正常人的训练才有可能获得世界冠军。那么,中学生在冲击数学奥林匹克竞赛奖牌的过程中,如果不是基于兴趣爱好和必要的天分,而是被动地接受超过大脑承受能力的训练,那么他大脑的某个部位也有可能受到伤害。

理性对待奥数其实是非常考验家长的定力的。北京有很多学生学奥数，有些不负责任的教师也给家长压力，让家长不得不带孩子去学奥数，即使明知孩子不喜欢。我常常讲，一名教育工作者要想追求卓越需要的是爱和奉献，如果仅仅把教书作为职业也必须守住底线，公众对于教育的内在规律也要有基本的认知。

现在推动学生学奥数的原因，有时是因为孩子表现出一定天分，但更多是现实功利的驱动。各级政府要承担起责任，在所辖范围内，尽可能规范这种现象，把不必要的恶性竞争尽可能延迟到学生成长的末端。当孩子有了一定的心理承受能力，能够进行更清醒、更理性的选择时，再参加必要的竞争，也许会更好。这种现象在不少地方已经有所改善，但依然存在问题。

关于奥数，当家长没有足够的把握时，不建议将孩子放在竞赛的跑道上。但可以鼓励孩子多读一些数学课外书，多读一些数学家、数学史的故事，多读一些有关数学文化的书。这对数学爱好者，对所有成长中的少年都是有益的。

白丁：刘坚老师的分享非常理性，作为拥有数学研究背景的专家，今天也告诉我们未来成长、组织发展都离不开数据支撑，我们要学会用数学重新定位、重新思考现实问题。同时刘老师也一直在身体力行地推动教育创新研究，只有"起而行之"，中国的教育才有未来、才有希望。感谢刘老师做客《白丁会客厅》。

（本文根据刘坚 2017 年 9 月在《白丁会客厅》的采访视频整理而成）

陈宇：人工智能将引领未来新文明

从原始社会到农耕文明，再到工业革命，我们一步步脱离了动物世界，学会了打造工具、制作机器，但又被机器所"奴役"。如今，人工智能的发展，带来的将是全新的生产力。我们在满心欢喜迎接新文明时代到来的同时，不免也会隐隐感到人工智能对人类潜在的威胁。

人类会被机器取代吗？面对这个大家都很关心的问题，国家教育咨询委员会委员陈宇，站在历史的高度，结合人工智能对教育的影响，深入分析了发展人工智能的必要性及合理性。

人物简介

陈宇，国家教育咨询委员会委员，北京大学中国职业研究所所长，中国经济社会理事会理事，原中国就业促进会副会长。

人工智能是未来文明的核心生产力

白丁：最近，智能机器人 AlphaGo 碾压人类围棋大师，把人工智能这样一个很现实的命题直接推到了每个人的面前。我们不得不面对人工智能给我们的生活、教育、职业等各方面带来的一些影响。马云曾经提过，20 年内 80％左右的工作将彻底消失，30 年后孩子们将找不到工作。

我相信,面对这样一个话题,很多教师和家长都是比较紧张的。那么,您认为应如何看待人工智能时代的到来?

陈宇:人工智能在 1956 年诞生,到 2016 年迎来了大爆发。这 60 年间,很少有人去关注它,直到最近 AlphaGo 战胜了李世石、战胜了所有的围棋高手,人们才开始意识到,人工智能对于我们的影响,将是无法想象的。"人工智能会不会伤害我?""人工智能会不会取代我?"大家都在思考、担忧,人工智能是否会给人类带来危害。

实际上,这是生产力的进步、是科技的进步,所以我认为,我们要把眼光放得远一些,应从整个人类历史长河来看待人工智能。英国丘吉尔曾说:"你能看到多远的过去,就能看到多远的未来。"我觉得很有道理。

人类和猩猩的基因重合率高达 98%,但是这两种生物却过着截然不同的生活。正是那 2% 左右的专属于人类的基因,让我们慢慢学会使用工具,慢慢学会使用火,特别是发展了语言,有了这种理性思维能力。人类有了理性思维之后,就能够观察自然、总结自然规律,利用自然来征服自然。

在征服自然的过程中,我们创造了工具,而工具就代表着生产力。从原始社会过渡到农耕社会之后,人类有了锄头、犁,驯化了一些动物。但是农业社会不是人类的黄金时代,毕竟生产力还很低下。大部分人都处在社会最底层,整个社会是很不平等的。

进入工业社会后,人类征服自然的能力比农业社会大大增强。我们利用非生命物质创造了机器,创造了新的生产力。但是,我们并没有解决所有的问题,人与自然的矛盾、人与人之间的矛盾并没有得到解决。资源被大量开采,环境被严重破坏;人类的生活水平比过去大大提高,但财富分配不均衡、劳动收入差距大等问题依然存在。

所以,人类仍然面临着诸多的问题,历史还要继续前进,我们还要寻找新的生产力,用新的生产力推动社会的前进,推动财富的创造和均衡分布,让全世界共享生产力进步和社会进步的成果。从这个角度来看,我们面对的将可能是人类文明的一次新的升华。

三百万年来,人类历史上经历过两次文明的升华:第一次是在一万多年前,人类从原始社会进入农耕社会,脱离了动物性成为人,拥有了稳定的财富;第二次是在二百五十多年前,蒸汽机的出现,人类从农耕社会进入工业社会。2016 年,从 AlphaGO 战胜人脑开始,人类看到了从工业文明向未来新文明升华的曙光。

白丁：陈老师回顾了远古，回顾了人类的简史，回顾了社会生产力的发展历史，听到"未来文明"，我们都非常期待。基于此，面对人工智能，我们应该持开放、积极的心态。

陈宇：对。我们都知道，社会生产力是文明的核心支撑，那么未来文明的核心生产力是什么？就是人工智能和人造生命。国务院发布《新一代人工智能发展规划》，就表示国家认定了新一代人工智能是未来生产力的核心。

农业文明有着很大的限制。托尔斯泰在《安娜·卡列尼娜》这本书中说："幸福的家庭都是相似的，不幸福的家庭却各有各的不幸。"这个论断同样适用于农业社会，"可驯服的动物都是一样的，不可驯服的动物各有各的不可驯服之处"，人类能够征服的动物和植物不外乎那些常见的物种，五千年来并没有多大的进展，到今天也不能随心所欲地骑着狮子老虎上街游玩。

工业文明认识到了更深刻的自然规律，在科学理论的基础上，将无生命的物质创造成工具。但是机器是"死的"，需要大量的人力去服务它们，人类是被机器所控制的。马克思称其为"劳动的异化"，我们创造机器，最后反倒被机器"奴役"。

所以，我们需要进一步解放生产力，让机器像人一样充满智慧。我曾提出"陈老宇第一定律"，就是凡是可以由机器取代的工作，都是人类本来就不该干的工作。机器人取代人的过程是人的解放。

那么，机器取代人类，会不会给人类社会造成威胁和危害？这是一个大家都很关注的问题，也是一个很复杂的问题。从机器人的发展来看，推测一共会经历五个阶段：第一个阶段，是用硅材料做的无生命的机器人；第二个阶段，是人和机器的结合，被称为"赛博格阶段"；第三个阶段，是对人类的基因进行改造，试想现在发展迅猛的数字技术和生命技术；第四个阶段，是创造有生命的、独立的人造机器；最后一个阶段，是很多科学家预言的，所有的生命都将以数码的形式存在，变成程序。

而现在的人工智能技术正处在第一阶段，弱人工智能阶段。机器人由非生命物质组成，无意识、无生命、无自我、无诉求，AlphaGo 战胜人类围棋高手的方法是人类赋予它的。所以，就目前来说，人工智能还不会危害人类。

无法被机器取代的人，具备数码思维

白丁：人工智能的飞速发展必定会给教育带来一定的冲击，您认为应该如何调整学校教育，才能使下一代更好地适应未来社会？

陈宇：要想研究这个问题，首先要研究未来社会的职业，因为教育的最终目的，就是培养社会需要的人才。随着人工智能的发展，机器会逐步代替人类进行工作。那么，未来社会还有没有一些工作是机器无法胜任的呢？

这里面就涉及"陈老宇第二定律"和"陈老宇第三定律"，也就是两个最基本的思路。第二定律是人的思维高于能够用语言表达的内容，第三定律是用语言能够表达的内容高于算法表达的内容、高于编程表达的内容。

人类的语言表达能力有限，恰恰说明想象能力是无限的；而语言所表达的内容，算法不一定都能实现。也就是说，计算机无法超越人类的语言，更无法超越人类的大脑。即使计算机再发展，人类依然有很大的空间。机器只能取代规范性、操作性、程序性工作，但是人类可以自由地寻找机器取代不了的工作，尤其是那些非规范性的、非规则的工作。

古人教育学生，就是读经识字、做八股文章，基本上是"半部《论语》治天下"的时代；进入工业时代，思维方式转变为"学好数理化，走遍天下都不怕"。美国提出STEAM教育，代表科学（Science）、技术（Technology）、工程（Engineering）、艺术（Art）、数学（Mathematics），这些都是为了服务于机器。工业时代的高等教育是为了研究机器、制造机器，职业教育是为了培养操作机器的人，将人变成齿轮和螺丝钉。整个教育围绕着工业体系，学校和工厂一样，课堂与流水线一样，将所有孩子培养成适应工业社会节奏的劳动者。

现在，我们处在大变革的时代，不能否定过去的教育，也不能用今天的标准要求过去的教育，过去的教育自有其道理。比如说，科举制在当时的社会起到了积极的历史作用，维护了中国封建社会的稳定，维护了当时的社会生产力。但是，工业时代正在成为过去，人类不能再按照工业时代的标准培养孩子，而是要把下一代培养成机器取代不了的人。

根据科学家预测，到2045年，弱人工智能将变成强人工智能。我们并不清楚那时的世界会是什么样的。但可以肯定的是，教育不能停留在教给孩子现成的知识和技能上，要将机器取代不了的东西教给孩子。比如，培养孩子的艺术想象力、专业性思考能力、复杂性对话能力、综合性观察能力、协调平衡能力等。

思维方法才是最重要的。一切已知的知识和技能都会过时,甚至无用,要教会孩子认识世界、探索世界、改造世界的思维和方法,将未来时代最需要的思维方法和能力教给孩子。至于这种方法和能力是什么,很多知名企业家认为是数码属性的思维方式。

开发编程教育,不能为了编程而编程

白丁: 刚才您也提到了,最近国务院印发《新一代人工智能发展规划》,强调在中小学阶段设置人工智能相关课程,逐步推广编程教育。编程教育是一个培养孩子数码能力、数码思维的有效手段,那么,关于这方面的教材编写以及实际教学的开展,是否有可落地的执行方案?

陈宇: 未来社会的整个生产力是建立在数码平台上的,至少可以通过世界科学技术的领军人才来验证。目前,领军人才集中在美国和中国,市值最高的创新型企业大概有 2.5 万亿美元,美国占 2 万亿美元,中国占 5 000 亿美元。而这些企业的青年创新型人才都是由编程起家的,比如,乔布斯、扎克伯格、比尔·盖茨等。

但是,学校的编程教育也不能为了编程而编程,而是要通过立体的数码思维落实人工智能发展规划,最重要的是要培养学生的数码思维能力。理解程序,理解数码结构是非常重要的。

白丁: 陈老师,最近有个热点是这样的,程序员苏享茂因为没有处理好与前妻翟欣欣之间的感情纠纷和经济纠纷,选择过早地结束了自己的生命。

毫无疑问,在数码思维、数码能力方面,苏享茂是非常优秀的,甚至被媒体誉为"天才程序员"。但是,他对比较棘手的感情问题、经济问题的处理方式,并不是我们希望看到的。您是怎样看待这起事件的呢?

陈宇: 这是一个很不幸的事件,同时也给我们一些启发:人确实要变成和机器人不同的人。数码思维不仅仅是 010101,还要对整个社会的复杂结构有全面的了解。除了编程,我认为还需要具备三点基本素养。

第一,好奇心、想象力、独立思考能力。这是数码思维很重要的组成部分,是每个孩子与生俱来的品质。

第二，怀疑精神、批判性思维。起初，人类都认为地球是宇宙的中心，即"地心说"，这一学说统治了人类一千多年。后来，哥白尼颠覆"地心说"，提出"日心说"，认为地球是绕着太阳转的。但是大家都不信，并且烧死了哥白尼。

再后来，大家都知道"日心说"是对的，"地心说"是不对的。但是现在又发现"日心说"也不对，整个银河系就有一千亿个类似太阳的星球，整个宇宙中有一千亿个银河系这样的星系，接着才有了"宇宙大爆炸"学说。这说明，科学在一点一点地进步，检验科学的标准只有实践。所以人要有怀疑精神和批判精神，要相信科学只能证伪，不能证实。

第三，原创精神。只会计算机、只会编程，人就会僵化，就会向机器人回归。而编程的目的是为了帮助人类理解机器人、控制机器人。将来，人类会分成两部分，一部分是理解控制机器人的人，另一部分是超越机器人的人。

教师拥有非规则性能力，不会被机器取代

白丁：很多人都担心这样一个问题，在人工智能时代，孩子们面对的会不会是机器人老师？但是我们都知道，教育的本质是爱与陪伴。您觉得在未来社会中，机器与教师应该如何相辅相成，更好地促进教育发展呢？

陈宇：确实，教师的很多工作可以被机器人取代，那就让它取代。但是，还有很多教师工作是机器人取代不了的。

在美国，最先被机器人挑战的职业是律师。美国所有的法律都要通过查阅大量的文件，甚至是几百年前的案例来证明自己，工作量特别大，以前都是由律师助理来完成，现在被机器人取代。但是，在法庭上唇枪舌剑、你来我往，这是机器无法取代的，我们称为"非规则性能力"。

教育领域也是如此。培养孩子，是要帮助他们将自己的长处充分展现出来，而不是弥补孩子的缺陷。人与人是不同的，每个人在自己擅长的地方做好自己即可。

作为教师，要帮学生开发自己最擅长的领域，在此过程中，需要细致的观察和心灵的交流，这是机器人所不能完成的。所以，规则性劳动可以交给机器人，如牛顿三大定律等，也许机器人会讲得更好。

中国人民大学附属中学校长翟小宁在《光明日报》上发表了一篇文章，其中有一句话我印象深刻，说教育的本质是生命对生命的影响，是心对心的滋

养。一个没有心的机器,一个没有生命的弱人工智能,是没办法独立完成教育使命的。

未来教育应立足于传统的人文关怀

白丁:当下,中国学生对基础知识的掌握呈现均值高的特点,社会也常常把教育等同于知识。然而,创新型人才的培养不仅仅是靠知识的积累。

在科技迅速发展的大背景下,未来基础知识的背诵可能会由机器来解决,基础知识的获取就会变得更简单。那么您认为,未来的教育应该关注什么方面,又会呈现出什么样的状态?

陈宇:用历史的眼光来看我们过去的教育,它们都在历史上起了很积极的作用。

过去的教育也有人文关怀,包括中国的人文环境、师生关系等,都有自己的特点。我觉得,这些中国文化中符合中国社会人文特征的东西,在未来时代还可以继承下来,让它通过新的形式发挥出来。

作为历史上文化积淀特别深厚的国家,到今天我们还在讲国学,讲孔子,讲老子,这在人类历史上是仅有的现象。到今天还是 2 500 年前先秦诸子的那套文化在影响着我们,这里面肯定有它的内核所在。我相信,人类最终会走向一个命运共同体,在未来,像"天人合一"这种人文精神,还会找到它存在的理由。

白丁:这样的话,人和人之间的矛盾就得到了解决。

陈宇:对。其实相对来说,人和自然之间的矛盾是比较容易解决的,毕竟是解决物质的问题。而人和人的矛盾却越来越激烈。

我认为,人类应该认识到自身的局限性和宇宙的无限可能性,在面对未知的挑战时,应团结一致,更好地生存并发展下去。

未来学校要以学生为中心

白丁:在人工智能这样一个新的背景之下,您觉得未来的学校将会有什么样的新样态?

陈宇:这是一个很开放的问题,未来学校怎么发展? 怎么成功? 怎么成为激发孩子新思维、新能力的园地？大家都在做相应的探索。

我觉得，应该把握时代的变化，思考如何才能够适应时代的变化，让学生真正成为校园里所有活动的中心。如果一所学校能够成功地发展以学生为中心的教育，能够培养出充满个性、充满独特才华的学生，这样的学校，可能会成为真正成功的学校。

从世界上所谓的名校来看，它们的开放性、包容性和多元性都比较强。

教师或将成为教育的陪跑者

白丁：您一直在研究生产力的变革以及文明的变化轨迹，我们也都能够理解和认同人工智能进一步发展的合理性和必要性。

那么，未来社会的很多职业，包括教师，都会面临升级、优化。您认为我们应该提前做一些什么样的准备呢？

陈宇：我觉得，我们一定要以一种开放的心态来看待面前的这些变化。未来已来，需要每一个人去扩大自己的知识领域，去吸收最前沿的东西。比如说，《三体》这种科幻题材的小说，为什么会在中国顶级 IT 企业的管理者中引起强烈的反响？因为它创造了一种新的思维。

所以，我们应该用新的东西来武装自己。我经常举这样一个例子。有个小朋友，6 岁左右，跟我关系还很密切。有一天，他跟他外婆说，要做一张鸡蛋饼，外婆同意了，给了他 3 个鸡蛋。他不是先去做饼，而是先趴在小桌子上画了一张图，再去做饼。后来，外婆留了一小块饼给我尝尝，说小孩挺逗的："这孩子做饼就做饼，还先画了一张图。"6 岁的小朋友还不会写汉字，在这张图上，他就用数字将做饼的过程标注好，先把鸡蛋打碎，接着搅拌，然后放油、摊平面饼，再放上芝麻、葱花等佐料，最后饼就做成了。这就叫"编程思维"。

这张图是很宝贵的，说明 10 后的孩子都是数码时代的"原住民"，从小就有编程思维。如果教师跟不上这个时代，可能就无法教这样的学生，这是对每一位教师的挑战。

作为教师，你必须想到自己面对的一代，是互联网时代、数字移动时代、数码时代的"原住民"，他们对这些东西的理解甚至要超过你，所以你必须充分提高自己各方面的能力。如果自己跟不上，不妨激发孩子们走在你的前面。教师不再是教育的领跑者，也可以成为陪跑者，或者是鼓励者、督促者。

我们一定要有这样的想法,这个时代绝对不会一代不如一代。我经常在网上看到很多人感慨这一代的孩子不行,这一代的孩子不如上一辈的人。但是世界从来就不是这样的,肯定是一代强过一代的。

白丁:非常感谢陈老师的分享!未来文明不可阻挡,它是一个必然会到来的事件,在这个过程中,我们会产生种种的不习惯、不适应,也就是我们常说的,"社会阵痛"。而所有人的选择只有一条,即迎接变化、拥抱未来。

［线上问答］

一、编程教育是为了培养编程意识

观众:当前关于幼儿编程的培训机构不断涌现,许多家长把孩子送去学习编程,但是未来程序员可能会被人工智能取代。在您看来,掌握编程在人工智能时代的意义和作用到底有多大? 孩子们是否有必要从小就开始学习编程?

陈宇:我个人觉得,对孩子而言,并不是说一定要去学习程序员掌握的枯燥的知识,而是要去体会这种程序,养成一种编程意识。

家长千万要谨慎,不要给孩子徒增负担,学习一些枯燥的东西。应该让孩子体会这样一种编程的精神和过程,拥有数码和编程的思维是绝对重要的。我们不知道自己的孩子会朝着什么方向发展,但是,如果孩子有理解世界的能力,这对他未来的发展是有好处的。

当然,每一个孩子都有自己的特点,家长们一定要仔细观察,什么才最适合自己的孩子。比如说,李安有一段时间失业在家,想学电脑,想当一名电脑工程师。但是他妻子坚决反对,鼓励他坚持电影创作。如果李安真的学了电脑,我们就少了一位优秀的电影导演。但是他了解一些电脑知识,也没有什么不好。

二、人工智能技术水平和数码思维教育没有矛盾

观众:大数据的端口在谷歌,您怎么评价我国和美国的人工智能教育的水平?

陈宇:大数据的端口在谷歌,这和我们进行数码思维的教育没有任何矛盾。在某些大数据的掌握和分析领域,谷歌可能占据优势,但是我们并不是要去比较这些,这和我们在现有的情况下去培养孩子的数码思维和数码能力,不是一个层

次的问题。

当然，现在我们也有自己的大数据的端口，至少阿里云表现出了一定的实力。在科技上，我们要赶超美国，要和美国你争我夺，但这和培养人才并不矛盾。

三、人工智能推动教育变革，应试教育没有意义

观众：人工智能的发展让我们的生活发生了各种各样的改变，您认为，人工智能会不会导致中国式教育进行大力改革？

陈宇：肯定会的。随着人工智能的发展，社会的整个生产方式已经被逐步改变，教育也必将迎来变革。

我认为，教育中的应试部分是最没有意义的。2017年，已经有机器人参加高考，未来机器人考上一本大学、考上北大清华，都会一步一步实现，如果我们还用应试教育这一套体制去培养孩子，是没有价值的。所以，教育就需要培养孩子更高的、超越机器的能力。

白丁：非常感谢陈老师为我们深入解读人工智能以及人工智能对教育的影响，通过了解人工智能的背后逻辑、发展现状和未来趋势，我们能够意识到人工智能存在与发展的合理性、必要性。也相信大家会积极地做好准备，去拥抱未来，迎接新文明。

（本文根据陈宇2017年9月参加《白丁会客厅》视频直播节目的受访内容整理而成）

高书国：未来中国将成为世界教育中心之一

教育现代化是国家现代化的必要前提，作为发挥基础性、引领性与保障性作用的重要战略，教育现代化必须比国家现代化提早 15 年完成。但面对如今区域教育发展不平衡、不充分，家庭教育存在诸多短板，以及国际关系摩擦对教育带来的影响，我们能否如期完成这一目标？

高书国在做客《白丁会客厅》时说：中国目前正在进入基本实现教育现代化的冲刺阶段，正在向"教育强国"迈进，我如今更加坚定了 2030—2035 年中国将成为世界教育中心之一的想法。

人物简介

高书国，中国教育学会副秘书长、原教育部教育发展研究中心战略研究室主任、中国教育智库联盟教育现代化研究中心主任。

教育现代化是国家现代化的必要前提

白丁：教育现代化对我们并不是一个陌生的概念，您也深度参与了《中国教育现代化 2035》的制定过程，那么可否为我们介绍一下国家出台《中国教育现代化 2035》的背景是什么？

高书国：教育现代化是国家推进教育现代性

发展的历史过程。

早在 20 世纪 70 年代，我国就提出了"实现四个现代化，科学技术是关键，基础是教育"的理念。2010 年出台的《国家中长期教育改革和发展规划纲要（2010—2020 年）》明确提出，"到 2020 年，基本实现教育现代化"。2015 年，联合国教科文组织提出了"教育 2030 行动框架"。我们作为联合国常任理事国，要着手落实这一具有全球重要意义的教育行动计划。因此，教育部结合中国教育现代化进程，制定了《中国教育现代化 2035》，确定了新时代中国教育现代化的目标、进程以及战略措施，这是一个具有深远意义的战略规划，同时也是落实十九大精神，落实建设人力资源强国，建设教育强国，办好人民满意的教育的具体体现。

在这份规划中，我们对时限做出了一些调整——从原来的 2030 年展望到 2035 年。因为我们的计划是在 2050 年把中国建成富强民主文明和谐美丽的社会主义现代化强国，而中国教育现代化要比国家整体现代化提前 15 年完成。

白丁：那教育现代化和国家整体的现代化之间是什么样的关系呢？

高书国：现代化的核心是人的现代化。教育现代化是国家现代化的必要前提，为建设国家现代化培养一代新人和战略性人才。同时，教育现代化可以为国家现代化的推进发挥基础性、引领性和保障性的作用。

白丁：教育现代化的规划设计一定与我们对未来的判断密不可分，我们在研究、制定这一规划纲要的时候，是如何对未来进行分析的？目前，中国教育现代化的进程又呈现出什么样的态势？请您为我们介绍、分析一下。

高书国：总的来讲，在 2010 年《国家中长期教育改革和发展规划纲要（2010—2020 年）》制定后，中国教育发生了翻天覆地的变化，在多项指标，特别是教育普及率方面，我国目前已经达到了中等发达国家的水平。

在教育规划的制定过程中，中国的规划模式、规划方式也发生了很大的变化，我们更加注重 10 年或者 15 年后的中长期规划，也更为重视每 5 年一次的规划纲要或者阶段性教育规划的制定。

最近，由我带领的一个团队完成了《2018 年全球人力资源强国报告——中国即将跨入人力资源强国门槛》（以下简称《报告》）。从这份报告的结果来看是可喜的。

《报告》显示,在目前有全部数据的 52 个国家的人力资源竞争力排名中,中国名列第 13 位,从 2000 年的第 32 位上升到现在的第 13 位,提升了 19 个位次,是整体排名提升最快的国家。通过这份报告,我们可以得出三个重要结论:

第一,发达国家依靠先发优势,在人力资源竞争力排名上依然占据优势地位;

第二,发达国家正在发生结构性变化,部分发达国家排名下降,同时以中国为代表的部分发展中国家排名出现上升;

第三,中国即将进入人力资源强国行列,也是未来唯一一个能够进入人力资源强国的发展中的人口大国。

随着发展中国家不断落实教育发展战略,提升发展水平和发展质量,可以说发展中国家在高等教育、基础教育方面的影响力越来越大。人力资源竞争力的变化也和教育有着很大的关系。

在推进区域教育现代化进程中,还有这样一些特点。

第一,经济较为发达的城市,特别是国际化大都市,将率先实现教育现代化。

第二,区域的教育发展、教育现代化的进程既体现出相互协调、相互配合的特点,又体现出相互博弈、相互竞争的态势。

第三,教育现代化就像是一场马拉松比赛,发展水平高、实力强的城市将率先进入冲刺阶段,而基础相对较弱的地区还需要按部就班地扎实推进。在目前这段时间内,原来相对缩小的区域间教育发展差距可能会在"一瞬间"稍微拉大,这是需要高度重视但是又不必大惊小怪的问题。

顶层设计结合自身优势,
发展区域教育现代化

白丁: 的确,我国区域经济发展不平衡,教育发展也不平衡。那么,怎样才能提升欠发达区域的教育现代化水平呢?

高书国: 目前区域现代化处于多样化、差异化发展的状态,不平衡不充分的矛盾较为突出。

矛盾中既有教育普及水平的差距,也有教育质量、教育能力方面的差距,还有培养高层次人才、创新人才以及教育制度建设方面的差距。其中,区域之间教育现代化发展的差距在西部地区、少数民族地区和农村地区更为明显。

造成这种差距的原因,有这样几个方面:

第一,历史原因。西部地区山高地远,从民国时期到改革开放前,得到的政策支持、资金支持、人力支持都比较少。

第二,自然地理原因。贫困地区多交通不便,因此在接受现代化的思想以及现代化的程度方面,与发达地区有较大差异。

第三,文化差异。这也是最重要的原因。有些地处偏远的少数民族地区,在理念上或地方文化的某些方面与现代化的思想不相融合。

所以,加快推进这些地区的教育现代化,一是中央政府和省级政府要加大对贫困地区的投入,特别是战略投入、政策投入和资金投入;二是国家要制定一些向贫困地区倾斜的宏观政策和微观政策,实现教育精准扶贫;三是让这些地区能够有自身造血能力,将现代产业布局到这些地区,拉动当地职业教育的发展和高等教育人才的培养,增加经济收入,以此带动基础教育、学前教育和终身教育的发展。

白丁:那么区域怎样借国家对教育现代化的规划要求和当前的时代背景,实现自身的快速发展呢?

高书国:在中央和区域这两者的关系上,一直是中央进行宏观的顶层设计,区域发挥自身优势,区域间通过合作和竞争的模式推动中国经济社会以及教育的发展。在总的发展方向上,既强调加强中央宏观的、战略的引领作用,也强调地方发挥各自的优势和主动性。

俗话说"小河有水大河满",区域的发展将有利于我国整体的发展。国家支持和区域协作能够在缓解教育现代化发展不平衡、不充分的矛盾中发挥重要作用。

在这个过程中,中央也特别注意到了协同发展问题。如京津冀协同发展战略,包括目标、战略、资金、人才的协同,通过这些协同配合来减少因发展水平不均衡造成的过大差距和资源浪费。

在这里我也想强调,区域之间一定要协同、配合,如果说我们的整体资源是"1",那么一个区域获得的资源多一些,其他区域获得的就会少一些。所以,在强调中央的统筹管理、统筹治理和统筹发展的同时,还要强调各个区域之间的配合,这样才能使区域之间的发展差距不至于太大。而且区域之间还要相互共享资源,带动国家发展,特别要关注、支持资源不足、人才不足的贫困地区。

现在有一个很不好的趋势,就是以区域为核心,过度开展区域之间的人才竞争,包括近几年出台的区域人才落户政策。就区域来讲,人才落户政策并没有错,但如果从国家层面上来看,这种做法会形成各个地区在人才上的无序争夺。我们应该做的是提升国家和地区人才培养数量与质量,而不是对人才进行物理空间上的挪移,这改变不了整体的人才质量和规模。这种竞争不是共享的概念,它对于某个区域是有利的,但是对于欠发达地区以及国家整体实力的增长是不利的。

白丁:区域内的教育主要是以各级各类学校为组成部分。那么具体到学校层面,怎样借区域教育现代化和国家教育现代化进行快速提升呢?

高书国:我国有 50 多万所学校,还有很多非正规的学校,它们在推进区域的教育现代化,特别是改变和提升人的现代化方面,发挥了至关重要的作用。实际上区域教育的发展最终要落到学校,落到课堂,落到每个人。

学校是改变人的观念、培养现代人的重要基地,它可以使人的生产方式和生活方式实现现代化。比如,现在我们讲究绿色环保、高质量发展,在生活方式层面,我们要讲究礼仪、要注重卫生等,这些学校的功能如今在大城市更多地已经被家庭所取代,但是在贫困地区,这些习惯的树立就是由学校和幼儿园来承担的,这些会对孩子的人生以及他未来的家庭产生很重要的影响。

需要指出的是,我国现代化学校体系基本建成,与之相比,家庭和社会教育却相对薄弱。习近平总书记高度重视家庭、家教和家风建设。学校教育现代化,家庭教育也要现代化。应该说相互性、终身性、持续性是未来新时代家庭教育的三大特点。

新时代家庭教育的三大特点

白丁:看来家庭教育越来越被重视,教育现代化一定是一个全面而立体的系统,并不是单一指标的现代化,那么在国家教育现代化工作的进一步推进中,家长理念和方法的现代化,对国家教育现代化的实现,有什么样的作用?

高书国： 就人类发展历史而言，家庭教育产生的时间是先于学校教育的。在我们的传统教育观中，十分关注学校教育，而在学校教育之外，比如对校外教育、家庭教育、社会教育，我们的关注点、政策以及资金的投入都是不够的。

每个人在有了孩子后，就会成为父母，但这更多的是生物学概念，而家长则是一个社会学概念。不是每个父母都能变成好家长的，这就需要进行家庭教育，因此从这个意义上讲，家庭教育首先是对"家长"的教育。

目前在家庭教育中存在着很多短板，包括战略短板、法律短板、政策短板、资金短板、内容短板和科学研究的短板，特别是在贫困地区，表现得更为突出。政府目前已经关注到了家庭教育的重要性，也正在配合妇联，做家庭教育立法的前期调研工作，这也是一个比较漫长的过程。

我们希望通过对家庭教育立法来完成这样几项工作。

第一，明确家庭教育的主体责任和法律权利。

第二，引导家庭教育采取科学、正确的教育途径与方法，包括科学育儿、科学成长等。

第三，为家庭教育提供更多的服务产品。比如，公共家庭教育产品、市场化的家庭教育产品。

其实在传统的观点中，大多数人认为养孩子是家长的责任，而不是社会的责任，以及家庭教育是家长或法律委托人对未成年人的教育过程。这种对家庭教育的理解是比较狭窄的。我认为，应该对家庭教育的概念、内涵和外延进行界定。我们应该对家庭教育有更全面的认识。

第一，家庭教育的互相性。家庭成员之间，包括父母与孩子，爷爷奶奶与孩子，以及孩子们之间都会产生相互教育，家庭教育是双向甚至是多向的。这种特点的变化对于研究和制定家庭教育法既带来新的挑战，又带来前所未有的法律空间，要从传统的家长制教育，转为家庭民主制教育。

第二，家庭教育的终身性。我们原来总认为家庭教育是家长对孩子的教育，似乎在孩子成年以后，家庭教育就中断了。其实，只要有家庭，家庭教育就始终存在，无论是两个人的家庭还是三个人的家庭，或是十个人的家庭。同时，伴随着中国老龄化时代的到来，如何面对退休、疾病、死亡等问题也成为家庭教育的重要内容。

第三，家庭教育的持续性。家庭教育特别是家庭学习更是一个持续的过程。

我特别主张经过家庭中一代又一代人的努力，培养一种家庭文化甚至是家族文化，使我们的家庭和谐发展、可持续发展。

总而言之，相互性、终身性、持续性应该成为新时代家庭教育的三大特点。在制定家庭教育法的过程中，教育理念要跟上形势，尤其要重视互联网背景下的家庭教育模式。

从追赶到被追赶，中国教育政策正在"战略外溢"

白丁：您之前有一个著名的推测——2030 年中国将重回世界教育中心的位置。随着您研究的推进，您对此是否依然保持乐观的判断呢？

高书国：从世界教育发展的大格局判断，2030—2035 年间，在北纬 30 度到 45 度之间，会出现一条城市中心带构成的世界教育中心，其中包括美国、英国、德国、中国、日本、印度，也就是说，未来中国将成为世界教育中心之一。

目前我更加坚定了这样的想法，因为我国教育整体发展水平和教育的影响力逐年上升。原来我们站在世界教育舞台的边缘上，现在我们慢慢地开始走向世界舞台中央，教育取得的成绩和影响力日益受到全球关注。最典型的例子：英国政府请北京师范大学、中国的课程研究中心，为英国小学制定数学教材。早先英国只是从中国引进一些教师，引进《一课一练》，现在则请中国有关机构全面研究制定小学数学教材。这是一个具有标志性的战略性转变。

同时，中国的教育政策已经不仅是本土的教育政策了，它还正在发生"战略外溢"。

我们原来总是向别人学习，我曾经去过三次澳大利亚，每一次都有不同的变化。最开始是我们睁大眼睛、竖起耳朵，看不够、听不够，到现在澳大利亚官员认真听我们介绍，并做笔记，还特地到中国来了解教育国际化的推进过程，让我们带人去澳大利亚使馆进行全面的介绍。

我们有约 4 亿人学习外语，我们学习了从古到今很多国家的先进教育理论经验和方法。正是在逐步学习和发展的过程中，中国成功地实施了追赶战略。目前的数据表明，在教育上，中国已经对发达国家实现了部分赶超，虽然还没有实现全面超越，但这种部分超越已经推动了发展，并且我们已经成为部分发展中国家甚至部分发达国家比较和追赶的对象。

中国当前正处在从追赶到被追赶的特殊历史时期。经过这样的发展历程，我们更加坚定了要推进中国特色社会主义教育现代化战略的决心，从而形成我们的战略自信、道路自信、理论自信、制度自信、文化自信。在实践过程中，我们也的确是这样一步步走来的。

面对中国教育现代化，我们还有很重要的责任。

第一，要全面实现中国整体的教育现代化，要实现惠及每个人的教育现代化。

第二，要学会用别人听得懂的语言，把中国故事讲出去。语言分为政治语言、文学语言、宣传语言等，其中故事语言是大家都能够听得懂的。所以我们要在发展过程中不断沉淀，不断凝炼，形成有共识、被认同和可接受的理论与模式。

白丁：您刚才谈到北纬 30 度到 45 度之间的城市中心带，这其中包括中国和美国，那我们很容易联想到现在的中美贸易摩擦。我想，教育也存在所谓的顺差和逆差，那中美贸易战对教育市场会带来怎样的影响呢？

高书国：中美之间长期来看应该是竞争与合作的关系。在合作的过程中，前 40 年我们主要是向美国学习，总体输出了几百万人数的留学生。现在，伴随着中国综合国力和教育竞争力的不断增强，这种局面正在发生变化。

第一，我们每年回流的留学生和输出的留学生差距越来越小，这是一个好的趋势。

第二，在最新的亚洲大学排名中，中国高校表现非常好，实力还是比较强的。

第三，老百姓心态发生了变化。以前觉得把孩子送到美国读书是一件十分荣耀的事情，但这种热度在慢慢降低，主要有两个原因：一方面是美国的政策缩紧，最关键的是我国在经济、科学研究方面实力在增强；另一方面，中国大学的知识创新能力在不断提升。在专利申请总量方面，我国已经连续五年世界第一，只是其中应用和外观方面的专利更多一些，基础理论和知识专利方面稍显薄弱，但总的来讲，我们在由量的改变，慢慢地步入质的改变的过程中。

总之，中国目前正在进入基本实现教育现代化的冲刺阶段，正在向"教育强国"迈进。最后，用我最喜欢的一句话结束这次访谈，我要说的是：给中国一点时间，中国教育一定会给世界一个惊喜；同样，给中国教育现代化一点时间，中国的教育现代化一定会给中国老百姓和全世界人民一个惊喜。

白丁：感谢高书国主任为我们做了总结，也感谢您做客《白丁会客厅》围绕教育现代化的主题与大家进行分享。

（本文根据高书国 2018 年 6 月在《白丁会客厅》的采访视频整理而成）

周洪宇：教育智库要"顶天""立地"

2017 年 12 月,90 位"当代教育名家"揭晓,周洪宇位列其中。我们总能在全国两会时听到这个名字,他建议设立国家级教师最高奖、建立教育公务员制度,这些提案受到社会各界的关注。作为长江教育研究院的院长,他的努力也诠释了什么是智库的担当。

智库应该如何为国家重大战略决策提供专业意见? 智库对于政策的关注点与大众有何不同? 构建新型智库有哪些基本要素? 在这一期《白丁会客厅》中,周洪宇对智库的建设与担当提出了自己的思考。

人物简介

周洪宇,全国人大代表、中国教育学会副会长、湖北省人大常委会副主任、长江教育研究院院长、中国教育智库联盟顾问委员会副主任。

未来五年是智库发展的最佳机遇期

白丁: 长江教育研究院是中国教育智库中一个非常突出、典型的代表。您作为长江教育研究院的院长,一直关注着教育智库,也是这方面非常有影响力的学者,您认为教育智库本质上的责任和作用是什么呢?

周洪宇: 智库按照一般的理解是智囊团,是将一批人才聚集起来,研究国家重大战略性问题和重大公共政策,为政府决策提供选择方案的机构。智库的形成经过了一个漫长的历史,最早形成在发达国家,很多已经有百余年的历史了。我们国家的智库建立时间相对较晚,大概是这十来年的事情,2015 年中共中央办公厅、国务院办公厅印发了《关于加强中国特色新型智库建设的意见》,2017 中央全面深化改革领导小组审议通过了《关于社会智库健康发展的若干意见》,这两个文件出台后,智库才真正到了大发展的时期。

白丁:在今年第二届中国教育智库年会的开幕式上,您提到在十九大期间,新的五年或者未来更长的一段时间是教育智库或者智库的最佳机遇期。您为什么会有这样的观点呢?

周洪宇:这个时期面临多个机遇的叠加,所以我认为是最佳机遇期,而不是一般的机遇期。

比如,在这个时期,国家的发展、社会的转型、国家推出的三大战略都需要智库的建设。"一带一路"的倡议、长江经济带建设、京津冀一体化等重大战略,需要各方面的专业人才将自己的意见、建议提供给国家,帮助国家做出最佳决策。那么从智库本身来说,几个重要文件的出台是对智库发展的极大推动,这些因素的叠加使得这个时期成为智库发展的最佳机遇期。

推动国家决策,智库发声要顶天立地

白丁:当前教育热点、难点不断地引起全社会的关注,那么智库应该如何发挥自己的作用,进行独立客观的发声?应该如何推动教育进步呢?

周洪宇:根据教育智库的定位、性质和功能,它必须为国家重大战略和公共政策做出正确决策提供专业的意见。智库人员必须深入做研究,通过研究来为国家的重大战略决策和公共政策提供咨询。同时,针对大众关注的热点、难点问题,比如,义务教育均衡化问题、师资队伍建设问题,教育智库要发声。也就是说,教育智库不仅要"顶天",还要"立地"。

以长江教育研究院为例,成立 11 年来,它针对义务教育全免费、校车安全运行管理条例、教师队伍建设、第三次工业革命对教育的冲击以及教育的应对措施等,都发出了自己的声音。

白丁：的确，媒体人给了您一个非常亲切的名号"周免费"，就是因为在您一年又一年的呼吁下，很多免费诉求都逐步落地了。

周洪宇："周免费"这个名号是因为在 2003 年温家宝总理到湖北团征求大家对《政府工作报告》的意见时，我初生牛犊不怕虎地向总理谏言要试行义务教育全免费。

在那个年代，大家更关心的是 400 万代课教师的问题，所以这个建议提出来以后，很多人支持，但是也有一些不同的声音。今天我们觉得实行义务教育免费是很平常的事情，但放在十几年前的特定背景下，大家看待问题就会有不同的角度，但是我认为教师问题要解决，学生问题也要考虑，并且在当时我们国家的经济发展情况下，政府已经具备了为免费义务教育提供强大财政保障的实力。后来经过了几年的努力，到 2005 年，这条建议被写进了《政府工作报告》。所以，2005 年温总理讲话宣布开始实行义务教育免费的时候，大家的心情还是很激动的。后来我们又继续推进教科书免费，最后是在今年秋天得到了落实。这其实是一个非常漫长的过程。但是得到了很多委员的支持，得到了老百姓的关注和肯定。

白丁：您现在又有了"周公"这样一个新的称号，也是源自您一直在坚持建立教师公务员制度，这也是在 2017 年两会期间最受舆论关注的教育提案。

周洪宇：建立教师公务员制度这件事情我们还会继续推广，从我国教育发展需要、从国际上一些国家采取的比较成熟的措施来看，这一制度是可行的，它对于义务教育的发展、义务教育的均衡化会有极大帮助。我们现在又进入了新的时代，在新的机遇面前，10 年前没有成功的事情，不等于 10 年后不能成功。我们有这样的耐心和信心，即使我看不到那一天，也还会有后面的代表、委员、专家、学者、智库研究者来推进这件事情，总有成功的一天。

总的来说，教育智库在推动国家决策方面，起到了很大的作用。以长江教育研究院为例，我们正在推进国家教育行政机构、教育行政职能转化，也就是教育领域的"放管服"改革。在 2017 年的两会上，我们向中央谏言在政府职能转变上，"放管服"改革还要迈出更大的步伐，要把可以由社会办的事情交给社会，如第三方评价问题，要支持社会机构的发展，让他们承担起相应的责任。政府则负责宏观的管理、规划、经费划拨，具体的评价工作可以由第三方来做。在这方面，我们已经看到了一些可喜的迹象。

比如，武汉市教育局就已经把武汉市一些区域的教育发展评价工作交给了长江教育研究院，未来还要进一步从武汉推广到全国。所以，今后教育智库在国家重大决策和政府工作方面，还可以做很多事情。这其实也是智库"立地"的一个具体表现。

白丁：一般教育领域中出现重点、热点问题时，普通大众、媒体往往也会在第一时间发出自己的声音，那么作为专业性更强、对教育规律有更多研究的智库来说，它的发声和媒体、大众相比，有哪些不同呢？

周洪宇：对于国家政策来说，不同的领域会有不同的见解。以《2015年中央政府工作报告》为例，大家更多地在关注城乡教育一体化、义务教育均等化、"双一流"建设。但是从智库研究者的角度，更多的是看国家政策的走向。因此，在解读《2015年中央政府工作报告》的时候，我们会看它对政策是怎样表述的。

比如，在《2015年中央政府工作报告》中，对公平和质量的表述就与过去不同，过去教育公平是在教育质量之前，但是从2015年开始，质量问题放在了公平之前。这种表述的区别就意味着政府在教育公平和教育质量问题上，从认识到决策再到落实，会出现新的调整。这种变化是老百姓不太会关注的，但是它恰恰蕴含着未来政策的走向，智库研究者要去解读这种表述背后蕴含的真实想法，以及如何根据这种调整提出新的政策建议来推进教育公平和质量。

智库要连接多方、与时俱进

白丁：教育创新实际上更多地发生在前线，那么广大的一线教师、教育管理者，包括家长群体，如何和教育智库更好地结合在一起呢？

周洪宇：教育智库其实有五大特质，分别是专业性、独立性、应用性、公益性、连接性。如果我们从这五大属性来看，它的功能和作用就会更清晰。

除了我们之前谈到的，智库还可以把基层教师的声音、民众的声音，汇集整理成专业的意见，反映给有关部门，反过来又可以影响政策。从这个角度说，智库是一个桥梁，具备连接性，可以连接方方面面，可以实现上下之间的连接、横向的不同部门之间的连接。世界有多大，空间有多大，智库的连接就有多大。这是智库非常重要的属性。

另外，智库还要考虑应用。它不是纯粹的学术研究机构，智库人员不能只满足于写一些文章，在服务于政府部门的同时，还要有一些成果能够为基层民众服务，为一线教师服务。

白丁：我们当前处于融媒体时代，信息传播迅速、渠道丰富，教育的进步也需要科学的引领，那么教育智库如何结合着今天的科技水平和媒体形态，做好自身的影响力传播呢？

周洪宇：今天进入了移动互联网时代，无论是在政治、经济、文化、教育，还是在其他方面，我国媒体的作用都越来越大，所以智库工作者、教育研究者都需要学会如何和媒体交流互动，通过与媒体的互动来传播自己的理念，推进工作开展，使得关于政策的建议引起方方面面的重视。所以，智库研究者要高度重视媒体的工作，不断提升自己的素养，不断提升自己运用媒体的能力，甚至在某种程度上，融媒体素养本身应该成为每个人的核心素养。

2003年我开始当人大代表，那时候我就觉得如果我们今天在信息网络时代不占领互联网，不善于利用网络这个便捷、廉价、迅速的方式发声，就没有办法做好自身的工作。

今天，融媒体自身也处在成长的过程中，智库人员如果不掌握相关素养，就会和时代脱节，就会落后于这个时代。智库研究者、人大代表、政协委员等如果能够与融媒体同步发展，迅速了解和掌握相关素养，善于利用相关的工具做好自己的工作，就能始终站在时代的高峰，同时对融媒体的发展也有帮助。

我最近也提出我们进入了"教联网"时代，所谓"教联网"就是把互联网的一切手段、方法、技术运用在教育上的体现。互联网时代最开始是一般的网络，后来出现了移动互联网，之后是物联网、车联网。尽管目前国内外还没有其他学者提"教联网"这个概念，但不等于这个概念不成立。在"教联网"时代，教育会呈现什么样的状态，对传统教育会带来哪些挑战？教育将会面临哪些冲击？这些都是我们需要思考和研究的。

可以确定的是，人才培养目标、教育内容、教育方法、教育手段、教学组织形式、教育教学管理方式、教学评价方式，这些都会发生根本性的变革。应对这种挑战和冲击，教育要发展自己，壮大自己，迎接挑战，培养更多的新型创造性人才。

构建新型智库的四大要素

白丁：自十八大以来，我们一直在强调构建新型智库。但是我们必须承认，智库在我国还是一个新的概念和名词。长江教育研究院在教育智库建设方面相对走得靠前，那么您能否就新型智库的建设给我们分享一些长江教育研究院的经验？

周洪宇：我们国家的教育智库乃至其他智库的起步时间都不太长，智库如何建设是大家都在思考的问题。

长江教育研究院成立于 2006 年，在这十几年的发展过程中，我们也在不断地思考这个问题。在这几年我们明确地意识到，所谓新型智库，就要体现出"新"，我想有这样几个要素。

第一，教育智库必须要有全球视野。智库必须要将时代感体现出来，将所处的空间体现出来。在全球化的时代里，教育智库必须要有全球思维，要从国际、国内两个大局来思考智库的发展。

第二，要体现出中国立场，表达中国诉求。因为这是中国的智库，最终要形成中国的话语，还要影响他人。我们要由西方国家智库的追随者发展到平行者，再经过一段时间的努力，在某些方面还要成为引领者，成为一些重要议题的设置者。

第三，智库要具备专业性。智库与一般大众表达意见或是与一般的学术机构写论文不同，智库必须有自己的专业人员重点做教育政策的研究。智库是不是能够影响国家的决策和教育改革的发展，很大程度上取决于它自己的专业水平与专业质量。如果不能在长期的调研、分析过程中形成政策建议，那就是没有可操作性，这是不行的。

第四，智库必须要体现出实践导向。智库是为了服务于今天中国的改革，因此实践导向也应该作为新型智库的一个重要追求。

我希望能够通过这四点来表达中国特色新型智库的基本要素，当然不同的智库研究者对于新型智库有不同的理解也很正常。我们目前还处在发展期，随着时代的发展，我们对新型中国智库的理解也会更加深入和全面。

白丁：感谢您以长江教育研究院为例，对中国特色新型教育智库做了解读。

就像周主任所说的,智库能够连接我们每一位参与、关心教育的人,未来我们还要一起推动智库的发展,让智库来影响国家教育改革发展创新,一起为教育做贡献。

（本文根据周洪宇 2017 年 12 月在《白丁会客厅》采访视频整理而成）

任友群：迎接教育信息化 2.0 时代

从一开始的一台台计算机陆续进入校园，为孩子们叩开网络的基础大门，到现在越来越多的学校引进各项前沿技术，应用到教学的方方面面，教育信息化已然呈现不可阻挡之势。

在上饶挂职两年的任友群，促进了上饶地区和上海地区的教育合作，让上饶向教育信息化更近了一步。同时，作为教育部教育信息化专家组秘书长，面对即将来临的教育信息化 2.0 时代，他深刻分析了当前的教育信息化现状，并提出了一系列建议。

搭建教育立交桥，促进上饶教育信息化

白丁：您曾在上饶挂职两年，作为分管教育工作的副市长，为当地的教育作出了很多贡献。请您谈谈这段经历对您的教学科研有什么样的影响？

任友群：谢谢。从 2016 年 3 月到 2018 年 3 月，组织安排我去上饶挂职。之前，我对江西不太

人物简介

任友群，时任华东师范大学党委常务副书记、副校长；教育部教育信息化专家组秘书长。2018 年 8 月履新教育部教师工作司司长。

了解，经过这两年的工作、学习和生活，充分感受到了上饶人民很实在的深情厚谊，同时也确实看到上饶尚需发展的诸多方面。因为我一直在华东师范大学工作，所以被安排管理教育。贡献谈不上，只是在力所能及的范围内做了一点工作。

上饶是个普通的地级市，但有着厚重的历史人文积淀，自然资源也非常丰富。同时，上饶还是重要的红色资源聚集地之一，当年是闽浙皖赣革命根据地的核心区，无产阶级革命家方志敏同志曾在这里战斗。进入高铁时代后，上饶与长三角的距离拉近了，到杭州只需要一个半小时，到上海两个半小时，到福州一个半小时。与东部的人员流、信息流、资金流对接都非常便利。我是在这样的背景下到上饶挂职的。

虽然上饶地区人文历史很厚重，书香传家的传统很浓厚，但对于现代教育的理解，对于怎样进行素质教育、怎样进行教育综合改革，地方干部及群众确实需要转变思想，不断学习。特别是对于现下各地区都在大力推进的教育信息化，上饶地区是远远落后的。

通过前期走访和调研，了解了方方面面的情况后，我花最大力气做的一件事，就是让上饶各县主管和负责教育的干部与长三角对接。上饶有 12 个县，我们邀请了上海的 10 个区和上饶的 10 个县，让两地的教育局大手牵小手，一一对应。上饶的另外两个县，一个县对接苏州工业园区，另一个县对接宁波鄞州工业园区。这两个工业园区都是长三角相对比较发达的。

接着，我又从各县选择了几批中小学，与发达地区教育局辖区内的中小学牵手，让校长与校长直接交流。一些校长很聪明，非常善于利用对方的资源。双方学校会互派学生和老师到对方学校进行交流和学习；有的学校甚至互派学生去家庭寄宿，让两地的孩子同住一室，孩子之间的学习交流更加真实有效，家长们也能沟通教育心得。

类似这样的工作持续了两年。所有县都带队到上海去学习、考察，带回来很多先进的教育理念和教育方法。这里面我有一个刚性要求：对口所在区的教育工作必须由县委书记或县长带队。为什么？

因为县委书记和县长是中国行政体系中非常优秀的人才，有些人只是平时对教育关注不够，只要去看一下别的地区的教育，马上就知道差距有多明显。很多人在回来的高铁上就召开会议，有些是下了高铁连夜开会，大家在一起谈感想，商量哪些问题是县委、县政府要解决的，哪些是教育局可以解决的。

白丁：我听了您的这番讲述非常感动，能真切地感觉到任副书记对上饶的深厚感情。手牵手搭好桥之后，带来的将是立交桥式的呈现，是非常立体的对接，无论对家长、对校长，还是对官员，都是一个非常好的刺激，这种刺激能够反向促进上饶的教育得到较快的提升与发展。

教育信息化 2.0 时代即将到来

白丁：任副书记有一个非常重要的身份——教育部教育信息化专家组秘书长，是教育信息化、教育现代化的专家。请您谈谈应怎样理解教育信息化和教育现代化的关系。

任友群：习总书记曾指出，没有信息化就没有现代化。运用到教育领域，就顺理成章地得出：没有教育信息化，就没有教育现代化。现代社会里包含各种新技术，其中最主要的是互联网。在信息时代，如果不掌握信息工具，就不可能实现现代化；如果不发展教育信息化，就不能实现教育现代化。

白丁：另外，教育在快速发展的过程当中，出现了很多新的概念，如"智慧教育"。我想，智慧教育和教育信息化这两个概念很接近，含义很容易被混淆。请您分析一下这两个概念有哪些区别？

任友群：教育信息化、智慧教育、智能教育、"人工智能＋教育"等，这些概念都是教育发展到一定阶段逐步出现的，有些词甚至只是之前出现的一些词的变迁，含义发生了一些微妙的变化。有时，我们需要用一些新词去引领新的趋势。

我个人认为，叫什么不重要，主要看的是在信息社会中，教育的运作体系有没有伴随信息时代经济社会发展的规律做出足够的调整，其中非常重要的一点是，如何将科学和技术以及凝聚了科学和技术的工具应用到教育教学的各个环节中。

白丁：最近教育部提出了一个新概念——教育信息化2.0。2.0一定是相对1.0来说的。那么1.0阶段教育信息化的特征是什么？2.0阶段又需要我们去做什么？

任友群：从1978年改革开放到2018年，这40年可以理解成教育信息化1.0阶段。

开始是实现购买微机等硬件设施,后来很多中小学开始布置机房。慢慢地,计算机开始连网,但那时是台式机上网;再后来,手提装置越来越多,移动端开始出现。原来手机只有通话功能,现在的手机相当于一台电脑,这是一个时代的发展。

中国教育信息化 1.0 阶段,最开始是基础建设。20 世纪 90 年代,为了托起发展最弱的地区,实施农村远距离教育教学工程,要保证最边远的教学点至少有能放 CD 的机器。再后来,有了"三通两平台"——校校通、班班通、人人通和资源建设平台、资源管理平台。这两年,对于移动端、智能化提得越来越多,最近又开始提人工智能。

前 40 年大概经历了基础建设、设备配套、应用探索等阶段,同时,又辅之以很多其他的手段,比如,培训老师的信息技术应用能力。每个时代的老师需要掌握的技能都不同,20 年前、30 年前,是要求所有老师都会用 windows,之后要求老师会做 PPT,到了现在,要求越来越高,要会用一些移动端、智能平台等。

在教育信息化 1.0 时代,我们是零起点;进入教育信息化 2.0 时代,就不再是零起点了,我们有了比较厚实的基础。比如,80%～90% 的学校都接通了网络,绝大部分学校已经处在信息化环境中,这是原来不能比的。

现在我们要考虑的是,这些装备是否物尽其用了?怎样才能用得更好?这包括很多新的问题,比如,如何让整个平台推进得更加智能化,更加靠近移动端?怎样让老师和学生通过应用去驱动,而不是通过建设去驱动?之前主要是通过建设去驱动的,但老师和学生到底用不用?用的效果怎么样?我们还不够关心。

现在,首先要考虑教师和学生可能会用什么,再进行建设。中国已经成为互联网大国,有全世界最优秀的互联网企业。中国民众在日常生活中对互联网的应用,在全世界范围内都是处于前列的,比如手机已经替代了钱包、银行卡。在这样的大背景下,怎样促进教育信息化走得更快?我个人认为,这是教育信息化 2.0 需要努力去解决的。

教育发展的 4 大趋势,都离不开信息技术

白丁:我关注过您写的一些文章,其中提到在新时代的背景之下,教育呈现出 4 个发展趋势,请您为大家解读一下这 4 个发展趋势。

任友群:之前我在《半月谈》上发表的一篇文章中,谈到了教育转型,我认为

有 4 个趋势。

第一，对于教育的研究，不再依赖教育者自身的经验，而是要逐步的科学化。原来，教育学归为文科，现在这种观念已经发生了改变。教育学既包括一些人文性的内容，同时也越来越强调科学性。比较重要的标志是从 2018 年开始，国家自然科学基金委专门设立 F0701，这个代码鼓励大家用科学的手段去研究教育，以后申请教育学科的课题，不但可以申请文史哲类的项目，而且可以申请自然科学类的项目。

要想深层次地研究教育，离不开脑科学、心理学、信息技术这 3 大方面。信息技术在教育中既是手段、工具，有时也是研究方法。比如，大数据可以用来分析老师或学生的行为，用数据科学的方式提炼出研究对象的优势和劣势，反馈的内容就会反过来刺激其向更好的方向发展，这为教育科学的研究带来了很好的发展机遇。

第二，教育机制从管理转变为治理。国家在提倡治理体系与治理能力的现代化，实际上教育也存在治理问题。管理是自上而下的，是垂直的；治理是多元主体共同参与的，每个主体扮演的角色不同，重要性也不同，但主要是多方协商。信息技术应在其中发挥作用，因为协商的前提是各方知道足够的信息，并能够相互沟通交流。

老师、学生、家长、各级各类管理者、社会各界都是教育系统中的主体，所有人都在扮演与教育相关的角色。小时候是学生，长大后就成为家长；且不说教育从业人员，甚至其他行业的人，都有可能与教育产生各种各样的关联。所以，在治理体系中需要实现信息共享，需要有科学决策的机制，在现代社会中，这种机制离不开信息技术。

第三，学习过程或者说教育过程从阶段性转变为终身。原来的学习是阶段性的，现在提倡终身学习，这就要求教育系统提供终身教育的体制机制。虽然有些内容可以自学，但不是所有内容都能自学，必须通过体制来满足大家终身学习的需求。

中国目前逐渐进入老龄社会，还面临老年人学习的问题。上海的老年大学办得非常红火，很多老同志"乐不思蜀"，经常有同班级爷爷奶奶们学完后，集体留级再学一遍。但是，就目前来说，这方面的资源还是很短缺的。

终身教育中还有很重要的一点——培养职场上所需要的能力，这些能力很难在原来的学校学习时就全部具备。终身教育体系的建设还要满足这方面的需求,哪怕到了40岁、50岁,在新岗位中,发现原来的知识不够,也可以用相对便捷的方式来获得相关的知识和能力。这对整个的教育系统来说,任务艰巨。

当然,现在有一些社会力量,包括一些优秀的互联网企业,他们的教育板块中都有面向全社会的学习资源,有些内容需要付费,有些内容免费。

无论是趣味性的学习,还是能力提升的学习都已变成终身制,这就要求教育系统随之做出调整,为终身学习提供相应保障。那么,信息技术就要在其中发挥作用。因为很多人已身在职场,不可能再以全职状态学习。推送学习资源、对学习状况进行跟踪和评价、督促学习者等,这些通过信息技术的支持完全可以做到。

第四,教育的目标从知识转变到能力。这方面的压力很大,因为涉及评价改革。无论在什么时代,评价改革都是全社会高度关注的话题。

我国这两年开始进行高考改革,尝试着向好的方向推进教育。大家都知道,中国很早就形成了科举传统。现在的考试制度还有一定的科举传统的影子。几张纸,一支笔,大家闭卷考试,这样看似很公平,但也有一些问题,最大的问题就是纸笔考试考不出一个人的综合能力。

可是人生活在社会中,工作、学习、生活的各方各面都需要很多纸笔考试考不出来的能力。中国几千年的传统造成了教育公平焦虑。教育改革的决策者存在焦虑,民众更感到焦虑,担忧不公平。我们的改革要在保证公平的情况下,逐步提供更加多元化的选择,这些选择应该立足于测试综合能力。信息技术也可以在其中发挥一定的作用。

区域教育信息化,差距明显

白丁:目前,教育部正在推进一个非常重要的纲领性文件——《中国教育现代化2035》,华东师范大学也参与了起草工作。您任副校长且有两年的地级市市委常委的工作经历,那么您如何看待《中国教育现代化2035》发布后,区域教育信息化的提升?

任友群:该文件将会成为指导今后十几年工作的非常重要的文件,也是国家战略的体现。2020年、2035年、2050年这3个时间节点对我们很重要。我个人认为,时间越远,越不可能将细节描述得很具体。现在能够将2020年描述得很具体,但不太可能将2035年描述得太具体。

文件颁布后，一定会引起全国各行政区域对教育的高度重视。国家对教育的重视程度在逐年递增，国家实力强大以后，大大增加了对教育的投入。各个区域也在做类似的事情。

比如，上海是教育综合改革的先行区，做了很多试点工作，之前，我促成了上海市教委和上饶市人民政府综合改革辐射的对接。因为上海在综合改革方面有经验，这些经验应该辐射给全国人民。上饶市刚刚出台了教育跨越发展的文件，参照了上海综合改革的经验。虽然与东部相比，中西部地区还不太发达，但与十几年前比，已经有了很大的进步。

对于东部地区的基础教育，更应该考虑的是怎样利用好已有的资源，因为资源已经足够丰富；而对于资源相对短缺的中西部地区来说，还不可能在短时间内大幅度提升教育。此外，国家对教育又提出了新的要求，相应的指标也会不断提升。

2017年，上饶弋阳县以全省第一的高分通过了义务教育基本均衡的国家评估。我在与同事讨论时说，这是发达地区几年前就已经做完的事，我们现在总算做完了，但是之后国家紧接着又会出台更高的标准。现在提倡的是义务教育阶段基本均衡，接下来就会是优质均衡，我们必须想办法追上去，慢慢跑到中游，再跑到上游，然后成为引领者。

学前教育信息化，相对滞后

白丁：我们国家的学前教育面临各种各样的问题，今天又谈及教育信息化，那么您是怎么看待学前教育信息化的？

任友群：一般来说，发达地区的公办幼儿园和民办幼儿园的比例比较适中，大致分别为40％和60％的占比。在欠发达地区，特别是农村地区，国家要求一个乡镇至少要有一所公办幼儿园，但是很多地方都还没有达到这个要求。

以前我会觉得缺钱是最要紧的问题。后来发现，缺钱并非是最要紧的问题。在那些因为缺钱无法办幼儿园的乡镇，即使有人出资帮助他们建造一所公办幼儿园，乡镇也未必情愿。因为有了幼儿园，就要设立机构，要有机构代码，要有教师编制。有了教师编制，还要有财政预算。建一所幼儿园后，原来欠发达的乡镇的负担就更重了。

当然，按照国家的要求，幼儿园肯定要建。但是从地方角度来看，有些地方还是会尽量把负担后移。还有的乡镇会认为义务教育方面有法律要求，必须扛着，但学前教育政府没规定要扛那么多。国家要求一个乡镇要有一所公办幼儿园，一部分乡镇可能只完成了最低要求，却没有能力和意愿做到更多。

中西部地区的绝大部分幼儿园是民办幼儿园，政府难以对其进行统筹，很难让这些幼儿园实现信息化。但是发达地区的一些民办幼儿园就很有特色，很多方面都走在公办幼儿园前面；在中西部地区是反过来的，很多民办幼儿园连公办幼儿园的基本要求都达不到。

所以，我个人认为学前教育的发展任重道远，特别是在信息系统的整合问题上，而且幼儿园标准的提升在中西部还有一定差距，在教育信息化的推进方面，学前教育信息化，比基础教育和高等教育都滞后一些。

白丁： 在学前教育信息化的一些产品和资源方面，目前是不是也存在供给侧问题？

任友群： 确实存在。学前教育用到的学具，原来都是积木等非信息类的产品，现在出现了越来越多的信息类产品。这就涉及几个问题：一是孩子使用信息类的产品，什么程度算是合适的？比如，长期看发光屏幕对孩子的视力是不是有影响？随着技术的提升，虽然有些屏幕对眼睛的伤害越来越小，但这个问题还需要考虑。

二是幼儿信息化产品的智能度和安全性方面缺乏标准。幼儿园小朋友接触的信息化产品是不是越智能、越信息化就越好？是不是传统的积木就不可以？一定要用信息化的手段去代替传统工具吗？这些都需要我们考虑。

三是学前教育管理信息化。幼儿园要对小朋友进行一定的跟踪，采集相关数据。在这方面也有一些争议。有些幼儿园暴露出问题后，有人讨论幼儿园是不是应该有监控。我个人认为，幼儿园是公共场所，可以进行一定的记录和监控，但不需要时时向社会广播。现在有些地方也有监控仪，要有一定的法律依据才能去查监控。

四是管理系统的对接问题。比如，小朋友在一所幼儿园读了一段时间，转学或升入小学时，之前的档案积累、学习积累等一系列材料怎样延续？这也是需要考虑的。现在，国家开放大学等单位正研究学分银行，认为人应该有电子档案袋一样的东西，能记录其学分，能说明其一生的学习轨迹是怎样的，在哪个阶段学了什么。

如何帮助教师减负？应用人工智能教育

白丁：谈到信息化，一定绕不开现在大热的人工智能。您认为人工智能在未来的发展趋势是怎样的？

任友群：从我个人对教育学科、教学改革的判断来看，还没有看到在教育教学改革第一线中用得非常好的人工智能，它仍处于初期阶段，离真正落地、进入到教育教学第一线还有很长的一段路要走。

白丁：对，那么未来人工智能进入教育教学的第一线，是不是必然发生？

任友群：人工智能在各行各业都会有相应的应用，应用到教育领域也是指日可待。

教育中有一部分的环节，今后可以用信息化手段而不是教师来完成，这实际上就减轻了教师的工作负担。如果要对信息技术进行深度的研究、研发，我觉得完全可以设计出带有人工智能能力的新平台，智能化地反馈老师的教学有哪些薄弱点、有哪些优秀的地方，而且我认为这是能够实时反馈的。

现在，有些中小学也在进行一些探索。比如有的学校，给每位学生配备一台平板电脑，很多作业都在平板电脑上完成。如果一个班级同时做选择题，教师就能马上知道谁对谁错、谁选了哪个选项。以前，教师还得先将作业收上来，接着批改，改完了再发下去，如果需要统计一些数据的话还得手工操作，非常麻烦。

所以，我认为随着信息技术的不断发展，类似老师灯下改作业这种事情会慢慢减少，可能到了某一阶段，就没有老师再会去批改作业了。只有那些非常复杂、深度开放的工作，才需要教师动用脑筋去做。

如何适应信息化社会？推进 STEAM 教育

白丁：STEAM 教育是近几年非常热的一个新的概念，跟教育信息化也有关系，您对 STEAM 教育是否有关注或者研究？

任友群：STEM 教育是美国先发起的，而且是美国的大学先提出的。二三十年前，美国一批大学的工科老师认为，大学里的学生，工科能力普遍较弱，另外，美国读工科的孩子不多，所以大学就进行了一些改革。之后又延伸到美国中小学,在中小学启动了 STEM 运动。后来又加了 A,A 指的是包括艺术在内的人文教育,最终成为 STEAM 教育。

STEAM 教育包括 Science(科学)、Technology(技术)、Engineering(工程)、Arts(人文)、Math(数学),很齐全。后来,美国中小学的 STEAM 教育热传到中国的中小学,也影响了中国的大学。大学里的工科老师,包括清华大学很多顶尖的工科领域的教授,都积极参与了中小学 STEAM 教育的推广。

如何评价当前的 STEAM 教育呢?每个学校都有自己的特点,百花齐放是好的,但从评价角度来说,特点太多,没有标准就很难深入推进。怎样保护基层的热情,怎样真正培养孩子的能力,这些也是值得深度研究的。

在初中、小学阶段,STEAM 教育往往更容易推进。如果在这个阶段对 STEAM 教育有一些推广要求,我个人认为是非常好的。之前,我负责了高中信息技术课程标准的修订工作,我们在其中加入了编程和计算思维,要求高中生全员都应该有一定的编程能力。

原来大家普遍认为,将来学理工科才需要学编程,文科学生不需要学。进入信息时代,在社会运作的体系中,计算思维是非常重要的逻辑思维,每个人都要知道计算思维的背后是什么。就像每个人都要学数学一样。理科要学数学,文科也要学数学。

当然,要求可以有所不同。在小学和初中阶段的 STEAM 教育、综合实践课程中,加入与编程、算法、计算思维等相关的内容是非常重要的,以后的发展空间也非常巨大。

需要注意的是,编程不一定就是写程序代码。在小学、幼儿园阶段,通过一些趣味游戏,也能让小朋友初步学习计算思维。当然在高中时,要上升到写代码的阶段,这能大大增强中国下一代对信息化社会的适应能力。虽然我们这代人原来没学过编程,但要让下一代人做更好的准备。

白丁: 非常感谢任校长对教育信息化作出的深入解读,相信随着信息技术的快速发展,各项先进科技会更好地应用到教育领域,也必将给教育带来一场全新的改革。

(本文根据任友群 2018 年 5 月参加《白丁会客厅》视频直播节目的受访内容整理而成)

往来皆鸿儒

《白丁会客厅》教育访谈实录一

高教（职教）篇

从"站起来"到"富起来"再到"强起来"，无论高等教育还是职业教育，都在为国家发展提供更加完善与更加强大的人才培养体系。他们需要的是机制体制的改革，需要的是与世界发展趋势接轨，需要的是更加完善的战略规划。而这里呈现的，皆是精华。

洪成文：拯救被束之高阁的高校战略规划

什么是战略规划？网络上给出了这样的定义：对重大的、全局性的、基本的、未来的目标、方针、任务的谋划。但洪成文在做客《白丁会客厅》时以更为通俗的语言讲道：战略规划就像是一个旅游计划——有目标，有通向目标的道路，以及义无反顾向着目标前进。然而当下高校的战略规划，往往被束之高阁，是目的地有误，还是途中遇到了艰难险阻？洪成文一一给出了答案和破解之策。

人物简介

洪成文，北京师范大学教育学部教授、博士生导师、教育部校长培训专家、北京师范大学高等教育研究所常务副所长、北京师范大学国家教育考试评价研究院执行副院长、中国高等教育学会学术委员会委员。

高校战略规划就像旅行计划

白丁：其实对于很多人来说，高校战略规划并不是一个熟知的概念，您能否用通俗的语言谈一谈高校战略规划的含义以及背后蕴含的逻辑？

洪成文：学校的战略规划其实大家都不陌生，如果打一个比方的话，就好像我们去旅游前，需要做一个旅游计划。

如果爬一座山是你的目标，那么选定目的地是第一步，究竟是去泰山还是五台山。如果自驾去泰山,就会面临路径选择问题,是走高速、国道,还是走县道、乡道,会有三种或四种不同的选择。每条道路都有优点,也有不利的地方。如果走高速,道路好走,但要收费,如果走县道、乡道或者国道,虽然不收费,但有可能车比较多,会遇到堵车。

对学校来讲也是这样,学校发展同样有不同的道路,没有哪条道路是十全十美的。所以一定要根据学校的情况,选择通向目标的路径。这是战略发展规划的两个基本内容:第一,目标;第二,路径。

接下来就是旅行计划的落实,在这个过程中需要一定的时间才能达成目标,就像学校想要落实发展规划,也需要时间和持续地投入才行。同时路上还可能会遇到很多风险,比如堵车、抛锚或者其他事故,要根据风险不断地进行调整,还要去加油站加油,也就是投入资源。

所以,战略发展规划的制定和实施过程可以总结为三件事:第一,确定中长期目标,也就是理想;第二,要确定通向理想的路径;第三,义无反顾地向着目标前进。确定目标在哪里以及走什么路径是战略发展规划中两项最基础的工作。

破解高校战略规划中的三大难点

白丁:我们目前无论是国家、教育的发展还是各级各类学校的发展,乃至每一个学生的成长,都涉及规划的问题。您认为在我国高校的战略规划中存在哪些难点?又应该如何解决呢?

洪成文:我认为战略规划的难点归纳起来,有三个代表性的问题。

第一,目标的确定问题。一个目标最理想的状态应该可以用"顶天""立地"来概括。战略规划是学校的总体规划,所谓的"顶天"是指一定要把高度拔高,有一定高度的规划才是有水平的规划,如果没有高度,就只能说是普通的规划。

怎样才能让规划"顶天"? 就是学校一定要讲好自己的故事,比如,要为国家重大战略发展做哪些贡献? 针对国家需要的科研,我们能做什么? 我们能为国家培养哪些急需的人才? 这些是学校要重点考虑的。

但是,不是所有的学校都能够为国家重大科研战略需求提供服务,那么我们还可以"立地",比如,为地方社会经济发展、某一行业发展做贡献。在这一点上,还有待加强。

就现在的情况来讲,顶天没顶上去,立地没有走踏实,这是规划中第一个大问题。

第二，规划中存在平均用力的问题，重点不突出。因为规划涉及学校方方面面，所以就存在平均用力的情况。一旦平均用力，重点战略目标以及在五年、十年必须实现的目标就很难凸显。

第三，存在"重规划、轻落实"的倾向。学校对于战略规划的制定是非常重视的。但是，在现实中，很多学校制定规划后，却不太重视规划的执行。学校在制定规划的过程中用了很大力量，但是在最关键的落实环节却有所放松。这就导致很多人认为规划就是文本，是挂在墙上的东西，导致规划得不到广大教职工的信任。

白丁：那么在现实中，怎样破解这些难题呢？

洪成文：要有针对性地解决这些问题。

我们首先谈如何"顶天"。其实国内外高校都有一些可以借鉴的经验，借鉴同行的经验，可以丰富规划内容，提高规划水平。比如，很多学校提出要建设一流大学，那么什么是一流大学？在世界排行榜中，排在 100 名左右是不是一流，20 名以内是不是一流？好像都可以算，中间的水分很大，没有具体的评价数据。所以我们可以向一些其他国家的大学学习，将目标具体化，顶天要"顶"到哪里，一流要"流"在什么地方，用数字说话。

比如，澳大利亚的悉尼大学提出的战略计划很简单——要成为澳洲大学的"老大"，要站在世界大学排行榜中的前 25 名。这所大学没有用"一流"这个词，但是具体的数字给了自己可操作的空间，只要看到这个目标，就知道应该做到什么程度。

如果说中国一所大学计划经过 20 年的努力，进入全球排行前 30 名，这就是很具体、很高大的目标。有了这样具体的目标，学校才会有奋斗动力，否则就会永远在"一流"这个宽泛的词里思考问题，在最后的评价阶段，却没有很得力的东西作抓手。

其次，关于重点不突出的问题。实际上现在很多高校已经注意到了这个问题。

目前存在的现象是：每一所学校做规划时都要做整体规划，面面俱到，党、政、工、青、妇，每个部门都需要在规划中提及。因此，规划一方面要精简，另一方面字数又很难缩减得下来，因为无法不提及某个部门，否则没被提到的部门可能会说："难道我所在的部门不重要吗？"但如果每个部门都要在规划中有一句话，目标就过多了。我们正是缺乏一个整合和提炼的过程，不清楚学校到底要做几件事。

我们研究了国外一些大学的经验。以耶鲁大学为例，耶鲁大学2003年所做的十年规划中要做的只有四件事情。这四件事情、四项目标能不能把党、政、工、青、妇全部概括？有可能概括，也有可能概括不了。如果不能概括，我们就要找到大学发展的重中之重，也就是优先发展项目。

做规划是要做优先发展，而不是面面俱到。有些工作即便不规划，也可以向前走，但如果是重点工程，就必须要突出，并且在资源方面还要有所倾斜，这样重点项目才能发展得更快更好。这也是现在"双一流"建设所追求的重要方面，它并不是期望学校的几十个专业都发展得很快。高校应该思考：我的学校有没有最好的学科？最好的学科在全国排名多少？在世界上排名1%的学科有多少？在全球排名1%的学科有多少？最突出的优势是什么？最想发展的方面有哪些？这都是"双一流"建设中需要高校管理者深入思考的问题。

用评价促进战略规划落实

白丁：那么规划落实方面的难题要如何破解呢？是不是因为我们的评价手段出了问题，所以造成落实不足？

洪成文：规划落实方面的确存在着很大问题。我们可以思考是否是评价手段出了问题或评价手段不够。

对于评价来说，无论我们多么强调它的重要性都不过分。现在的规划重制定、轻落实，且几乎没有评估。比如，学校制定五年规划时轰轰烈烈，但很少有高校在五年后做全面评估，缺少对工作的总结和评估，也就不知道这五年规划到底做得好不好。所以，有人说规划有也罢，没有也罢，这使得规划被束之高阁，好看不好用。

作为评估，我认为大致可以分为两个阶段。第一是阶段性评估，比如，可以把五年、十年规划分为两到三个阶段进行评估。到了相应阶段，看学校实现了哪些目标，没有实现哪些目标，为什么没有实现，是否缺资源等。

第二是总结性评估。在规划快要结束时，要对规划工作进行评估，无论评估是深是浅，都和没有评估的效果完全不同。所以我也想在这里提出倡议，望各高校在五年规划实施快要结束时,在新的五年规划快要启动时,做自我评估,发现问题,肯定成绩,然后寻找下一阶段的发展方向和目标。

白丁: 我们看到有些高校经过几年有方向、有重点的发展,就能够从同层次的学校中脱颖而出,这是否与背后有一个好的规划紧密相关? 另外,您觉得规划中还有哪些有待提高的地方?

洪成文: 学校的发展与规划有很大关系,尽管我们不能说规划代表了一切,但规划使行动多了计划性,所以规划很重要。

目前,规划在启动阶段应该说我们做得不错,但还存在着两个小问题。

第一,对于规划目标的实现,高校的信心不够。我们还没有理解好什么是规划目标。规划目标分两部分,一部分是实的,是必须实现的。另一部分是虚的,是可以在将来实现的,规划目标要虚实结合。

现在的规划在制定和执行时,由于没有意识到规划目标可以放到之后实现,所以有些领导会担心,自己校长任期只有五年,如果目标定高了就难以实现,所以就会降低目标。

第二,与国际同行相比,执行规划时,我们缺乏对目标的修改。其实目标是可以调整的,当经过一段时间的发展,我们觉得可以从一个目标转移到另外一个目标时,学校就可以做出调整,包括对资源配置的调整。但是我们往往机械地理解规划的文本,缺乏灵活性处理。

白丁: 灵活性不够,与高等教育的管理体制有没有关系呢?

洪成文: 这里暂不说管理体制,我们可以从一个人做事的繁忙程度来思考。想要实现拟定的目标,一定要投入时间。这个目标的实现要靠大学的主要负责人来推动,如果大学的主要负责人有足够的时间用于规划的跟踪、推进、修正、修改,是不是更好? 但是,现在的大学校长太忙了,因为忙,所以乱,也就忽视了规划目标的跟踪、监督和推动,所以我认为工作状态可能是主要问题之一。

规划的目的是解决问题,不可千篇一律

白丁: 最近几年地方本科院校也在做转型发展,他们的战略规划和央属学校、民办学校相比,会有哪些区别?

洪成文：区别是存在的。一所研究型大学的规划和一所普通的地方本科学校的规划肯定是不一样的。

这也涉及为什么要进行规划。规划一定要挖掘到这所学校要解决的主要问题以及发展的目标，要由问题导向目标。所以规划不是简单地规划，而是要解决问题。

不同的学校要解决不同的问题，不同层次、不同类型的学校也应该做不同的规划。推到极致来讲，每所高等院校的规划都应该是特别的，即"一校一规划"，规划最忌讳千篇一律，这也不是中央政府希望看到的。所以，大学规划就是要规划特点，一定要把自己的特点踩实，这样，规划才是自己学校的规划，而不是所有学校的规划。

那么，大学怎样寻找自己的特点？首先要研究自己，高校在做规划的时候，存在的问题之一就是研究自身的程度不够，也可以说，并不是每所高校都有研究好自己的能力。

白丁：地方普通本科院校也是一个庞大的群体，在做战略规划的时候应注重哪些方面呢？

洪成文：地方普通高校做规划，主要涉及两个问题。

第一是定位问题。因为地方普通高校在高等学校中所占的比例最大，也最容易发展成趋同性的学校。当然，也很难想象让每所学校都发展得有特色，因为毕竟是几百所、近千所高校，所以一校一特点是理想状态。

作为地方高校其实定位很难，现在的定位大致有两类。第一，向综合型、学术型方向发展；第二，定位于应用型。如果还有第三类，就是两者兼顾。关键问题不在这三大类，而是现在大家都在提转型，高校自己也希望转型，关键是向什么方向转，如何转。

转型大概有两个依据。第一，一定要考虑学校所在社区、城市的发展需求。针对其需要调整专业和课程，为地区服务。第二，可以考虑行业。很多高校都有行业背景，比如，有些学校以师范专业为主，有些学校以农林水为主，有些学校以石油或者地矿、煤炭为主……高校还需要多挖掘行业系统的背景。

第二是资源问题。地方高校在制定发展规划的过程中，遇到的最大瓶颈就是资源不足。

现在的生均拨款一般在 20 000 元上下，低的大概 12 000 元。一所有 20 000

名学生的高校，一年预算从 5 亿元到 10 亿元不等，这样的资源配置是很紧张的，政府也做了很大努力，但这些钱相比于其他类型的学校，如央属学校或经济发达城市的学校，实在相差太大。所以，谈到学校发展规划，学校的书记、校长几乎异口同声地说："我们缺钱，如何在没有资源的情况下做规划？"学校可以制定很美好的目标，但如果没有资源，是无法实现的，这就是很大的难题。

因此，地方本科院校在制定发展规划时，一定要有资源意识，要把目标最终落脚到能否获取更多资源。如果能做到，规划就是有效的，就能被教职工信任。如果规划目标的实现要消耗大量资源，又不能拿到资源，那么这样的规划就有待改善。

白丁：资源是我们始终绕不开的考虑因素，那么对于央属这种资源条件和积淀都比较好的高校，他们在做规划时，应更关注哪些因素？

洪成文：央属院校比起地方本科院校、民办高校、行业院校有一些优势，但并不表示央属高校不缺钱。缺钱是普遍性问题，清华大学、北京大学也会缺钱。在发展面前资源永远不够。所以央属学校也需要把资源意识渗透到学校发展规划中。

可喜的是，央属院校在自筹经费方面表现得好一些，从大学经费组成比例中可以发现这一点。在央属院校里，政府拨款占学校总预算的比重相对较低，而地方普通高校的总预算中，政府拨款所占的比例相对较高。除了可以拿到比较高的国家重点项目资金，一些央属院校的社会财政的自我挖掘能力比较强，值得地方院校借鉴。但是，央属院校在挖掘社会资金的能力方面的差异也很大，有些学校表现很好，但也有一些学校基本是以财政拨款为主。发展快的学校，一定是与市场结合得比较紧密，自主财政能力比较好的。如果仅靠政府财政，那么缺钱状况会很严重。

所以，高校在做规划时，很重要的一点是自主筹资的能力。一所学校想要发展得更好，走得更快，这方面就要加强。

白丁：其实这证明无论是央属学校还是地方本科院校，实际上都要依靠自我，通过市场和社会关联，扩展自己的融资能力。那么，民办高校作为我国高等教育序列中不容忽视的一个组成部分，在 2016 年《民办教育促进法》调整后，民办院校的战略发展规划也显得尤为重要。您对民办高校的战略规划如何看？

洪成文：我了解到民办高校的战略规划意识并不比公办学校弱，甚至还表现得更强一些。但值得注意的是，在民办高校里，两极化倾向比较明显：一部分高校非常重视规划，另一部分高校却是非常不重视。西安欧亚学院在规划制定和实施方面，从一定程度上说，是比较成功的案例，这说明重视战略规划的高校，最后往往发展得好，反之亦然。

白丁：有些院校不重视规划的原因是什么呢？

洪成文：个人认为，主要有两个原因：第一，举办人和主要负责人过于自信；第二，举办人和主要负责人对战略发展规划价值的理解不够，认为规划没有价值。

白丁：现在民办高校的领军人，或者说掌舵人大多还是创始人。从年龄上来说，他们对新生事物的敏感度可能不是那么强烈，这是不是也是不重视规划的原因之一？

洪成文：也可以这么说。从 1980 年、1981 年我国开始建立民办高校以来，已有将近 40 年的历史，一些创办者已经 80 岁上下，这些老同志确确实实为中国的民办高校事业的发展做出了重大贡献。有部分校长和创办人已经完成了交接任务，第二代民办高校的领导开始逐渐领航学校。

那么一些还在位的一代民办学校领导者现在六七十岁，他们有丰富的办学经验以及与社会交流的经验，其中一部分人是很开放的，他们对规划价值的认识会更强烈。但也有部分领导者，因为经验比较丰富，更喜欢沿用自己的老方法，用经验思考问题，这就有可能出现您刚才讲的情况，因为经验丰富，反而阻碍了开放的思维。

白丁：您之前提到，一部分学校可能没有能力研究好自己，定位好自己。那么提高高校的战略规划能力是否需要引进"外脑"？"外脑"与"内脑"如何合作才能够更好地完成高校发展规划？

洪成文："外脑"能发挥作用，有三个原因。

第一，"外脑"是专业的，是做这方面研究和咨询工作的。

第二，"外脑"有足够的时间做保障。现在校内做规划的人员，除了规划处处长外，几乎都是兼职的，甚至很多规划处处长也是兼职的。做规划工作的人员还要做很多别的工作,他们是想做好规划,但投入的绝对时间不够,而一定的"外脑"可以弥补时间的不足。

第三,"外脑"的视野相对广阔。"外脑"毕竟看过的学校比较多,视野开阔,可以弥补"内脑"在这方面的不足。当然,我们并不能认为"内脑"就一定没有对自己做出客观准确评价和做好规划的能力。

关于如何更好地利用"外脑",高校一定要明确:"外脑"不是起主导作用,而是起协助作用,"外脑"和"内脑"要共同工作,互相启发。引进"外脑"最终目的不是要代替"内脑"做一份工作。"外脑"最重要的作用是充当拐杖,帮助"内脑"做事情,最终落脚点是让"内脑"可以脱离拐杖,直接做事。所以,"外脑"不要把事情全包了,要带动"内脑"一起发展,当一所学校内部具备了发展规划能力,"外脑"的作用才能最终实现。

一流学科建设规划三阶段:
对标、治标、分享

白丁:"双一流"是 2016 年、2017 年非常热的一个词,它也是有能力的院校在国家进入新时代后的一个重要使命,那么在"双一流"建设背景下,高校应如何做好一流学科建设的规划工作?

洪成文:一流学科建设是一个既复杂又简单的问题。我们在"双一流"建设过程中,要考虑的一个核心问题就是中国特色。如果经过五年或十年的时间,没有形成中国特色的东西,我认为这种建设是不成功的。

一流学科规划建设过程可以分为三个阶段。

第一阶段是对标。世界一流学科一定有一些基本要素,比如,教授水平、学生素质、经费投入、成果发表、知识创造等。我们只有对标世界顶尖水平,才会了解学校与世界顶尖水平的距离。开始时,与世界顶尖水平的距离也许是 5 千米,经过十年发展,只剩 1 千米,那么对标任务基本完成,这时就接近世界一流水平了。

第二个阶段是制标。如果"双一流"建设最终只完成对标,显然不能满足中央对高等教育发展的需求,必须要有制标的过程,要一边对标,一边体现中国标准,适当做一些提前的战略安排。要制定自己的标准,还要参与全球学术发展标准的制定,这才是"双一流"建设背后的意义所在。

　　第三个阶段是分享。也就是将制定的标准分享给他人。中国的标准制定出来后不能只为中国服务，否则这个标准就是狭隘的。开放的标准一定是为世界上任何国家服务的。所以，在最后一个阶段，要考虑中国高等教育能为世界高等教育做出什么贡献。

　　白丁：今天洪教授用通俗的比喻，引出了我们对发展规划的理解。通过今天的访谈，洪教授也给我们带来了新的视角，也就是做规划不能完全在现有的资源条件下进行发展，还要有自我造血的能力，以支撑我们对未来目标的实现。感谢洪教授。

　　（本文根据洪成文 2017 年 12 月在《白丁会客厅》采访视频整理而成）

郭建如：深化产教融合，政、行、企、校应协同发展

2017 年 12 月 19 日，国务院办公厅正式发布了《关于深化产教融合的若干意见》。郭建如博士第一时间做客《白丁会客厅》，从政府、企业、学校、行业协会等多方面，为我们分享了产教融合究竟应该如何深化。

体制障碍是产教融合难以深入的主要原因

白丁：国务院办公厅于 2017 年 12 月 19 日正式发布了《关于深化产教融合的若干意见》（以下简称《意见》）。长期以来，产教融合停留在表面，难以推行，您认为造成这种现象的根本原因是什么？

郭建如：我认为，造成产教融合难以深入的原因，主要是体制问题，或者说体制障碍。具体可以从校企两方面来谈。

第一，学校相关的原因。学校参与产教融合的过程，既有主动的方面，也有被动的方面。主动的方面在于，学校意识到自己有责任让学生更早

人物简介

郭建如，北京大学教育学院教育管理与政策系博士研究生导师，北京大学中国教育财政科学研究所客座研究员。

地了解行业、企业的实际情况,增长相关知识和技能。因为,中职、高职、地方性本科院校的大部分学生毕业后就要参加工作,如果不在学校阶段就了解行业和企业的需求,掌握相关的知识、技术和技能,那么就很难在毕业时找到很好的工作,或者很难在工作中很好地适应。因此,一个有责任心的学校管理者就会希望能与企业合作来培养学生。被动方面在于,从体制和政策上来讲,职业院校要以就业为导向进行人才培养,这就需要校企合作、工学结合。

但是在学校参与校企合作和产教融合的过程中,它们的热情其实是有限的。一个原因是,在这方面我们的相关政策和法律还不是很健全,环境也不是很友好。在这种情况下,学校参与产教融合更多的是在利用个人关系,如校长的关系、教师的关系、校友的关系等。但人际关系有缺陷,每个人的人际关系都不可能很广,因此解决学生实习就业的量就不可能很大。另外,人际关系还存在着不稳定性,如果校友或者校长、老师们的熟人调离了原来的公司或工作岗位,校企合作就会难以持续。

另一个原因是,最近几年国家在职业教育、应用型本科院校等方面有大量投入,如果校内实训设施建设得比较好的话,学校对企业的依赖性也会相对减少。这就造成学校的积极性和主动性没有最初强烈。

同时,围绕学校的相关制度设计是有问题的,这也是一个在体制障碍方面非常重要的原因。我们的教育部门在强调产教融合、校企结合,但政府部门的连接却是松散的,政出多门,部门之间的政策可能是不协调的,甚至是相互矛盾的。学校要进行产教融合、校企结合,就必须更多地与企业打交道,但一些政府部门在规范学校行为时,按照对政府部门的规范去要求学校,把学校当成政府行政部门去看待,也就是我们说的教育行政化,这就束缚住了学校的手脚。

以培训为例,这是职业院校发挥人才培养功能的重要方式,但是按国家其他部门的相关政策和财政政策,培训获得的收入是不能发劳务费的,且实行收支两条线,培训收入与培训单位、培训人员的收入不能挂钩。这样学校就会缺乏积极性。

另外,职业院校引企入校、引校入企涉及学校资产使用问题,在没有明确规定的情况下,很容易被认为是国有资产流失或国有资产无偿使用。一些校长认为模糊地带看不清楚,就不敢往前走。这也是之前校企合作、产教融合停留在表层,难以深入的重要原因。

第二,企业方面的原因。企业在产教融合的过程中,有积极性,但也有压力,有成本付出方面的考虑。因为我们并没有把企业作为育人主体在法律或是更高层次的行政规定中肯定下来。虽然在一些教育文件中可能提及企业也是人才的培养主体,但是教育性文件对企业的约束力是比较小的。

同时,企业参与人才培养是需要付出成本的。这个成本要如何获得回报?如果仅仅是可以择优录取所培养的人才,这种吸引力是非常有限的,尤其是如今高等教育进入大众化阶段,每年高校毕业生非常多,企业并不一定要自己投入办学,完全可以从市场上去购买。而且,即便是企业参与办学,学生毕业时也不一定会去为他提供培训的这家企业,那么企业的投入就很难得到回报。另外,关于企业税收减免问题,虽然在相关文件中有所规定,但在现实中,很多时候并没有落实,或者是力度不大,对企业的吸引力不足。

以上这些其实都涉及制度问题。

白丁: 十八大以来,党和国家非常重视体制机制的深化改革。作为三大融合战略之一,过去产教融合曾被多次提到,但单独发文,这可能还是第一次。这是否也是为了解决体制机制的障碍问题?

郭建如: 是的,《意见》的出台非常及时,也非常重要。在这个新时代、新阶段,我们面临新问题的时间点上,国家出台了政策,将产教融合提到了非常高的高度。

《意见》强调,将来的产业体系是一个融实体经济、科技支撑、金融支撑、人才开发为一体的协同的体系。也特别强调,要将产教融合渗透到经济发展的各个环节中,渗透到人才培养的全过程中。这样的提法是在破解学校教育与产业脱节的问题,解决教育供给侧和需求侧不对接的问题。这些问题如果能得到解决,对于国家提升产业竞争力,推动经济转型,提升产业质量,推动新旧动能转换,将具有重要意义。

产教融合的理念已经提了很长时间,但由于体制方面的原因,很大程度上还停留在表面,很多只是做做样子,看着很热闹,但难以施行。该文件的亮点、着力点就在"深化"上。

校企共赢才能建立长效合作机制

白丁:《意见》明确提出要强化企业作用,但现实情况中存在"校热企不热"

的状况。您认为应如何调动企业参与的积极性?

郭建如: 深化产教融合的关键在于发挥企业的育人主体作用,《意见》直接抓住了瓶颈问题,即如何发挥企业作为育人的主体作用问题。长期来看,如果不调动企业的积极性,产教融合、校企结合就可能始终停留在表层,难以开展下去。

如何调动企业的积极性? 可以从几个方面去考虑。

最理想的方式是通过立法,在法律上规定企业的育人主体职责,让企业承担一定法律责任。德国联邦法律规定了企业在人才培养中的作用,企业是要承担法律责任的。我们国家最理想的状态也是将人才培养作为企业的法律责任,但现在可能还有一些难度,需要我国校企合作条例制定或者《中华人民共和国职业教育法》的修改取得更大突破。

在这一点还没有实现之前,我们可以退而求其次,保证企业参与校企合作中的利益。从校企合作的发展历史看,只有校企共赢才能够保证校企长期合作。如果只是一方得利,另一方不得利,合作是难以长久的。以前的政策更多倡导企业发挥社会责任,对利益机制的设计比较少,但道德的感召作用是有限的。如果不解决利益问题,长效机制就很难建立。

在这次的《意见》中,明确了校企合作的相关方式,明确了利益如何分配的问题。

比如,提到可以由政府或学校购买企业服务,以前这部分是比较模糊的。其实企业在提供实习岗位的过程中是有很多付出的,比如消耗材料、指派师傅指导等,通过购买的形式来支付一定的服务,这是一种直接、有效解决企业利益的方式。此外,还规定了财政税收政策优惠等其他方式。这次的文件是国务院层面出台的高层次文件,能够有效协调相关部门参与,因此也会比以前更有助于解决政策优惠上的难题。但如何保证政策能够落实,仍需要这些职能部门把政策细化,用红头文件下发,以使得政策可以落地执行、具有可操作性。

《意见》也提出学校和企业可以共同建设实训基地或信息服务平台等服务性组织,强调了互利共赢。这就使学校可以比较规范、有政策依据地和企业谈合作建设实训基地的问题。在政策没有出台前,一些校长不敢做,是担心可能会被冠上利益输送的"帽子"。

白丁: 通过您的解读,是否可以理解为国务院层面出台了《意见》,但相关职能部门需要出台很多具体的配套政策才能达到深化的目标?

郭建如：是的，而且这一步是非常关键的。国务院出台《意见》是希望构建政、行、企、校协同育人的体系。在这个体系里，政、行、企、校等各个主体的参与都非常重要。政府可制定宏观架构，规定相关方的权利、责任和义务，但不同业务要由不同部门负责。

我们总羡慕德国的职业教育，德国双元制职业教育的背后实际有一整套制度做支撑，是一个制度包，而不单单是一项制度，制度背后是政府不同部门之间的关系。如何发挥各部门的作用，真正产生协同的效果，是政策落实的关键。如果各部门做不到真正的协同，政策的效果就会打折扣。

白丁：这次《意见》中非常大的亮点就是强化企业在育人方面的主体地位，那么在该政策出台的背景下，未来企业的教育身份会是怎样的？如何发挥它在教育功能方面的主体作用呢？

郭建如：这确实是非常重要的问题。我们之前在这方面也有过尝试。在计划经济体制下，全国一盘棋，学校招生和企业用工紧密联系在一起。学校招多少人很大程度上是依据企业的需求确定的；在培养过程中，需要实习时，企业的教育科或直接与学校挂钩的其他部门就可以安排实习计划。

在市场经济背景下，一些公司上市后，办教育的积极性就受到一些损伤，因为没有渠道把资金直接拨付给学校。这是一个非常大的问题。一些企业谈道，自己每年交很多教育附加费，自己办学校还要投入资金，为什么不可以把上交的教育附加费投到自己办的学校里呢？还有，目前职业院校的规模都做得很大，但企业办的学校所培养的毕业生，真正到该企业就业的比例并不高，企业也可以从社会上吸纳更多毕业生，不一定非要招聘自己学校的毕业生。在这样的市场背景下，就需要企业承担起为行业培养人才的任务，而不单单是为自身培养人才。

借助行业协会，让校企合作更加稳定

白丁：在这样的目标导向下，行业协会未来会有什么样的发挥空间呢？

郭建如：刚才提到企业可以为自己量身定制人才，也可以为整个行业培养通用型人才。德国的企业培训更多是培养行业的通用技能，而不是培养单个企业所需的特有技能；这就需要德国的行业协会制定相关标准、计划，拟定费用。

在校企合作中,如果学校与某个企业捆绑比较紧密,有好处,但也有一些弊端。其中一个弊端是,培养的人才可能只会该企业所需的手艺或技术,不能适应其他企业。一旦该企业倒闭,或者经营出现困难,需要减员,合作就会受到影响。在校企合作中,首先要注意培养通用能力,重视通识教育,使学生具备一般性的现代科学技术、文化方面的素养,其次才是针对某个企业的能力。在这方面,行业协会可以发挥很好的作用。

近几年,一些地方高校在转型过程中,成立了行业学院或产教协同创新中心。在这些组织里的不是一家企业,而是行业里的多家企业,大家结合在一起,共同分析行业需要的关键性通用技能,进行人才培养,这是非常重要的机制。这种机制能够收集该行业用人方面比较全的信息,单个学校的能力往往很有限,同一家家企业进行谈判的成本就比较高。借助于这些组织,校企合作的面就比较广了,且更有稳定性。

政、行、企、校应积极协同,产教融合

白丁:《意见》聚焦于产教融合的深化,关注产教融合协同体系构建与合作机制建设。那么政府、企业、学校和行业协会,在推进产教融合的进程中,应如何协同?

郭建如:《意见》强调了协同育人的体系建立。政府、企业、学校、行业协会都是重要的参与方。如何使各方协同呢?《意见》强调将利益机制作为长效机制,这是对的。当然,在该协同体系里,不同主体拥有的资源和能力不同,应各司其职。

我要特别强调政府的作用。前面谈到的体制问题很大程度上与政策有直接关系。政策的突破依赖于政府。在全国性政策没有出现大的突破的情况下,地方政府可能要发挥重要作用。从全国来看,产教融合做得比较好的区域,地方政府都发挥着积极作用,甚至是主导性作用。

举个例子,在借鉴德国双元制培养职业教育人才方面,苏州的太仓做得比较好。当地二三百家德资企业为双元制的职业教育发展提供了很好的土壤,当地的中职教育与高职教育做得都非常好,职业教育与企业之间相辅相成。当时德资企业要在当地建厂,找到当地的中专学校,希望学校为其培养一些人才。这就

形成了中专学校与企业双方合作来培育人才的模式。这种双元制培养不断吸引新的德资企业进入，德资企业由此慢慢聚集，由几十家到100家，再到200家，现在达到300多家。所以为什么苏州职业教育发展情况较好？因为苏州的地方政府，尤其是区县级政府将建学校，办中职、高职教育作为招商引资的重要砝码。当地学校能培养企业需要的人才，那么一些企业就会来到当地。

当地一所职业技术学院的领导讲过，在政、行、企、校的关系中，政是第一位的，在职业院校的建立、扶助、资助等方面，太仓市政府投入力度很大，推动政、行、企、校形成良性的互动关系，形成政府、学校、企业三重螺旋式的发展，不断上升、相互促进，形成了良性的运行机制。

在地方本科院校的转型过程中，许昌模式是地方政府推动学校从原来的师范院校转向服务于地方发展的应用型本科院校的成功案例。在转型发展过程中，地方政府起到推动作用，甚至是主导作用。政府和企业人员到学校挂职，学校人员到政府或企业里挂职，人员交叉融合。这样的网络建立起来后，大家共同做一些项目，做到水乳交融，就产生了很好的效果。

在广东东莞、佛山等地，政府也非常重视职业教育方面的投入。以人员培训为例，无论是当地人还是外来务工人员，都可以获得考证方面的补贴。在这些城市，外地人口和当地人口的数量比几乎是1∶1，甚至要超过这个比例。政府采取融入政策，鼓励外来人口落户，在入学等方面提供便利，也用政策鼓励他们接受技能培训。

注重双元制模式的本土化落地

白丁：我们谈到产教融合、校企合作，经常会引用德国的双元制。我们现在在强调建立自信，探索自己的东西，那么我们应如何客观看待德国双元制模式在中国产教融合、校企合作的落地过程中的前景？

郭建如：德国双元制职业教育对中国的职业教育有很强的借鉴意义。近几年，政府和学校都在大力推行双元制职业教育，尤其是一些中职、高职院校，一些本科院校也在探讨双元制。我认为好东西可以借鉴，当然，借鉴的同时也涉及本土化问题。

双元制的成本很高。我曾访谈过国内一些采取"原汁原味"双元制培养技能型工人的机构，了解到生均培养成本大约为十几万元人民币。大多数中专学校难以承受这笔费用,国家目前恐怕也很难用十几万元来培养一个中专生。所以,如果经费投入没有达到一定程度,未必能产生较好的效果。因此,在双元制推行过程中,要重质量,而不是单单追求规模,如果规模过大,质量肯定会受影响,也会影响到中职教育的声誉和吸引力;也不能规模过小,如果规模太小,借鉴意义就不大。

双元制的模式在我国产教融合、校企合作的落地过程中,需要注意本土化问题。太仓的一些中职、高职院校也做了本土化探索。

目前,我国已经成为职业教育大国,职业教育也在向外输出,但是否真正形成了中国模式的职业教育,这个问题还需要探讨。德国、澳大利亚、英国等国家的基本模式都能概括出来,中国模式究竟是什么呢?我们还要切切实实探索、概括、总结我国职业教育的模式与职业教育未来的道路。

打开职业院校大门,加强第三方评价

白丁:《意见》当中还提到,要促进产教融合供需双方对接,那么第三方评价对产教融合的深化会起到什么作用呢?

郭建如: 第三方评价非常重要,《意见》强调供需双方衔接,那么供需双方靠什么衔接?

在原来的体制下,一部分评价工作由政府部门承担了,但政府不可能包罗所有内容,还需要行业协会、行业组织、相关的服务平台承担起这部分功能。如前面谈到的交易成本问题,如果单纯靠单个学校和单个企业对接,沟通成本太大。可以由行业协会、行业组织、服务平台负责收集、发布信息。另外,建立第三方的评价机制也尤为重要。

资格证书可能是一个很好的抓手。在德国,手工业协会、工商总会通过把资格证书抓在手里,建立了自己的影响力。过去,我们国家的技能资格证书是由人力资源和社会保障部门发放,后来通过教育部门争取,一些院校设立了职业资格鉴定点。学生在拿到毕业证书的同时,也能拿到资格证书。但这容易被诟病,有人认为,学校自己教学生,自己发证,可能会放水。这时,企业的第三方测评就非常重要,尤其是用人单位的评价。

我去国内一些经济比较发达的地方做调研,当地的职业教育办得不错,产业技术发展得也比较好。在访谈当地企业时,我们问企业:"当地高职院校培养的学生水平如何?"企业谈道:"不行,入职后还要培训半年甚至一年才能成为比较好的员工。"一些地方教育部门也认识到这个问题。所以,职业学校办学不能"过家家",不能关起门来自己办,而是要让行业协会和企业来评价。

（本文根据郭建如 2018 年 1 月在《白丁会客厅》采访视频整理而成）

陈晓红：新形势下的中国商学教育

当国家进入新时代，中国成长为世界第二大经济体，中国的商学教育又在发生怎样的变化？陈晓红以其政协委员、中国工程院院士、商学院校长的三重身份，分析了中国的商学教育与未来大学的发展问题。

新形势下的中国商学教育

白丁：您是管理学的教授、商学院的校长，获得过国家科学技术进步奖的二等奖。能否请您谈谈中国的商学教育在国际上处在怎样的发展阶段？

陈晓红：中国的商学教育这些年发展得非常快。随着改革开放以来经济的高速增长，商学教育在培养人才、引领管理的理论实践创新，以及发挥国际影响力、拓展国际话语权方面做出了很大贡献。特别是在学术领域，如 SCI、SSCI 论文在数量和引用等方面已经排到世界第二，形成了很多管理案例，有了一些实践方面的素材。

当然，和世界一流的商学院或者商学教育相比，我认为，在理论和实践的结合方面，特别是创

人物简介

陈晓红，第十三届全国政协委员、中国工程院院士、湖南商学院（2019年6月更名为湖南工商大学）校长。

新型人才的培养方面可能还存在一些差距。现在的商学教育不仅要看论文导向,还要能够利用导向、实践导向、发现问题,这能够为中国的管理实践、为中国的经济高速发展做出更大贡献。我觉得在这方面,我们还有继续努力的空间。

白丁: 目前我国正处在深化改革的进程中,国家进入新时代,我们谈供给侧改革,谈建设创新型国家,这些对商学教育提出了哪些新要求?

陈晓红: 我们国家进一步确立了深化改革、全面改革的新征程,这些涉及一系列的体制机制的创新。对商学教育来说,怎样适应这种改革?

第一,一定要不断地在变革中寻找人才培养、学科建设、科学研究的定位。

第二,随着供给侧结构性改革和中国经济从高速增长向高质量发展的转变,我们需要新的技术、新的业态、新的模式,这也就对人才培养提出了更多新的要求。比如,生态优先、绿色发展所带来的新的管理问题。大数据、人工智能、区块链、物联网等带来的商业上的革命性变化。同时,商业模式、盈利模式、创业模式都在发生变化。综合这一系列的现象,商学教育就要满足这方面的人才培养新需求,而且现在特别强调跨界人才、复合型人才的培养以及博士型的、博雅型的人才培养。

第三,我们培养的人才要具备一种情怀,对国家、民族要有使命感和担当精神,要不断地奋斗。我们现在是世界上第二大经济体,要成为第一大经济体,需要年轻的一代有担当和奉献精神。

第四,培养创新型、创业型的双创人才。习总书记强调,发展是第一要务,人才是第一资源,创新是第一动力。这意味着我们需要创新型、创业型的人才,这也对高校的人才培养提出了新的要求。

白丁: 我本人也接受过商学教育,我发现过去很多案例都是西方的,而现在的商学院越来越多地采用了中国的一些案例,在我国越来越多地参与国际事务和商业竞争时,您怎样看我国商科教育走出去的趋势?经典的案例和形成的概念、理论,又应怎样走出去?

陈晓红: 是的,十几年前我就主编过两本书,是关于管理的案例集。我们现在的商学教育特别强调案例教学,而我们过去确实学美国、加拿大的案例比较多,但是实际上由于东西方文化和体制的差异,有些案例可以学习,而有些案例则要区别对待。

随着中国成为世界第二大经济体，我国产生了很多政府和企业管理的优秀案例，甚至很多案例走在世界前列。比如，中国的"新四大发明"——高铁、网购、共享经济、移动支付。我们有很多鲜活的案例，可以总结、提炼，催生出新的理论。我们欣喜地看到，商学教育的案例中，国外的案例用得越来越少，国内的案例越来越多。

国外有很多经典的理论、案例和模型，现在依然还在用。我们的学者是否也能提炼出这样的理论、方法？这是值得我们思考的问题。在管理的模式、理论、方法的提炼方面，学者应该形成更多的话语权，中国经济发展这么快，我们的底气很足，但从学者的角度来看，我们理念上的话语权还需要进一步输出。我们不仅要输出劳动力、资本、商品等，也要输出一些管理的思想、模式、文化。这对于学者，特别是从事管理研究的学者，是很重要的使命。

白丁： 目前我国越来越多地参与到国际竞争中，尤其是国家发出"一带一路"倡议以后，在这样的背景下，商学教育又面临怎样的机遇和挑战呢？

陈晓红： 人才培养一定要为国家的区域发展和战略服务。包括"一带一路""京津冀一体化"、长江经济带、粤港澳大湾区建设等，都需要很多管理人才，而人才的培养任重道远。我在高校工作时就经常思考，人才培养怎样才能适应经济的发展？怎样为经济发展做出贡献？在今天这样的背景下，有很多的机会，但是我们储备的人才可能还不够。

商学教育与产教融合

白丁： 国务院最近出台了《关于深化产教融合的若干意见》。产教融合虽然已经提了几年时间，但国务院层面出台文件，以前还是比较少的。管理学是应用型学科，一直采用产教融合的模式。请您结合湖南商学院的实践，谈谈怎样理解和实践产教融合。

陈晓红： 我们高度关注产教融合，也有幸成为"十三五"国家产教融合发展工程应用型本科高校。学校定位于创新型、创业型、应用型三型高校，我们要着力培养双创型人才，走应用型人才培养的道路。因为我校是省属高校，科研成果方面可能很难和"985"高校比，而我校又是偏商科的高校，所以我们希望能够走出特色之路。

我校探索出的特色之路就是"三型人才"的培养。在应用型方面,我们这些年也做了一系列探索,成为教育部首批双创教育改革示范性高校,拿到了科技部的众创空间,入选了 50 所全国创新创业典型经验高校。

我们对学校的整个课程体系做了调整,使得每个专业的每个学生都能接受创业教育。我们也通过一些机制鼓励学生创业,甚至允许学生休学创业,同时学校也在场地上提供支持,我们把几个废弃的仓库改造成大学生创客中心,里面设有创客工场、创意坊、创客书院等。另外,积极地与相关企业合作,包括订单式人才培养,以及邀请企业人员作为导师来指导大学生、研究生,还有设置一批创业导师。

现在国家大力倡导创业型人才培养。原来说以创业引导就业,但是后来发现很难引导,因为真正创业的人在大学生群体中所占的比例很低。而我们觉得这个比例还可以提高,哪怕不是一毕业就创业,但学生要具备创业素养,能够为实现万众创新、大众创业的目标努力。

所以我认为产教融合文件,出台得很及时,也很有意义,我们也会抓紧落实。

白丁: 我们此前也访谈了几位产教融合领域的专家和一线的实践者,他们普遍提到,在产教融合、校企合作过程中,学校和企业的利益诉求有区别,会出现学校热、企业不热的现象。请您谈谈商学院在产教融合过程中是否也有同样的问题?

陈晓红: 的确存在这方面的问题。但是我认为企业现在也需要创新。企业的创新需要创新人才,需要很多有创业素养、创业精神的人才,而不是在毕业生招聘时直接选人就可以了。所以企业要看得更长远一些,要更早与学校形成更紧密的合作,企业所培养的学生将来也有可能会选择进入这家企业,这对企业也是有好处的。所以,企业需要在这方面下一些功夫,甚至要有一些投入。

白丁:《关于深化产教融合的若干意见》中提到,继续深化体制机制的建设非常重要。结合国外一些先进的实践来看,政府应该在体制机制的建立方面发挥积极作用。请您谈谈,国家,尤其是地方政府,在构建产教融合相关体制机制方面,能够发挥什么样的作用?

陈晓红: 体制机制的创新确实是根本。我们想要进一步扩大改革,很大程度上在于体制机制能否破除过去的利益相关的管理,让改革发挥更大的政策红利,国家和地方政府在这方面应该表现得更积极一些。

现在鼓励大学走特色之路,如何走特色之路? 我认为在有些方面可以与企业合作,比如,共同成立某些学院,共同办学。那么在这些方面体制能否放开一些? 因为地方政府有时投入大学的资金还是有限的,我们是不是能发挥企业的主观能动性和积极性,在股权等方面能不能有所突破?

另外,高校老师有很多技术成果,在专利转让、技术转让方面,政策能否再放开一些? 希望能为教师创造一种好的环境,鼓励教师进行成果转让,而不是一出问题就质疑教师怎么可以有这么多收入。教师进行成果转让,也能够更好地参与到产学研一体化的创新实践中,而不是让成果仅停留在纸面上,这也能使教师凭自己的智慧致富。我觉得体制机制在这方面还应该更加放开一些。

"双一流"建设的发展方向

白丁:您所在的湖南商学院定位于应用型高校,同时您还有一个重要身份——中国工程院院士,我在网络上也看到了您对"双一流"的建设有一些独到见解。请您结合商学教育,谈谈应怎样理解"双一流"建设未来发展的可能性?

陈晓红:"双一流"现在是高校很热门的话题,我认为"双一流"也是要分层次的,比如,省属高校,很难以世界一流为发展目标,那么国内一流或者区域一流可以成为其目标,走出差异化的特色之路。

人才培养工作,不一定要在科技、技术上领先,培养很实用的应用型人才也可以。只是大家要沉得下心,不好高骛远。这也能够很好地解决企业、政府的一些管理问题。肯吃苦,能吃苦,这样的人才也是国家和社会所需要的。

所以,我认为"双一流"建设应该是分类的,有朝着世界一流的目标努力的高校,有朝着国家一流、区域一流努力的高校。中国工程院也一直讲究应用导向,要"顶天""立地",能够解决国家战略发展、区域发展中遇到的重大问题。一直以来,无论是做研究也好,教学生也好,带领团队也好,我都很推崇应用导向。

我心目中未来的大学与未来的教育

白丁:教育部学校规划建设发展中心在去年启动了未来学校研究与实验计划。该计划主要聚焦于中小学和学前教育。您是大学校长,我想请您谈谈您心目中未来的大学或者未来的教育是什么样的。

陈晓红：第一，在体制方面能够有所创新，使人尽其才，才尽其用，尤其是要构建终身学习的机制。

过去，高考作为指挥棒发挥着重要作用，这导致在中学阶段可能会遏制一部分创新型人才的成长。对于创新能力的培养到大学时再强调就有些晚了。而我看到很多学生在中学时学得很辛苦，到大学就突然放松了，其实大学期间才是更需要努力学习的阶段。目前，我们没有比高考更好的制度，但是希望未来的教育体制可以不完全跟随高考，让创新型人才能够脱颖而出。

第二，在师资方面更加开放、包容。清华大学曾经有一些大师级的教师甚至没有大学文凭。现在，没有一定的学历好像很难进大学做老师。我希望我们在对待各类人才时，能够更加开放、包容，让教师发挥主观性、创造力。另外，可以让教师参与到企业的实践中。在国外的一些大学里，一些教师、教授可以直接参股或者做企业，我们在这方面能否再放开一些，使教师能够参与到企业的创新实践中，使其科研成果能很好地得到转化。这也是一个多元的身份，不一定会影响教学，实践经历可能会使课堂教学更加丰富多彩。

第三，采用新技术。从之前的慕课，到现在的智慧教室，我们的信息量越来越大。希望大数据、人工智能等技术能够很快应用于教学，使教学模式、教学方式、教学内容等方面不断更新。

第四，要有高效的评估。在评估方面可能也要做一些调整，对高校的考核要更开放灵活，使大学作为竞争主体更好地发挥作用。要坚持正确的政治方向，使培养的人才成为社会主义的建设者和接班人，这一点是不变的，但在具体的实施层面，可以更加开放灵活。

多重身份对办学的影响

白丁：想请您分享一下，作为大学校长，在管理和带领大学的过程中，您的一些心得以及您认为校长应该具备的最基本的素质。

陈晓红：第一，作为校长，要有前瞻性的战略眼光，要看得远，对于学校应该走的方向，对于学校的学科发展，要有前瞻性。

第二，要具备管理协调能力、沟通能力。我认为在这方面，女校长可能是有优势的，比较讲究人情味，同时又能实施和推行自己的一些想法。

第三，一切以师生为中心，关心师生的一切。在这方面，也可以发挥女教师的优势，关爱学生，以学生为本，以教师为本，解决他们生活方面碰到的各种困难。这也是为什么有些学生称呼我为"晓红姐"的原因，他们觉得我像姐姐一样亲切，能够及时解决问题。

第四，能够使大家在学校确定的目标指引下，带领领导班子、二级单位、教师，按照既定的目标前进。这涉及执行力，做事要讲究效率，要雷厉风行。要形成和谐的氛围、进取的精神和力量。大学很重要的和谐是班子和谐、老师和谐、同学和谐。

同时要注意，在培养学生方面，除了让学生具备创新能力、创业能力，还有很重要的一点是，不要把学生培养成精致的利己主义者和冷漠的自我主义者，新时代的大学生一定要有理想、有情怀、有担当、有使命感，这也与大学要营造的文化氛围有关系。对于校长而言，营造文化氛围很重要，其中也包括文明习惯。比如，我不允许在校园的路上看到一个烟头，学生的寝室也要干干净净、整整齐齐。这些都是校长要关心的事情。有些具体的工作可以由副校长或者其他老师去执行。

白丁：您是湖南省少数几个女院士之一，院士的身份对您做大学校长，有哪些积极影响？二者之间是否有互补或者需要平衡的地方？

陈晓红：这两种身份是完全可以互补的，而且是可以相得益彰的。大学有学术权威性。大学里的教职工通常都有较高的学历。作为院士，至少在理论方法和创新思维方面，大家是比较认可和服气的，自己的一些计划能很好地执行和实施。

白丁：与此同时，您还是全国政协委员，在重大会议中积极为国家建言献策。这样的身份对湖南商学院有什么积极影响？

陈晓红：这个使命很光荣，责任很重大。委员要充分了解国家大的方针政策和最新的发展，这样提出的提案才是可实施、可操作的。

政协是很好的建言献策的平台。这次，我带了生态文明绿色发展、区块链、大数据、生态扶贫等方面的提案和研究成果。在这个平台上，也可以便捷地找到其他领域的信息，从中了解到经济发展、企业发展方面的前瞻性的情况，这对办学思路、人才培养是有一些影响的。

我建议,教师要尽可能多地参与到一些实践中,到政府部门挂职一段时间,或者到企业中工作一段时间,能够了解政府和企业是如何运作的,方案的推进和实施是如何进行的,这对治学办校很有帮助。

白丁:我们看得出来,您的这种跨界经历,更有利于融合,也能够获取更多的信息去看清未来,这也刚好符合我们新时代的特征。在新时代的背景下,我们每个人既是奉献者也是受益者,既是生产者也是消费者,陈校长是一个多角色的融合,我们感谢您今天带来的分享。

(本文根据陈晓红 2018 年 3 月在《白丁会客厅》采访视频整理而成)

往来皆鸿儒

《白丁会客厅》教育访谈实录一

基教篇

　　这里有理论，更有实践；有传统，更有开放；有深耕教育，更有跨界而来。他们思考着基础教育的育人功能，他们说做教育要会"借船出海"，做教育要能探寻水下冰山。无论体制内外，他们都是值得敬佩的创新人。

康小明：基础教育何以培养创新型人才

当前，国家正处于全面转型期，整个社会都迫切需要创新型人才，这就要从基础教育阶段着手，重点培养孩子的创造力。然而，孩子的创造力在传统的应试教育下被严重破坏，甚至被扼杀。

康小明教授从初中开始就是一位学霸，年级第一、考研考博、北大清华、托福雅思，都不在话下。但他却表示自己从未报过辅导班，"最好的学习是自主学习"。通过康教授的分享和解读，家长和教师或许能从中获取培养创新型人才的理念和方法。

人物简介

康小明，北京大学博士，清华大学博士后，中科院科技政策与管理科学研究所副研究员。

学习的最高境界

白丁：康教授，您从初中开始就是一位典型的学霸级人物，现在从事的工作为推动中国教育更好地向前发展，作出了很多贡献。我想请您和大家分享一下您的学习经历以及工作经历。

康小明：谈到学习，从我个人来讲的话，是在初中阶段开始出现质的飞跃的。

初中以前，我在农村的学校读书，不知道县城更好的学校里的学生成绩是怎样的，也就无法比较,只能算是井底之蛙。到了初中之后就不一样了,因为即将面临中考。中考是全省统一命题,有可比性。

所以从初二开始我就意识到,要自主学习,要探索学习,研究性地学习,自己钻研考点和经典题型的解题方法。后来,我中考时考了全县最高分,进入了本地最好的高中。这是我第一次感觉到学习要靠自己去钻研、去探索,学习原来这么美妙。

高中阶段,我的成绩稳居全年级第一,高考分数还比北京大学和清华大学的录取分数线高了十几分,可以在这两所大学中任择其一。由于专业的原因我填报了北京大学。在北京大学读完博士以后,心中仍有清华情结,所以,最终放弃了有可能留在北京大学当老师的机会,去清华大学读博士后。2015年,在美国斯坦福大学教育学院做了一年的国家公派的访问学者。

中考,高考,北京大学的硕士和博士入学考试,美国的托福、GRE,英国的雅思,这些考试我都考过,从来没有上过任何辅导班,完全是在自己摸索的情况下,实现了既定的目标,而且都是以高分一次性通过。

这些经历使我意识到,其实最好的学习是自主学习,最好的管理是自我管理,成长最佳的状态是自觉成长。这应该是学习的最高境界。

基础教育培养创造力的途径

白丁:现在,我们再对传统的基础教育进行反思,基本上得出了这样一个结论,即我们不能很好地去培养有创造力的人才。关于对创新型人才的培养,国家也非常重视。

那么,关于创新型人才的培养、关于创造力的培养,我们的国家、社会、学校以及家庭,应该做一些什么工作?

康小明:我原来是研究高等教育的,研究大学的人才培养模式,通过完善课程体系、培养学生的某些能力和素养,使得他们进入社会之后能够取得良好的职业发展。后来发现,大学阶段出现的很多问题,实际上是因为基础教育阶段没有解决好,所以我又开始研究基础教育。

国家要实现创新驱动发展战略,要实现中华民族的伟大复兴,需要通过教育全面提升在校学生的创新精神和创新能力。所以在基础教育阶段,甚至是在学前教育阶段,如果家长和老师能用科学的理念和方法去激发孩子的创新意识、培养孩子的创新能力,将更有利于孩子成长为创造性人才。

如何培养孩子的创造力呢? 我认为最重要的是以下几个方面。

第一,要激发和放大孩子的好奇心和求知欲。

创造力的源头就是好奇心和求知欲。孩子的好奇心和求知欲是与生俱来的,但在基础教育阶段,随着年级的升高,孩子的好奇心和求知欲不是在增强,而是在慢慢减弱,根源在于很多家长和老师没有用正确的理念和方法去帮助孩子增强好奇心和求知欲,很多时候在无形当中,还会扼杀孩子的好奇心和求知欲。

比如说,随着孩子的慢慢成长,他就会问父母各种各样的问题:太阳为什么从东边出来? 彩虹为什么是五彩缤纷的? 这个时候,父母对待孩子问题的方式,就能够体现出家长的教育和引导水平。大部分家长都是简单粗暴的,可能会敷衍了事:"不要问这么多为什么,长大后你自己就明白了。"

如果家长不善于引导孩子去解决这些问题,甚至让孩子渐渐失去提问的乐趣,孩子的好奇心就会慢慢减弱。而在西方,无论是中小学还是大学,都是鼓励孩子提问的。只要孩子提的问题不是太糟糕,老师都会说:"这个问题提得真好。"爱因斯坦曾经说过,提出一个问题比解决一个问题更重要。但是,我们的家长很多时候都是在扼杀孩子提问的欲望。

另外,传统的应试教育追求的是标准化的统一的答案,老师要求的是学生听话,按照老师教的去做。所以老师不喜欢学生质疑,但创新精神的一个重要方面就是要有批判精神、质疑精神。学生在学校里习惯了听话教育,回家还要听家长的话。在这种情况下,学生就会逐渐丧失独立思考的能力。

第二,要用宽容平和的心态对待孩子的错误。现在,我们在倡导成年人创新创业的过程中,特别强调要宽容失败。孩子在探索过程中,肯定会犯各种各样的错误,但家长和老师对待孩子的错误或者失败却并不是那么宽容。

大家可能都听过这句话:失败是成功之母。但是很少有家长和老师能够真正地引导孩子从错误和失败中吸取经验,进行反思,鼓励孩子将来做得更好。实际上,失败只是暂时不成功。失败也同时意味着收获,因为从失败中,通过反思和总结,能够获得很多意想不到的东西,所以要宽容孩子的失败,真正让失败成为成功之母。

白丁:对,我想起了丘吉尔说的一句话,大概是这样的:一次又一次的失败,还能保持热情不减,这才是成功的基础。所以基于此,有人也在反思,为什么我们面对人工智能、面对计算机是没有竞争力的？因为计算机能够经历 10 亿次、100 亿次的失败，在不断地试错中"热情"不减，最终达到目标。但是，人往往很容易被失败打倒。

康小明：是的，所以家长和老师在教育孩子的时候，应该以宽容平和的心态去面对孩子的错误和失败，这样对他将来步入社会也有很大的积极作用。

第三，要培养孩子的专注力和观察力。孩子的创造力与专注力、观察力的培养密切相关。我觉得现在很多的家长都陷入了一个误区，眼睛只盯着孩子的学习和考试成绩。实际上，这对孩子创造力的培养并没有多大的益处。

那么孩子的专注力和观察力应该如何培养呢？首先，让孩子专注做他喜欢做的事情。无论孩子是在专注地看书，还是在专注地拆解玩具，甚至是在与别的小朋友玩游戏，家长都尽量不要去打扰。干扰会影响孩子的专注力。

其次，体育爱好也是培养孩子专注力和观察力非常重要的途径。之前有位家长就向我咨询孩子的教育问题，他的孩子很聪明，但上课时常常注意力不集中。孩子爱打羽毛球，但父母认为他成绩本来就不太好，不能再让他去打球了。我就建议家长，每周陪孩子打半天羽毛球。一学期后，孩子的注意力果然越来越集中。

为什么会发生这样的转变？原因就在于打羽毛球时必须集中精力，这种能力自然也会迁移到学习中。后来，这个孩子的学习成绩也就慢慢提高了。

另外，在 6 岁之前，孩子最需要的是父母的陪伴；到了小学尤其是小学中高年级，包括初中阶段，孩子最需要的是父母带他或者支持他去体验各种各样的活动。所以，父母不妨利用假期，陪着孩子到处走走、到处看看，包括体验大自然、跟不同的人群进行交往等。孩子接触高山、大海、草原的过程，不仅有利于视野的开拓，对专注力和观察力的培养也是非常有帮助的。

白丁：创新需要素材，如果孩子的眼界不够开阔，没有见识过世间万物，创造的资源就会比较匮乏，就会形成一定的局限性。

康小明：对。所以第四，就是要激发孩子的想象力。大家都知道想象力对于孩子创造力的培养非常重要，但目前国内在基础教育阶段对于激发想象力方面是比较匮乏的。我们的教育往往过度追求所谓的标准答案、唯一答案，这种"唯一性"就会限制孩子的想象力。

我认为在家庭教育和学校教育中，可以从以下几个方面来培养孩子的想象能力。

首先，鼓励孩子展开想象的翅膀。孩子从小就具备天真烂漫甚至非常离奇的想法。对于这些想法，家长和老师不要一味打压。虽然很多想法看上去不切实际，但可能在将来会成为现实。当年凡尔纳写《海底两万里》时，还没有潜艇，很多人认为他写得夸张、离奇，质疑书中所写能否实现。但后来潜艇被发明了，我们真的看到了海底世界。

其次，带孩子去经历和体验各种各样的自然、人文、历史。这可以帮助孩子积累素材，当素材积累到一定程度时，自然而然会从量变转到质变。如果有条件，假期可以带孩子到各处转转，这可以总结为行万里路。但不要只是走马观花地走走看看，一定要让孩子有所准备，之后要有感想、有体会、有思考。

最后，让孩子多读书，增加间接体验，也是一个培养孩子人生阅历和素材的通道。在个人学习和工作中，我对此深有体会。

小时候在农村，没别的书看，只有老版的四大名著，我就把这些书拿过来读。后来，我发现阅读这些书对语文学习，甚至理科的物理、化学等课程的学习，帮助都非常大。何况在今后的高考中，语文试卷的阅读量将大大增加，数学、物理、化学的文字阅读量也将大大增加。所以，引导孩子读万卷书，不仅有利于积累创新素材，增加间接阅历，也有利于孩子提高考试成绩。

假期怎么培养孩子

白丁：马上就要进入暑假了，暑假是一个报班季，很多不同年龄段的孩子都会面临要不要报班、报什么样的辅导班的问题，请您给家长们提供一些这方面的建议。

康小明：这确实是很多家长和孩子面临的一个迫在眉睫的问题，一旦孩子离开学校，家长就会寻思孩子的暑假该怎么度过，现在最常见的就是给孩子报各种各样的班。我觉得，从孩子的长远发展来说，有两大方面非常值得去完善、去提升。

首先，除了文化课的学习，家长一定要注意激发和培养孩子的体育爱好。这也是世界一流大学以及我们国家一些重点大学在招生时非常看重的一个方面。体育爱好不仅能够锻炼身体、培养孩子的团队合作精神和专注力，更重要的是，能帮助孩子提高情绪管理的能力。

在孩子的成长过程当中，必然会遇到困难、挫折，如果他没有一定的体育爱好，他可能就那么坐着闷头想，越想越难受、越想越难以排解。如果一个孩子有了一个必备的、擅长的体育爱好，遇到困难和挫折后，爱爬山就去爬爬山，爱骑车就去骑骑车，爱跑步就去跑跑步。出一身汗，冲个澡，再倒在床上大睡一觉，我相信到了第二天早晨，孩子心里依旧阳光灿烂，再大的困难和挫折也不会困扰着他了。

其次，一定要培养孩子某方面的艺术爱好。艺术能力的开发，对于孩子创造力的培养也非常有帮助，尤其可以激发孩子右半脑的潜能。所以，利用假期强化孩子的艺术爱好，这也是家长应该做的事情。

所以，在假期里，我认为适合重点培养学生这两方面的能力与素养，而不必再像平时一样学习大量的文化课程。无论是艺术爱好，还是体育爱好，大部分家长都不太擅长，这就需要依托专业机构来培养孩子。此外，家长还可以选择一些能以增强孩子的心智、体能、毅力为核心目标的夏令营活动。

我不太赞成孩子在小学之前以及小学整个6年时间，报文化课程的辅导班，因为这类课程的辅导班，很多时候孩子都不想上，是父母为了孩子的应试成绩、为了升学，逼着孩子去上的。其实，孩子考试成绩的高低，与家长为孩子报的文化课辅导班的数量多少没有必然联系。而且，这种辅导班可能会扼杀孩子的学习兴趣，尤其是在孩子被迫参加的情况下，孩子的自主能力和探究能力都会被逐一遏制。

学生需要长久地维持学习的激情，但学习的激情不能靠强迫去延续。如果孩子想补习，家长可以送孩子去，但如果孩子不想去，就不要勉强。

我觉得假期里，在文化课程的学习方面，最好的方法还是让孩子自主预习、自主学习、自主复习。其实孩子在这方面准备得越早，将来进入名校的概率就越大。

家庭与学校教育如何分工

白丁：目前，教育行政主管部门一直在为中小学生减负，但一些家长还在给孩子不断地加压。为什么会出现这种矛盾的现象？背后的原因究竟是什么？

康小明：这与家长以及整个社会对家庭教育和学校教育的认识是密切相关的，家庭教育和学校教育在孩子的成长过程中发挥的功能和关注的重点不太一样。

以树的成长作比喻的话,孩子现在是一棵小树苗,学校和家庭都希望能把孩子培养成参天大树。树木可以分成地面以上和地面以下两个部分。地面以上,我们希望小树苗能枝繁叶茂,开花结果;地面以下,我们希望树苗能根深蒂固。学校教育擅长的是通过文化课程来传输知识,其中有国标课程、地方课程、校本课程等。这类似于修枝剪叶,为的是让小树苗枝繁叶茂,开花结果。

小树苗的苗壮成长也离不开庞大的地下根茎的支持。根茎的维护要靠家庭教育来完成,这也是家庭教育最擅长的。根茎系统反映到孩子身上,是指健全的人格、完善的精神世界以及全面的素养,还包括优秀的习惯、丰富的情怀等。孩子的内在精神和人格世界,是家庭教育应该着力强化的。

但是现在很多家长常常会走进教育误区,把家庭教育理解成学校教育的简单延伸和扩展,给孩子简单地加大作业量。这种做法明显只是简单机械地理解家校共育,违背了孩子的成长规律。

白丁:地上一部分,看得见、摸得着,跟家长的面子也相关,所以家长就会比较在意修剪枝叶这部分,这也是其中一个隐性的原因。

地下一部分,虽然看不到,但它确实非常重要,决定着孩子这颗幼苗将来能有多粗壮、多高大,地上看得见的部分终究只是暂时性的,只是某一年级、某一学龄段的一种呈现而已。

康小明:所以,提升家长的教育理念,使其掌握科学的家庭教育方法,这是未来基础教育阶段一项非常重要的工作。这项工作如果做不好,学校教育做得再好,孩子的成长也会受到影响。

白丁:非常感谢小明教授给家长的这些建议,以及对未来创新型人才的培养所提出的深入解读。

(本文根据康小明 2018 年 6 月参加《白丁会客厅》视频直播节目的受访内容整理而成)

李一诺：我愿探寻教育的水下冰山

清华大学学霸、UCLA 博士，前麦肯锡全球董事合伙人、世界经济论坛 2016 年青年领袖、盖茨基金中国代表、有马甲线的三个娃的妈……李一诺身上的光环太多也太亮眼。从 2016 年起，她又有了另一个身份——一土学校创始人。而这所学校的名字，也迅速被教育界熟知。

"我们在国际舞台上缺少一席之地"

白丁："一土学校"的名字非常有意思，背后的含义好像是说一群非常土的人办了一所非常土的学校。但是一土学校实际上拥有非常高端的师资，还有高科技手段作为教学支持，也怀揣着用自己的教育系统为中国教育公平做出贡献的愿望，那么能否给我们详细讲讲这所学校名字背后的故事。

李一诺：当时起名字的时候，确实希望这是一所"土学校"。我在 2016 年的时候带着 3 个孩子回到北京，当时很多学校都希望自己的定位是"高大上"的，比如"新精英""常青藤"等。我们当然

人物简介

李一诺，前麦肯锡全球董事合伙人，一土学校创始人。

希望孩子能够进入一所好的学校,但真正好的教育教给孩子的应该是本真的东西,比如说价值观、对自我的认知、自己是谁、自己想做什么、能做什么。

所以,"土"的意思是希望能够回归教育本身。当然,"土"还有另外一个意思,我觉得孩子就像种子一样,带着自己的 DNA 和日后的很多潜力,而好的教育就像是土壤,能够让孩子生根发芽,成长为茁壮的大树。

白丁:据我们了解,当时创建一土学校的起因是在北京没有找到符合自己要求的学校,您认为目前中国基础教育普遍存在的问题是什么呢?

李一诺:其实这并不是我的本意,北京有很多很好的教育机构,但是很多人因为自己工作或是地理位置、身份的限制,有些学校去不了。我在 2016 年 3 月写了《你也为孩子上学发愁吗?》,文章中的感触就是我对过去经历的一些思考。

我对教育的观察其实还来源于在麦肯锡的 9 年间一直做的与招聘相关的工作,以及对年轻人进入麦肯锡后职业发展方面的支持。从教育出口看教育,就会发现我们的基础教育和社会的真实需求之间存在很大的鸿沟。

另外,很多年轻人到了 30 岁对职业选择、人生选择还很迷茫,就好像以前是一条直线,只需要按部就班地走,但是突然需要自己做选择的时候,就发现教育并没有使他们做好准备。虽然很多年轻人表面上有很多光环,但实际上更像是一种空心病。中国正处在一个不断崛起的时代,我们希望中国的孩子未来能够成为领导者,但领导者最重要的是内心充盈,知道自己是谁,想要什么,能做什么。

在北京、上海这种一线城市,国际教育是很多人所推崇的。麦肯锡里的很多同事也把孩子送到国际学校,按照惯性思维,我似乎也应该这么做。但是其实想一想,这很可悲。我们是具有五千多年历史的文明古国,如果一线城市的精英父母都想着把孩子送出国,肯定有些事情是存在问题的。

我在美国做麦肯锡全球合伙人的时候,整个麦肯锡北美 600 位合伙人中,只有两位是在中国大陆接受的本科教育。而同一时间做到合伙人位置,且拥有印度本科教育背景的印度人,是 100 位,占到了合伙人团队的 15%。

这使我非常震惊,我们一直在崇尚国际教育,但是在主流的国际舞台上,我们又是一种缺失的状态,那么我们这种所谓的国际教育到底在培养什么呢?除了会英语,能够去国外上学之外,是不是真的能够在国际舞台上占有一席之地?后来我到了盖茨基金会,这种感觉就更加强烈,甚至发现很多人对中国这些年的发展认识非常浅薄。

我们经常在国内讲很多故事,这些故事也基于大量的事实,但是这些故事在国际上非常缺失。中国现在已经有世界上最多的学习英语的人口,但是真正想要在国际舞台上占有一席之地,我们还有很长的路要走。

所以,我希望做的教育是 Truly Chinese,Truly Global,是希望能够做"根植中国,拥抱世界"的教育。

教育是一个社会问题

白丁: 目前的国际教育依然很热,社会上对公立教育也有着各种各样的批评声,甚至有些批评还很极端,但您却能保持客观和理性,我觉得这对现在焦虑的家长会有很好的借鉴作用。

一土学校提出用连接和跨界重构当下的教育生态,推动教育创新。虽然教育通过行业本身的力量也在不断优化,但是想出现颠覆性的创新,可能还要借助教育之外的力量,您对此如何解读?

李一诺: 确实像您所说的,中国现在有很多键盘侠营造了非常不好的风气。但是我发现,在这些经常被诟病的领域中,其实有大量真正在做事情的人。比如,很多人在攻击公立教育,公立教育的确有很多限制,而在公立教育中做创新的人,我觉得是非常值得敬佩的。

我一直认为教育不是行业,而是社会机构,也正因为如此,教育领域想要有所进步就必须是开放的,必须要团结一切可以团结的力量,而不是几个人立一个山头,一起去攻击另一个山头。攻击别的山头可能会使几个人做好自己的小生意,但最终对教育的贡献微乎其微。

我也把自己作为这个开放体系中的一分子,希望在这个过程中贡献自己的力量,但贡献力量并不是颠覆,而是带来不同视角和经验,与已经在教育领域里的人很好地结合。

白丁: 那么您认为社会可以在哪些方面为教育提供帮助呢?

李一诺: 第一,课程方面。课程是学校的核心,孩子到底应该学习哪些内容,这个问题随着科技的进步也有了更大的想象和思考空间。现在企业里对员工的培训远远超过学生在学校里所学的东西,所以如何才能让学生所学的内容不过时，这是很重要的。要参照社会大环境，灵活设计课程。课程体系是有骨架的，不是随便可以攒出来的，但在骨架之外，可以根据社会发展灵活设计。

第二，教师的职业发展。在学校体系中，核心的战略资产是教师。教师是天底下最复杂的职业，教师不是在做产品，而是在培养人，但教师得到的职业发展方面的支持与职业对其要求往往是不匹配的。我们举例子说，同样大学毕业，进入企业的员工可能有经理指导，有培训，一个项目没做好还有下一个。但是进入学校的毕业生，可能第一天就要面对几十个学生，要教知识、要做很多复杂的工作，比如，处理和家长的关系。很多内容在师范教育里是缺失的，但在企业里是司空见惯的。

一土学校创立时，我邀请麦肯锡长期做员工发展的同事为教师上课，培训教师如何沟通，如何解决问题，建立怎样的思维框架，如何解决纠纷。一位有二十几年工作经验的教师说，原来解决问题是靠自己摸索，解决不了就暂时搁置，没想到解决纠纷是有方法论的。所以，其实方法论是存在的，但很少有人想到它对一线教师有什么作用。今天在培训教师时，一定要将教师作为完整的人，而不是数学老师只教数学就行了，要思考他们需要哪些职业支持和指导。

第三，学校的运营。企业的运营经验往往对学校运营有启发。例如，每次野外活动都要做大量的细节工作，教师至少要提前踩点两次，考虑可能存在的安全隐患、儿童的过敏问题等。在这些方面，企业的很多运营经验都可以借鉴和参考。

第四，全社会共同培养孩子。因为教育是社会问题，所以学校不应该是围墙里的学校，将学校圈在围墙里最终的结果是家长和学校之间是一种表面和谐，实际对立的关系。现在有些家长有两个微信群，一个是老师在的群，一个是老师不在的群。前者是撒花群，后者是吐槽群。我觉得这种两张皮的关系谁都不喜欢。好的教育意味着所有人是同路人，老师、孩子、家长朝着同一个方向，都能成为更好的自己。教育不应是家长付费，将学生交给学校，让学校负责，学校如果不负责，家长就投诉。这最终会害了孩子。

我们上学期做了网上家长学校，现在有将近 7 000 位家长学生。我们要思考如何利用互联网平台，让学校和家长的关系更加真实，有了真实，第二步才是融洽。

"一土"的观点是要建立以学生为中心的课堂，以教师为中心的学校，以学校为中心的社区。让学校成为社会的中心，全社会共同抚养、培养我们的孩子，因为他们是国家和社会的希望。应该有一种机制，让社会的资源有序地支持学校。

重新定义个性化——保护和激发孩子的内驱力

白丁： 一土学校提出强调个性化教育，对于个性化教育，不同的人有不同的解读，您认为个性化教育到底是什么？一土学校在这方面又是如何进行实践的？

李一诺： 对个性化比较常见的解读是一个人一套进度，学得快就多学一点，在某些方面擅长，就多做一点。而我们对个性化的定义则是如何保护和激发孩子的内驱力。

作为一个曾经的学霸，我觉得学习这件事没有那么难，我也没有上过什么补习班，但最终学得也不错，我觉得有几个主要的原因：我想学、有正确的方法、有资源。其中社会已经在解决资源的问题，而"我想学"才是最难解决的。因为大家通常并不是为了自己在学习，而是为了家长的期望、为了考证、为了就业指导。我们要回归最根本的东西，保护和激发孩子的内驱力。

在实践上，主要有两个方面。

第一，让孩子认知自我。内驱力是一个很宏大的命题，是人之为人、人和动物最根本的区别。如何让孩子真正具备内驱力？很重要的一点是在适当的年龄阶段，用与孩子特征相符的方法，使他们认识自我。比如，使孩子认识自己的情绪，生气、沮丧、高兴这几个情绪没有高下之分，不一定每天都要很高兴。一土学校每天早上有晨会，有四个颜色的卡片，绿色代表高兴，红色代表生气，蓝色代表忧伤，黄色代表比较慢或困乱，孩子每天选择自己的情绪颜色，在这个过程中，使孩子认知和表达自己的情绪。

第二，让学习更贴近学生。我们的语文课是有教纲的，但是怎么教是有学问的。老师上课会先问同学们，你们为什么要学语文？让孩子自己思考答案。孩子们会说"想认识地铁站""想看爸爸手机""读更多故事书""想写信"，这些目标一旦说出来，就会变成孩子自己的目标。所以我们的老师就画了一棵语文学习树，树上结出了很多果子，有阅读果、写字果、沟通果等。孩子们想要结出什么样的果实，就把自己的名字写在相应的位置上。他们每天都能看到自己的目标，这就培养了孩子的习惯，让他们认识到学习是自己的事情。其实孩子有与生俱来的好奇心，所以对于学习应该有非常自然的喜爱。但是当我们把学习变成一种任务,反而就成了非常可怕的事情。

有一种说法是,"不用给孩子插上想象的翅膀,只需要不剪断孩子的翅膀"。我觉得说得很对。

在一土学校,我们每天会让孩子定自己的目标,对于这些目标只有一个要求——是学生自己的目标,而不是父母的目标。比如,学生的目标是中午把饭吃完。只要目标达成,教师就会奖励学生豆子。集齐100个豆子,学生就可以换成豆浆喝掉,这是我们的货币系统。

完成这些其实对老师的要求也是很高的,如果一个老师面对40个学生,是很难关注到每个孩子的状态的。我们的班级规模很小,一个班不到20个学生,同时通过一土时空APP,教师可以记录学生的表现,家长也可以看到学生的表现。我们希望能够积累大量的定性数据,只有在大量定性数据的基础上,才可能更有体系性,才有汇集更多孩子的可能性。

白丁: 我们一直以来都忽略了定量,忽略了数据对于决策的支撑,很多事情都是拍脑袋想出来的。一土学校在解决孩子内驱力的问题上下了很大的功夫,我觉得如果真的能够把学生的学习变成自我需求,那么家长的焦虑情绪可能也会得到非常大的缓解。

李一诺: 是的,大量的企业都是注重数据的。我觉得现在中国在教育上的问题反而走向了另外一个方向,就是很多时候忽略了数据,而注重"道",但如果我们真的注重了"道",注重了培养人才,那可能反而没有现在这些焦虑了。我们现在对于数据的探究还是单一性的考试成绩,很多内容都没有反映在教育的评价体系里。做教育,任何决策都应该基于事实,如何把事实变成可以提供决策基础的东西很重要。

在内驱力方面,正常的孩子都会对未知的东西好奇,我们应该去引导,而不是把他放在一个既定的赛道上。

项目制让学习变得有趣

白丁: 一土学校一直在做项目式学习,在您看来项目式学习最重要的意义是什么? 通过项目式学习,孩子有哪些变化和成长?

李一诺: 我们做项目式学习的出发点很有意思,美国项目制学习的鼻祖是圣地亚哥的 HTH(High Tech High)学校,他们就是以项目制学习为主要教学手段,他们的课程都是在项目里面跟着上的。我觉得项目制学习很好,但是总做项目我也不大能接受,我觉得总是要上课的。后来他们的老师回答了我的问题,他说:"我们工作以后有人会坐下来给你上课吗?不是每天都在做项目吗?为什么不能把这样的场景传递给我们的孩子,而一定要让孩子在虚假的场景中呢?"他的回答对我很有启发。但是他们是中学,我们是小学,还是有所不同的。

我们的孩子比较小,做不了大的项目。去年有一个项目曾经持续了一个学期,每天下午学生用两个小时种蔬菜种子,守护种子成长,蔬菜成熟后卖菜,用蔬菜做沙拉,开餐馆,算账目……在这条主线中,包含了很多其他的内容,比如,让不到 6 岁的孩子开餐馆,卖自己做的东西。老师提前带学生去观察好的餐馆有什么特征。有的学生说,"服务员很礼貌,面带微笑","服务员穿制服,服务态度好",还有的学生说,"好的餐馆有背景音乐"。所以在孩子们开的小餐馆里也设置了背景音乐。还有孩子在桌上摆了一个杯子,里面放了几根草,因为孩子们注意到有些餐馆里摆放了花。

在开餐馆的过程中,要写中英双语菜单,由此学生学习了语文知识、英语知识;要算账,又学习了数学知识;设置音乐,学到音乐剪辑,还涉及团队协作等方面。而且你会发现,孩子们在这个过程中会觉得学习是一件非常有意思的事情,甚至有家长说"孩子即使发烧了,也还是想来学校"。

我们的家长也会写文章讲述孩子各方面的变化,其实这些成长并不完全来自项目,也来自教师和家长对孩子的关注。

成功的家庭教育要做到三点

白丁: 提到家长,目前很多家长在孩子的教育问题上处于焦虑的状态,这可能也和我们的社会在高速发展有着直接的关系,因为未来社会对人的需求可能是我们现在想象不到的。那么作为三个孩子的母亲,您认为在家庭教育方面,父母真正应该关注的重点是什么呢?能否请您站在母亲和未来教育探索的双重角度,为我们做一些分享?

李一诺: 其实这个问题我自己也在探索过程中,我觉得成为家长是对个人特别大的成长,也会真正开始考虑作为人的意义是什么,到底什么是成功的教育。我认为越是在发生巨大变化的时代,好的教育越应该回归根本的东西。所以有三点非常重要。

第一，让孩子有正确的价值观和价值取向。人工智能没什么可怕的，因为它没有价值观，而人是有价值观的。在这方面，家长可以发挥很大的作用，孩子是不是能够既对社会有更好的憧憬和期许，又能够脚踏实地地做事情？家长要将这种人生道理教给孩子。未来孩子所面对的世界是我们现在想象不到的，但只要孩子有这些价值观和价值判断，他就能够在任何情况下做出最合适的决定。

第二，让孩子实现自我认知。每个人都是独一无二的，彼此之间擅长的事情也不一样。在工业时代即将结束的背景下，现在更重要的是自我探究和自我绽放。中国过去四十年的发展很大程度上得益于应试教育，但在人工智能时代这很可能变成一个巨大的短板。我认为在接下来的时代里，人的创造力、自我决断力是更重要的。

其实孩子未必能够成为家长努力想让他成为的样子，家长能做的事情就是让孩子在自己最擅长的领域去发现自己的长处，为孩子提供机会，让他们能够不断地学习。

第三，让孩子热爱生活。我们平时每天会看到各种坏消息，有很多事情会让我们认为世界是糟糕的，但是认识到这一点并没有用，除了吐槽之外还能做什么呢？我觉得对生活的热爱是最重要的，这是我们做很多事情的原动力，哪怕会有挫折，有失败，但这样才能真正让我们的世界变好。

我觉得家长如果能做到这三点，家庭教育就是成功的。

未来学校形态：去围墙化、微小化

白丁：您其实说出了一个非常重要的教育理念，就是无论外面的环境如何变化，教育都应该关注最本真的东西。目前未来学校也是教育界热议的话题，提到未来学校可能很多人的第一反应是各种高科技构成的科幻校园，一土学校作为创新教育的先行者，在您看来未来学校是什么样子的？我们今天的教育又应该进行哪些调整来迎接未来？

李一诺：未来教育应该回归对人性的关注。在未来学校中，高科技产品是手段，手段可以因地制宜，可能有，也可能没有。但是如何让未来一代在未来世界立足？那一定要回归到价值观和自我认知上。所以教育对人性的关怀非常重要。

高科技首先影响的是知识的呈现方式，这固然有用，但是在教育里面这并非充分条件。我举过一个例子，人就像一座冰山，水面上的只是非常小的一部分，这部分是知识和技能，是最容易被高科技融化的，和水面接触的部分是现实社会的处事经验，再往下是性格力量，比如好奇心、坚韧，最底层的则是自我认知。未来的教育应该更加关注冰山下面的东西。

在学校形式方面，我认为未来学校首先会去围墙化。杜威、陶行知的理念都提倡社会即学校，生活即教育。要让学生真正有社会经验，让学生接触真实的社会，也让社会更多的资源进入学校。

其次是微小化。现在有些学校动辄好几千人，这是工业时代的运作方式，有人曾经说过，现在的学校需要的不是现代化，而是正常化。好的学校，校长应该知道每个学生的名字。我觉得在高科技时代，人们越来越沉迷于网络世界的时候，人与人之间真实的交往也就越来越重要，特别是对孩子来说，老师对他的一个眼神，一个微笑，一个轻拍，都可能对他有非常大的影响。

微小化很难做，因为它往往对应的是不专业，是风险，很可能合伙人吵一架就解散了。所以一土学校希望开发一个支持更多创新教育机构的操作系统，有了这个系统，即便创始人退出，也能够找到其他人来接管学校，因为我们储存了所有的数据，这样才可能支持学校向微小化发展。

白丁：好的，非常感谢一诺，在一个小时的时间里，把对未来学校、未来教育的思考做了系统的分享和诠释。我们看到一土学校有非常高端的老师，但是取了一个"土"名字。在我们都在追求高大上的时候，一诺在追求并实践着学校的微小化。这也算是矛盾和统一的结合。就像一诺所说的，只有更多顶尖的精英人才把自己的时间和资源投入教育事业当中，教育才真正有希望，未来的一代又一代孩子才真的有希望。

（本文根据李一诺 2017 年 9 月在《白丁会客厅》采访视频整理而成）

朱建民：做教育要"借船出海"

新时代对创新型人才有着新的要求，教育在遵循自身规律的同时，作出相应的改变已经是大势所趋。目前，全国各省市都在大力推行新高考改革政策，社会各界对此看法不一。

北京市第三十五中学（下称"三十五中"）校长朱建民认为，此次新高考改革有两大亮点，非常成功地推动了孩子的个性化发展。此外，他还以三十五中突出的改革实践为例，分享并解析了在新高考来临之际，学校、教师、学生以及家长应该如何应对。

人物简介

朱建民，北京市第三十五中学校长；中国教育学会高中专业委员会副秘书长；中国教育国际交流协会中学分会常务副会长兼秘书长；教育部基础教育课程与教材中心特聘专家。

高考分数解决不了
钓鱼岛问题

白丁：自 1977 年恢复高考以来，高考逐渐成为学生、家长甚至几代人全力关注的焦点，我们一度用"千军万马过独木桥"来形容高考。朱校长在过去的访谈中，曾提到过"后高考时代"这一概念，那么，您是如何看待之前千军万马过独木桥的高考时代的？它与后高考时代之间的关系又是怎样的？

朱建民：高考是我们国家选拔人才的重要形式。恢复高考已经四十余年了，在某种意义上，高考代表着国家的公平、社会的公正以及行政的正义。因为不管学生的出身如何、家境如何，都可以通过高考成绩，进入理想的大学，从而改变自己的命运。

但是，高考也存在着很多不尽如人意的地方。在千军万马过独木桥的时代，为了能够在高考中获得好成绩，高考不考的内容，老师一般都不讲，学生一般也不学。

很多时候，教育都在围绕着高考画圆。分数固然重要，但分数不能代表一切。比如说，分数就解决不了钓鱼岛问题、解决不了南海问题，而要想解决这些问题，靠的是人才、靠的是实力。在之前的高考时代，拼的可能是分数，但是在后高考时代，拼的不再是分数，而是一个人的想象力、创造力、领导力、合作精神和社会责任感。

所以，在后高考时代，我们不能仅仅盯着分数，而是要回归教育的本质。教育的本质是什么？就是为谁培养人，培养什么人，以及怎样培养人。正如习总书记提出的，立德树人才是教育的根本任务。

新高考改革更能满足学生的个性化选择

白丁：过去，高考作为一个非常重要的圆心，或者说作为一个权重很大的指挥棒，给全社会带来了非常大的焦虑，给所有的教育工作者也带来了一些焦虑。如今，中考和高考正在全面推进改革，请朱校长结合新高考改革以及北京的改革情况，解读一下新高考政策和过去的高考政策有哪些典型的区别？

朱建民：过去的高考，对待不同的学生，都是通过同样的试卷、同样的标准去选人。但是，世界上不存在完全一样的两个人，正如世界上不存在完全一样的两片树叶。所以，每个人的潜质、爱好和特长都是不一样的。

无论是新中考还是新高考，都有两个亮点。第一个亮点，改变一考定终身，考试次数比原来多。比如有的学校考外语，就可以给学生提供两次考试的机会。

第二个亮点，学生可以自主选择考试科目。过去，语、数、外三科是必考科目，如果考理科，就考理、化、生三科；如果考文科，就考史、地、政三科。在新高考中，史、地、政、理、化、生等科目作为学业等级考试，学生可以根据自己的需求去选择、搭配。除了大学某个专业要求的必考科目外，其他学科学生可以任意选考,比如学生如果要考物理系,物理就是必考科目。从这一点上说,新高考比过去更加个性化,更能满足学生的个性化选择。

如何培养互联网"原住民"的基本信息素养

白丁: 2018年1月16号上午,教育部举办新闻发布会,介绍了普通高中课程方案和语文等14门学科课程标准(以下简称"新课标")的相关情况,引起了全社会的广泛关注。

在此次的课程改革中,正式将人工智能、物联网、大数据处理、算法、开源硬件项目设计等划入"新课标",也就是说,这些可能会成为新高考的选考内容。

一直以来,三十五中将基础教育和科学教育结合得非常成功,请朱校长结合这次的新课标政策以及三十五中的实践,分析一下基础教育和科技教育怎样才能更好地结合起来?

朱建民: 当今被称为互联网时代、信息化时代。互联网已经深入社会的各个领域,改变了人类的生产和生活方式。但是,互联网在教育中产生的影响,就目前来说,还是相对滞后的。

在第一次工业革命、第二次工业革命中,我们国家没有充分把握机会。那么,在互联网时代,我们要弯道超车,迎头赶上。现在的中学生大多是00后,是互联网的"原住民",从一出生就和互联网有着解不开的关系。

在互联网时代,查找信息、收集信息、处理信息、运用信息的能力是一个人的基本素养。所以我们很重视培养学生在这些方面的素养和能力。三十五中现在将通用技术课、信息技术课等作为必修课。另外,这些内容将来可能要列入高考和中考的考试范围。

白丁: 现在的中小学生作为互联网的"原住民",与互联网的接触是不可避免的。"新课标"也希望学生能提升在互联网方面的理解和运用能力。但是对初中和小学阶段的学生,家长对于孩子使用手机和互联网是比较矛盾的心态。您如何看待这个问题?家长应该如何理性客观地去对待孩子使用手机上网这件事情?

朱建民: 在学生使用手机这个问题上,我持开放的态度。如果现在的学生一天不用手机,他的生活恐怕是无法想象的。

但是,我觉得对于学生而言,一定要科学合理地使用手机和互联网。我接触到一些极个别的案例,一些学生痴迷于网络,把自己封闭在家里,连吃饭都不能离开自己房间,到最后甚至失学,这就是一种病态的上网方式。

作为家长和老师,应该提升学生的信息素养,引导学生正确使用互联网,保护未成年人的合法权益。应该利用互联网来促进学生的学习、交流和交往,不要让互联网影响孩子的生理和心理健康,影响孩子正常的学习生活。

三十五中将生涯规划早早提上日程

白丁: 最近几年,我们国家也花了很大力气做禁网行动,让互联网的环境变得越来越清明,越来越正向。

三十五中对科技资源的引入和实践,做得非常突出,您能分享一些这方面的经验吗?

朱建民: 2015 年 3 月,为了迎接新高考改革,三十五中高中部搬入新校舍,在高中校区实行了"五制改革",即走班制、导师制、学长制、学分制和学部制。现在,从高一到高三,学生做到了"一人一课表",每年的寒假、暑假,学生在三十五中的互联网云平台上选课、选老师。

另外,学生在选课的时候,还可以选择课程的分层,比如,语文、数学、外语分为 A 层、B 层、C 层,学生可以根据自身能力自主选择。俗话说,十根手指都不一样长,让所有孩子都选 A 层也不现实,所以,每个孩子可根据自身的潜质、优势、学习程度和设置的目标,选择对应的层级课程。

白丁: 针对这种选课制度,学校是否提供了一些相关的支撑和具体的规划服务?

朱建民: 学校有选课手册,并且还为每位学生配备了导师。和大学差不多,每位导师负责 5～10 名学生,导师作为学生的学业指导师、心理疏导师和人生职业规划师,为学生提供学业指导,帮助每个孩子认识自我,发现自己的潜质,引导学生做学业规划。

实际上,每个学生选课的过程就是人生规划的过程。过去,很多孩子到了高三,甚至在考大学的时候,都不知道自己喜欢什么,不清楚要选择什么样的大学,最后选择学校的标准仅仅是和分数匹配,不浪费分数而已。所以,有些孩子上大学后,不知道自己所学的专业是做什么的,他们很郁闷,甚至有些孩子会中途失学。

所以在三十五中,生涯规划、学业指导现在是必修课,这些课程用来帮助每个学生设计自己的未来,帮助学生选择课程,制订学业规划。

另外,三十五中建了一批国家级的实验室。为了学习知识,为了考试,传统的理化生实验室里做的实验多为验证性实验。只要按照一定的操作规程做,最后一定会得出同样的结论。

但是,在我们这些科学实验室里,进行的全部是探究性实验。过去我们注重的是学科本位,然而在现实生活中,任何问题和现象都不是纯粹的数学问题、纯粹的物理问题或纯粹的化学问题。所以要打破学科界限,进行跨学科学习。

我认为,学校不仅仅是一个学习知识、训练题型的地方,还应该是学生发现问题、提出问题的地方。学生发现问题、提出问题,比解决问题更重要。

在中国科学院、清华大学、北京航天航空大学的帮助下,三十五中建成了生命科学实验室、智能实验室、大数据实验室、空间遥感实验室、纳米和化学可视化实验室、天文实验室、智能化机器人实验室、航空实验室、航天实验室、风洞实验室等,这些实验室都超出了学科界限,实行综合性探究式学习。

每个实验室都有一名在编的博士或博士后,与清华大学、北京航空航天大学、中国科学院的专家学者共同开发课程。现在已经开发了 153 个实验。

因为这些课程是稀缺资源,为了和更多人分享这些课程,我们与清华大学下属的赛尔教育成立了课程研究院,制作在线课程。很多同学可以通过在线学习,获得一些选修学分。在学习过程中,如果有些学生对某个实验室感兴趣,在这方面有特殊的爱好、潜质或者志向,我们会利用寒暑假把这些孩子请到校内,进行线下学习,将线上学习和线下学习相结合。

未来的新高考不仅仅看高考分数,还要看学生高中阶段,学过哪些别人没学过的课程,做过哪些别人没做过的研究。孩子们将来参加大学自主招生时,我校的这些课程可以对其有一定帮助。美国有大学先修课程,叫 AP 课程,我校高端实验室的课程就是中国的大学先修课程。

"借船出海",整合校外资源为己所用

白丁:我想,并不是所有的学校都有跟我国最顶尖的教育科学院、高等学府联合建立实验室的机会和条件。

我曾经听到过这样一个观点,一个校长除了要做好教学等工作之外,还应该

是一个好的 CEO，要有比较强的资源整合能力。国务院最近出台了《关于深化产教融合的若干意见》，更多的是在调整高校，包括职业教育。

但是，教育从来就不单单是学校自身的事情，也应该与校外的一些产业、一些机构更好地协同合作，从而促进教育的发展。朱校长，您认为学校应该怎样整合校外资源，并且为己所用呢？

朱建民：我认为，改变中国教育的力量有三种。第一种是行政力量。如果没有教育行政部门的支持，很多事情是做不好的。第二种是学校的力量。这种力量来自老师和学生。三十五中有个理念，即学生也是鲜活的课程资源，很多学生在某个领域，可能比老师还要强。第三种是社会专业组织的力量。所以，要将这三种力量结合起来，形成合力，这样就能产生巨变。

我还有一个观点，叫做"借船出海"。俗话说，有船出海不算本事，无船出海才算本事。无船怎么出海？自己造不起船，也买不起船，所以要借船。三十五中借助了清华大学、北京航天航空大学、中国科学院的船，这样，三十五中才能够远航。

所以，一位好校长应该有这种资源意识，要知道如何挖掘资源，整合资源。另外，作为一名校长，还要有一种胸怀。三十五中的实验室，从设计建造那天开始，就不是只给自己的学校建的，而是要为国家培养人才的。李大钊先生是三十五中的创始人之一，在 95 年前，他提出"改变民族落后，发展教育事业，培养栋梁之才，有志者事竟成"的办学宗旨。到现在，这份办学宗旨仍然适用。

今天，以习近平同志为首的党中央，不仅仅是要改变民族落后的现状，更要让中华民族复兴，使中华民族强盛起来。民族的复兴、国家的强盛要靠发展教育事业，要靠培养栋梁之材，也要靠有志者事竟成。

所以，从事教育靠的不仅仅是方法和技术，更需要情怀。要不忘初心，牢记使命。中国共产党人的初心，就是为中国人民谋幸福，为中华民族谋复兴。那么教育者的初心，就是要为实现"两个一百年"的中国梦培养人才。要为国家培养优秀人才，不能仅仅为了考试、为了分数。

培养创新型人才要向前眺望 30 年

白丁：朱校长用"借船出海"的这样一种非常开放的跨界理念和实践，将优质的教育资源和三十五中很好地结合在一起，为国家培养创新型人才。

我们国家有一个目标是建设创新型的国家,创新型国家和创新型人才、创新型教育之间是什么样的关系?

朱建民:现在,我们国家正在转型,从过去的生产大国,转型成为创新型国家。改革开放40年来,中国经济确实有了根本性的发展,已经成为世界第二大经济体。但是,这40年的发展也付出了昂贵的代价,尤其是用了廉价劳动力和资源,环境、空气被污染,能源被消耗,这是不可持续发展。党的十九大提出了统筹推进"五位一体"的总体布局,把绿色生态提到一个非常高的高度。

所以,我们的教育也要尊重并遵守规律。凡是违反规律的事,都要付出昂贵的代价,一定要按规律办事。

现在国家经济正在转型,而经济转型说到底是人才的转型。人才的转型靠什么? 要靠教育。教育的转型靠什么? 要靠教育思想、教育观念、教学内容、教学方式、评价方式以及教育体制和机制的创新。所以,要建设创新型国家,一定要有创新的教育。大国要有大国的教育来支撑。

我们应该抓住世界经济发展的良好的环境条件。党的十九大以来,国家进入新时代,在新时代,教育应该进入新周期。新周期教育要为新时代服务,新时代需要新周期的教育来支撑。

新的科技孕育了教育的新形态。我们如何把握住这样千载难逢的历史机遇? 还是回到刚才说的,教育要为国家经济建设发展服务,要为国家培养人才服务,教育再也不能围绕着高考画圆。

我认为,好的教育一定要向前眺望30年。校长一定要有责任心、要有良知,要想想未来10年后、20年后甚至30年后中国需要什么样的人,世界需要什么样的人。十九大对"两个一百年"奋斗目标进行了丰富和发展,提出到2050年,要把我国建成富强民主文明和谐美丽的社会主义现代化强国。今天在校的这些学生,在2050年时,恰恰是40多岁、50多岁的人。如果没有创新型教育,就不可能有创新型人才,也不可能有创新型国家。

新高考录取首次考量综合素质评价

白丁:国家进入新时代,这既是巨大的机遇,同时也意味着挑战。在这个机遇期,面对巨大挑战,人才很重要。

那么,对人才的综合评价标准或者评价体系就变得很重要,因为评价也是一个非常重要的指挥棒，有什么样的评价，就会对应什么样的产出。新高考在录取模式上，首次将综合素质评价纳入高考评价体系。综合素质具体包括什么内容？学校该如何提高学生的综合素质？

朱建民： 高中新课程标准中提到核心素养，陈宝生部长又提出四个关键能力，都说明我们越来越关注学生的综合素质。

三十五中有三大学院，科学院、文学院和艺术学院。科学院是以高端实验室作为平台；文学院是以鲁迅先生故居、鲁迅书院为基础，培养学生的人文素养和家国情怀；音乐厅和民族器乐博物馆就是学校的艺术学院。

以往的教育过分强调自然科学，人文科学处于弱势地位，新高考改革就是要把人文情怀作为高考考试的内容，从而扭转这种状态。不管将来孩子们做什么，科学素养、人文素养、艺术素养都是一个人必备的三大素养。这些方面，需要在基础教育阶段就埋下种子，培养学生这方面的素质和能力。

白丁： 您觉得艺术教育、体育教育，对现代中学生或者现代年轻人的素质培养，具有什么样的重要价值和意义？

朱建民： 我一直觉得，如果一所学校没有艺术教育，那么这所学校的教育就是不完整的。钱学森对艺术教育特别重视。钱老曾经说："我在科学技术方面对人类的贡献，要有一半功劳归功于我的夫人。"钱老的夫人蒋英女士是著名的艺术家，艺术能够给人以创造力。

所以，艺术教育是学校素质教育重要的组成部分，要培养孩子在艺术方面的追求，使他能够去欣赏美，追求美，创造美。

在三十五中，我们把体育提到了非常高的高度。我最近提出了一个口号——体育是三十五中的第一学科。过去，有一句口号叫做"坚持锻炼，努力实现为祖国健康工作五十年"，身体是革命的本钱。体育不仅能使人强壮体魄，还能培养人的拼搏精神、合作精神和规则意识。"励精图治，自强不息，艰苦奋斗，有志者事竟成"，这是三十五中的"志成精神"，与体育精神有着相通的地方，就是在困难和挫折面前永不言弃，永不言败。

三十五中在实施"走班制"后，体育学科、艺术学科也实行"走班制"，学生除了完成必修的体育和艺术课程外，也可以进行选修，比如，有些学生喜欢篮球，学校的篮球课就会打破年级和班级的界限，把喜好篮球的学生集中在一起。有些学生喜欢钢琴、舞蹈、话剧，学校也会满足他们，为学生提供个性化的定制课程。

新高考的选考政策，为基础教育的选学提供了条件。

尊重孩子的选择，要心中有爱、目中有人

白丁：但是，学生毕竟还要面对高考，提分的压力还是有的，学生、一线教师、家长怎样能够做到平衡？ 学校在这方面是否有一些引导或安排呢？

朱建民：现在大多数孩子都是独生子女，家长们都希望自己的孩子能够成才、成人。很多家长不愿意让孩子输在起跑线上，就帮孩子报名各种辅导班。如果没给孩子报班，家长就觉得自己没尽到责任；如果已经给孩子报班了，孩子还学不好，将来也别怪家长。

即便现在学校倡导减负，在作业、考试、作息时间等方面做了一些调整，但是，课内的负担减了，家长在课外又补上了，给孩子报了各种各样的班。我觉得，不是说绝对不能让孩子补课，而是要询问孩子需不需要补，要多听听孩子的意见。

之前有位家长因为孩子外语稍微弱一些，给他报了一对一的外语班。家长早上把孩子送到老师家门口，看着孩子上课去了。到中午下课时间，家长等了40分钟还没等到。其实是孩子逃课了，连老师家的门都没进。

我们的教育总是会扼杀孩子学习的积极性，而兴趣才是最好的老师，一旦学生失去了兴趣，成绩就很难提高。成年人可以想想，当自己不愿吃某种东西时，还要被强迫吃，甚至被灌下去，是不是很痛苦？ 良好的愿望不一定能带来好的结果，家长要把孩子看成人，要尊重孩子，尊重他的选择，不要把他看成是自己的附属品。

当然，老师也要把学生看成人，尊重他的想法。三十五中主张，一位好老师的标准是心中有爱、目中有人，一定要尊重学生，而不能说为了学生好，就可以强迫学生，这样可能达不到预期的效果。

好学生与好家长的评判标准

白丁：一方面，我们的学校变得越来越科学，越来越理性，越来越客观地看待高考分数，但同时，整个课外培训的市场还是大张旗鼓地在开办，通过各种途径影响着家长、刺激着家长，引起了家长更大的焦虑，也迫使他们因此做了一些

非理性的选择。

刚才朱校长提到了三十五中评价好老师的标准,那么,您心中的好学生是什么样的?

朱建民：我认为好的学生应该要做到以下几点。

第一,要有理想,要知道自己想要什么,要有目标,了解自己有什么潜质、爱好和特长。现在很多孩子没有目标,不知道自己喜欢什么,不知道自己想要什么。

第二,要肯付出。只有理想,不愿付出,也是不行的。有些孩子心很大,眼界很高,不愿意做小事。我认为应该脚踏实地,从小事做起,这才是好学生。

白丁：您心目当中的好家长是什么样的?

朱建民：第一,好的家长应该给孩子树立榜样,尤其是在言谈举止方面。

第二,应该尊重孩子,把孩子当成朋友,能够经常与孩子交流。

第三,要能够与学校很好地沟通。家校要形成合力,当家庭教育和学校教育不一致的时候,可能会输掉孩子的前程。

比如,有些孩子在学校里违反了纪律,要接受处分时,家长把处分看得很重,告诉学校,如果处分了孩子,自己就会采取什么措施。到最后处分就不了了之了。但孩子毕竟是孩子,如果没有改变他的习惯,虽然今天逃过了处分,但在明天、后天,他的某个习惯可能导致违纪甚至违法,到时就要为之付出更高昂的代价。

所以,学校的处分也是一种教育手段。学校不能打骂学生,不能对学生随便停课,但必须通过教育手段,教会学生对自己的行为承担责任,让学生知道要有底线。那么,家长们一定要和学校教育保持一致。

家长配合学校教育,尊重孩子的个性发展

白丁：很多家长担心孩子输在起跑线上,从幼儿园开始,就尽最大可能让孩子去最好的学校。但是,对于有些家长来说,孩子在"好学校"上学,就意味着自己不用参与孩子的教育了,可以将孩子所有的教育托付给学校了。

如今,中考制度在改革,高考制度也在改革。建设创新型国家所需要的创新型人才,与过去的人才评价标准是完全不一样的。在这一系列的改革背景下,家

长应该如何参与到学生的教育和成长中？

朱建民： 用一件具体的事例来谈谈我的看法吧。三十五中的学生会在寒假、暑假选择新学期的课程，学校的课程分 A、B、C 三个层次。B 层是达到高考的要求；A 层是学生在某个学科上达到酷爱的程度，将来可能要从事该学科相关的工作，是高于高考要求的；C 层是达到会考的要求，有些学生准备高考时不选某门课，那么只要能通过会考就可以。

刚开始的时候，一些家长看到学生的选课结果后就很纠结，"你怎么选 B？你为什么不选 A？你必须选 A"。但是，家长在这方面应该尊重孩子的选择，不能强求孩子一定要在哪门课上考 90 分或 95 分以上。

在选学校方面也是如此。当然，优质学校的校风和资源的确好，但是现在校际的差距越来越小，而校内学生之间的差距越来越大。所以，还是要尊重学生，一定要看到学生的潜质、特长和优势，家长要多倾听孩子的想法，要更多地关注孩子的个性，尊重孩子的选择。

白丁： 作为家长，也应该不断学习、终身学习。非常感谢朱校长给我们的家长提出了非常实用、非常重要的建议，以促进家校达成友好合作，共同完成创新型人才的培育工作。

（本文根据朱建民 2018 年 1 月参加《白丁会客厅》视频直播节目的受访内容整理而成）

肖远骑：未来学校什么样？

当下，人工智能、大数据等新兴技术不断冲击着人民生活的方方面面，教育也深受其影响。随着全社会对优质教育资源的抢夺愈演愈烈，关于未来教育的畅想和思考，已然成为每一位教育工作者必须直面的命题。

未来社会中，什么样的学校才是好学校？什么样的教师才是好教师？教育又将如何发展？作为原中国人民大学附属中学副校长和上海师范大学附属嘉善实验学校校长，肖远骑结合多年来丰富的实践经验，深入解读了好学校的标准、未来教育的发展方向等问题，并表达了自己对未来教育的美好希冀。

人物简介

肖远骑，原中国人民大学附属中学副校长，华夏幸福教育总顾问、总督学。

好学校有三个标准，一切为了学生

白丁：当前正值开学季，很多家长都忙着为子女挑选一所比较好的学校，期待着自己的孩子能够接受好的教育。究竟什么样的学校才称得上是一所好学校呢？不同的人有着不完全一致的见解。那么，在肖校长看来，什么样的学校是好学校？

肖远骑：这个问题的确道出了所有家长和社会人的心声，正如习总书记所言，人民都期待着好的教育。

什么样的学校是好学校？这就涉及对学校的评价标准。我认为，能够适合学生健康成长的学校，能够使学生在离开学校后留下美好、幸福回忆的学校，能够适应社会、与社会同步发展的学校，才是好的学校。

具体而言，好的学校有三个基本的判断标准。

第一，深厚的文化底蕴。我曾经在多篇文章中提及一个观点，"做学校就是做文化"。因为学生选择一所学校，很大程度上是在选择一所学校的文化精神。学生是带不走学校建筑、带不走上课老师的，能够带走的就是这所学校给予学生的一种文化精神的熏陶。所以，好学校要有文化底蕴，要有文化故事。

第二，鲜明的品牌个性。在学校办学中，要能够培养学生的自主精神，能够培养学生的自信。学校的课程设计和各种活动都要以学生为中心，一切为了学生的发展，一切为了学生的健康成长。

第三，特色的教育教学模式。例如，有些学校以文科见长，有些学校以理科见长。当然，好学校还要有宽松的教学氛围和良好的教学环境。

未来社会迎来三大改变，
如何培养网络"原住民"？

白丁：前段时间，机器人 AlphaGo 完胜围棋高手柯洁，引发了全民热议，人工智能的发展已然远远超出我们的想象。在迎接未来的同时，我们也常常会构想未来社会是怎样的。您对未来社会有着怎样的思考？

肖远骑：不管未来社会是什么样子，它已经实实在在向我们走来。我们即将踏入的，会是一个新经济时代，一个后互联网时代，一个人工智能化的时代。

曾经有一个实验是这样的，智能机器人参加高考，仅仅用了 15 分钟就答完了一份数学试卷，并且获得了 90 多分的优秀成绩。所以说，智能化社会对教育的影响也是很大的，学校教育也要面向未来、面向世界。

那么，未来社会有什么样的特点？将会有哪些变化？一些未来社会学家认为，未来社会将会有三个显著变化。

第一，未来社会将是信息化社会。互联网时代的本质特征是互联，在互联的基础上走向开放。随着后互联网时代的到来，整个社会已经向超链接、数字网络发展，大大拓展了人与人的交流半径。

第二，未来社会将是智能化社会。进入智能化社会后，出现了很多智慧产品，更多的是智能化的链接。例如，智能化机脑与人脑的结合、人脑之间的交流等，这些都是智能化时代的产物，未来的社会要有"智"造产品。

第三，未来社会将要迎接新技术的"井喷"。现在，智能汽车、虚拟社会、医疗上的远程询诊以及远程教育等技术应用已经实现。之前我在中国人民大学附属中学（下简称人大附中）工作，和美国伊利诺伊州的一所高中共同做过一些课题研究，正是利用这些先进技术实现了远程互动。

白丁：关于第一点变化，我想深入地请教您一个问题。我们已经进入了一个移动互联网的时代，目前的中小学生都是互联网的"原住民"。很多家长和老师，对学生和互联网的关系始终持有一种焦虑感，您是怎样看待这种心态的呢？

肖远骑：这是家长们非常关心的一个话题。孩子本来是在一个屋子里的，但是现在这个屋子的全部窗户都被打开了，外面的美景尽收眼底，同时，外面的各种飞虫也可能会到屋子里来。这也就是互联网时代家长们所担心的，孩子面对的将是全开放式的世界。

想关闭互联网？不让孩子接受新生事物？这肯定是做不到的，因为互联网已经踏踏实实地向我们走来了。唯一的办法就是去研究它，以一种美好的心态迎接它。

对学校、家长和社会来讲，网络上信息鱼龙混杂、真真假假，孩子接触互联网，首先就要培养他们的甄别能力、选择能力和判断能力。学校和家长要经常和孩子们沟通，跟孩子们讲要怎样正确地去对待网络，哪些是孩子应该接受的，哪些是孩子这个年龄阶段不能接受的。

因此，有些国家的互联网信息，分了等级。比如说，白天能够浏览这一类信息，到了夜里可以获取另一类信息，经过了不同的过滤和筛选。但是我们国家现在还做不到，那孩子会不会受到不良信息的影响呢？怎么解决这种忧虑呢？我认为，家长可以陪着孩子共同网游。

家长陪伴孩子共同网游，这样的话，家长就知道孩子在网上所关心的是什么信息。如果出现了一些不良信息，家长也能够及时地点拨，说清楚这种信息暂时不能看，到了什么年龄段才能看。所以无论如何，在孩子上网的时候，家长要不时地关心孩子关注的是哪些内容,感兴趣的是什么信息,要陪着孩子一同走向网络世界。

未来学校有三个特点,教育也能私人定制

白丁:您刚才提到了新技术的"井喷",技术的应用推动着整个社会的飞速发展,同时也会带给我们更多的焦虑。比如说教育,应该如何应对这些变化? 教育本身又该朝着怎样的方向改变? 您认为未来教育会是什么样的?

肖远骑:信息技术、人工智能等前沿科技给各行各业都带来了前所未有的影响,比如,电商动摇了实体店的地位。然而,新技术给教育带来的变化是最小的,因为教育有着自身的发展规律。

但是,教育也要跟随时代同步发展,迎接新时代的到来。未来的教育、未来的学校会是什么样的呢? 这是全社会都关心的问题。

就我们现在已经能够感知到的未来教育、未来学校而言,它具备三个特点。

第一,改变传统的学校时空观。传统的学校教育必须有固定的时间和地点,有固定的人群聚在一起。而未来的学校则会打破这种时空观,实现时时可学,处处可学,人人可学,也就是全天候教育、全息教育。

2016 年在海南的一所学校里,我每周都会碰到一位外国友人带着两个孩子来学校,第一次来我还没在意,后来我就按捺不住好奇心,问他们为什么要来这所学校,他们既不是要来上学,也不是要来考察。那孩子们不上学吗?

外国友人告诉我,他在三亚选择新加坡、日本、中国的孩子组成了一个网,形成了一个网上班级,班级有管理老师和 24 名学生。他的孩子们就在这样的网络班级学习,每天上午学习四节课。通过网络,不同国家的孩子可以进行远程无障碍交流、讨论、学习。

第二,优质教学资源的互联和分享。家长们都期待着好的学校,而互联网能够真正地推进教育公平。17 世纪,捷克教育家夸美纽斯提出"课堂中心""教室中心""课本中心"三个中心以后,就形成了一种传统的教学模式,固定的教室、固定的学生、固定的教材。而未来学校将会颠覆传统教育。

未来,每所学校可以根据自身优势组成不同的学习中心。比如,文科教学实力强的学校,可以建立文科学习中心;数学教学好的学校,可以成立数学学科中心;外语优势明显的学校,可以打造外语学科中心。

通过网络，家长、学校、政府可以购买这些学习中心的优质教育资源，这就打破了教育壁垒，所有学生都可以享受优质的教育资源。这有助于教育公平，也减少了家长在为孩子选择学校时的焦虑。

白丁：上周和国务院参事、中国教育三师论坛的成员汤敏老师一起参加一场会议，他就讲道，最近很多年，他利用移动互联网把人大附中的一些优秀课程带到了内蒙古以及很多偏远的山区，让那里的孩子也能够享受全国最好的教学资源，同时也对当地的老师起到了一个非常好的推动作用，老师的身份转化成助教，促进了孩子自主学习能力的加强。

肖远骑：对，这也是科技带来的一些比较好的变化。第三，未来教育将逐步走入私人定制时代。私人定制的本质是适合每个人的个性化需求、个性化的成长，随着家庭环境的不同，对孩子的教育需求也不一样。那么，既然有个性化的需求，就很有可能出现私人定制。比如说，美国已经有 10%～30% 的孩子在家学习，那学习过程中用到的就是私人定制的学习产品。

既然网上有这么多资源，私人订制时代也会到来，既可以弥补学校教育的某些不足和缺憾，同时，也能真正按照家长的需求、家庭的人生规划去定制。

在美国以及欧洲的很多国家，孩子们从小就要认真规划人生。但是，现在中国的中学在职业生涯上的规划做得比较少，到高考以后，还会苦恼到底要上一个什么样的学校、选取一个什么样的专业，甚至出现大学退学现象，造成资源的浪费。

白丁：我们常常说，教育学生应该因材施教，要根据每个学生的特点来针对性地教学。那么，这和您说的私人定制是什么样的关系？

肖远骑：实际上，这两者是一脉相承的，真正的私人定制就是因材施教。家长们总是期待着所有的孩子都能享受平等的教育、公平的教育，这只是理想化的教育状态，只是公平教育的某个方面，还不是真正意义上的公平教育。

有的孩子需要专长、需要特长，在这样一种教育下，他无法获取更多，但是他自身的能力又不止于此。因此，高端、高位的因材教育是要满足每个学生的发展，这样的教育才是好的教育。在私人定制时代，就很有可能出现这样的教育。

未来教师，首先要做学生喜欢的教师

白丁：未来，孩子们可以在网上学习、在家里学习，可以通过适合自己的任何形式进行学习。那未来还会有学生到学校接受教育吗？有没有可能未来没有学校教育了？

肖远骑：我们要有一个这样的基本认识，教育是人与人之间的精神互动和情感交流。学校教育不仅是教授学生知识，还要在精神层面引领学生发展。那什么样的老师是好老师？

首先，学生喜欢的老师是好老师。

其次，能够给学生提供精神食粮的老师是好老师。也就是说，好老师一定是学生成长的精神的导师。

有些家长反映孩子数学学不好，其实很大原因是因为，在孩子的某个数学学习阶段中，他不喜欢某个数学老师，进而发展为不喜欢这位数学老师所教授的课程，甚至在以后的数学学习过程中，会一直抵触数学学科，这样就会出现偏科、弱科问题。所以，教师自身对学生的影响是巨大且深远的。

"德者智"，有道德的人更智慧，所以说做教师首先要做一位学生喜欢的老师，一位能够给予学生精神滋养的老师。有道德就有坚强的毅力，就会把事情干得很出色。在某方面的知识有了缺陷是可以弥补的，但是一个孩子如果在道德上出现了缺陷，是没办法弥补的。也就是说，老师首先要是学生的精神导师，其次才是学生的文化导师。

白丁：进入人工智能时代之后，知识的获取是比较低成本、比较方便的一个过程。那这是不是就意味着，今后老师的职能，更多的是教学生一些道德层面、毅力层面、精神层面的东西？

肖远骑：前面讲到过，老师要做学生的精神导师。此外，教师还要有方法指导。在网络时代，教师要培养学生的识别能力、甄别能力、选择能力、质疑能力、反思能力、接受新事物的能力、批判性思考能力以及服务于社会的意识。

这就涉及未来培养人才的需求和标准，也就是"核心素养"。核心素养是很重要的。在信息化社会到来以后，孩子的判断力、反思能力、接受新事物的能力，都决定着他能否很好地适应这个社会。从这个意义上来说，人的能力比知识更重要。

而能力又跟人的道德情感有关系。因此我反复强调一点，进入互联网社会以后，老师更难胜任、责任会更大。如果在信息化时代只会传授书本知识，就会被淘汰，因为网上的知识比老师教的还要丰富、还要全面。

我在人大附中教语文的时候，不讲学生能在网上找到的东西，而是讲自己的理解和真实的感悟、思考。例如，讲《孔雀东南飞》这篇古文时，不仅讲文章内容，还讲中国几千年的爱情故事和爱情观，讲传统婆媳关系不好的原因。再如，讲《荆轲刺秦王》时，还会讲中国的侠义精神。这样就加深了学生对文化现象和中国传统文化精神的了解。

所以，不仅要教孩子知识，还要教孩子能力，还要更多地教孩子方法。这就是我们所说的，在培养孩子的核心素养当中，要培养孩子的质疑能力、批判性思维能力以及服务社会的意识。

这些都需要老师和学生之间心灵的沟通、心灵的交流，不是在冷冰冰的网上所能找到的。在信息化、网络化社会当中，教师的责任更加重要，要能够真正地领着孩子，给予他更多的方法指点和精神引导，帮助他在生命的森林里找到出路，走出去，走得非常好。

以人大附中为例，探讨未来学校发展方向

白丁：我们现在正处在一个以应试教育为主、向素质教育全面转型的历史关键时期。您觉得，我们的学校普遍地发展成为您心目当中的好学校，在这一过程当中，我们需要解决一些什么样的困惑？请您结合人大附中的实践来谈一谈。

肖远骑：就人大附中来说，长期以来，在刘彭芝校长和学校整个领导班子的精心打造之下，在全社会的口碑都非常好。其中一个很鲜明的办学理念就是"尊重个性，挖掘潜力，一切为了学生的发展，一切为了祖国的腾飞，一切为了人类的进步"。

仔细琢磨这个办学理念你会发现，"一切为了学生的发展"，它体现着以人为本的精神，要尊重孩子的个性、挖掘孩子的潜力，要每一个走进人大附中的孩子都能够健康幸福地成长，在这所学校找到自己最新的发展区域。此外，"一切为了祖国的腾飞，一切为了人类的进步"，在这样的大情怀、大格局之下，孩子自然能成长好。因此，人大附中培养的每一个孩子都充满着自信。

我们说，教育就是为了人的健康发展，人的健康成长。人有尊严，有幸福的生活，不外乎要考进一个比较心仪的学校，这就会涉及参加高考，这也是教育当中的一个任务。

但是，在中国国情之下，我们的课程开发、教学活动都不是教育的全部，只是其中的某一部分。又回到人大附中的例子，如果紧紧围绕办学宗旨去执行的话，反而做不好。因此，人大附中把学校考试、高考，只是作为培养人当中的一个很小很小的指标。

所有在人大附中毕业的孩子，都有母校情节。他们离开母校以后，都喜欢带一套人大附中的校服，哪怕是到哈佛、到耶鲁、到世界各个地方。因为这就是人大附中的标志，拿出这个校服穿在身上，他们就能够觉得自己是人大附中的学生，是人大附中培养了他们，是人大附中的校园文化精神熏陶了他们。

所以，我经常碰到北京大学、清华大学这些高校的老师说，在校园里，一眼就能判断出谁是从人大附中走出来的学生。为什么呢？因为人大附中的孩子们，脸上充满着自信、充满着微笑。我想，如果所有的学校都能培养出这样的孩子，我们的"中国梦"就有希望。

关于实现未来教育的思考与期盼

白丁： 肖校长通过人大附中的培养理念、培养成果，更好地诠释了您心目中的好学校，也希望所有的学校都能朝着这个方向努力。您觉得所有的学校普遍发展成"好学校"，这个周期会有多长？

肖远骑： 我们整个国家，包括北京市正在做这样的工作，把所有的学校都打造成人民所期盼的学校，满足整个社会对优质教育资源的期盼，各个地方都在努力。

比如，北京市正在构建北京教育新地图，把优质教育资源做大、做强。北京的很多地方名校一方面办集团，另一方面，通过"手拉手"工程帮助一些薄弱学校尽快得到提升，拟经过三到五年的时间，让这些学校从薄弱学校变成很好的学校，再继续发展成名校，输出管理文化和学校的精神文化。北京名校建成这样一个教育集团，就是一个很好的推动教育公平化、促进优质教育均衡发展的举措。

我认为，再过三到五年，尤其是在互联网的辅助之下，教育的整体水平会有一个很大的提升。大家都希望，优质的教育资源能够辐射到家家户户，每个学生都能享受优质的教育资源，我相信，只要我们坚定信心努力去做，就完全可以实现。

  白丁：非常感谢肖校长非常立体、深刻的解读。未来学校确实是一个非常复杂的命题，我们国家对未来学校的研究，已经有几年的时间了。但是到现在，还没有一幅非常客观、系统、精准的关于未来学校的画像。

  肖远骑：是的，我期待着大家能够共同做未来教育，为中华民族的发展、为"中国梦"的实现做出自己的贡献。尤其是每一位教育工作者，要把学校建成适合于学生成长的学校，打造成孩子幸福生活的乐园。

  （本文根据肖远骑2017年8月参加《白丁会客厅》视频直播节目的受访内容整理而成）

夏青峰：创新不一定是大变革

网传，夏青峰是因为临时起意在一所学校门口徘徊，后来才做了教师，成了名校长。在《白丁会客厅》的采访现场，他正式辟谣：其实我已经在安徽当了好几年老师，那一年去江苏省华士镇，看到华士中心小学很漂亮，就在门口左看右看，直到里面出来一位老师问我找谁。就是这时，原本已经转身要走的夏青峰说：我找你们校长。在与完全不相识的校长沟通过后，夏青峰就这样从安徽来到了教育改革的高地——江苏，开始了他在这里的 18 年从教生涯。

至于那一天为什么夏青峰会在华士镇，他说：因为工资太低了，所以假期在江苏卖苦力，拆房子……

这位经历颇显传奇的校长如今执掌北京中学，在他的带领下，这所年轻的学校也展示出了与众不同的一面。

人物简介

夏青峰，北京中学校长，北京市特级教师，时任北京市朝阳区教委副主任。

从常规入手，谨防为创新而创新

白丁: "教育创新"是近些年被频繁提到的词，

北京中学也一直致力于教育形态变革。那么根据您丰富的实践经验，您认为教育创新到底是什么？我们应该如何理解这个词呢？

夏青峰：教育创新是一个时代的话题。习总书记说，"我们的人民热爱生活，期盼有更好的教育。人民对美好生活的向往，就是我们的奋斗目标"。那么对于我们每一个教育工作者来说，办人民满意的教育，让孩子们享受更好的教育，就是我们应有的责任与担当。这也就意味着要使教育一代比一代更好，一天比一天更好，只有通过教育创新。

教育创新又是一个永恒的话题。我觉得人类的发展史就是一部创新史，人类教育的发展史也是一部教育的创新史。理想与现实之间就像是一对孪生兄弟，但是它们中间还系着一根弹簧。有时弹簧拉开一些，理想和现实之间就远一些，有时弹簧缩紧一些，二者之间就近一些。但是无论怎样，理想在向前走，现实也跟着向前走，理想在前，现实在后。

我们有时候会抱怨理想和现实之间的差距，可从另一个角度来说，理想和现实之间的差距就是我们创新的动力、资源和载体，我们要正确地看待这样的差距。

白丁：那么对校长和老师来说，具体应该怎样创新呢？

夏青峰：针对现在的教育生态环境，我觉得校长和老师一定要防止为了创新而创新。如果校长和老师总想着该如何创新，如何让学校成为特色学校，那可能就会偏离正确的方向。如果总是为了创新而创新，为了特色而特色，那最终给教育带来的就是"折腾"。

那么具体怎么创新？我认为要坚持两个导向——目标导向和问题导向。

目标导向是指必须明确目标，要知道理想的方向在哪里，创新是为了接近理想，所以这个目标不能忘。问题导向是指弄清问题到底是什么，要基于目标和问题去寻找解决的办法。我经常和老师们说：千万不要想创新，创新只是附带的结果，我们要把精力放在解决问题上。

在坚持以创新为导向的过程中，有这样几个步骤。

（1）确定目标。

（2）发现问题。发现问题是最重要的一步，很多时候我们都没有发现问题，就着急去创新。

（3）多方诊断。有一句话叫做"诊断比治疗更重要"，并且要多方诊断，因为问题本身一定是综合的、复杂的。

（4）寻找办法。在诊断的基础上，在确定了问题根源之后，再去寻找解决办法。当你不断地对问题进行思考，自然而然就会有灵感，创新也就产生了。这就是念念不忘，必有回响。

（5）总结规律。现在很多专家领导都说我们要按照教育规律办事，但是具体到校长、老师来说，到底什么是规律呢？我们都知道它在那里，但是抓不住、摸不着。所以对于教育创新来说，要依据规律，更要寻找规律。这也是一些基层教师深感困惑的地方。

白丁：那么北京中学具体是怎样做的，可否与我们分享？

夏青峰：北京中学成立仅仅四年，外界希望我们成为一所创新型的学校。但是我一直和老师们说，我们要先想如何让孩子成长，如何解决孩子在成长过程中遇到的困难，在解决困难的过程中，很多创新工作也就水到渠成地做出来了。

教育对孩子的成长是不可逆的，如果改革不好就会变成真折腾。因此，我想教育还是应该慢慢地去改良，通过量变引起质变。比如，通过改变常规来培养孩子的习惯和能力。常规和创新看上去是两码事，但我恰恰认为，我们创新，最要改变的东西就是很多常规。

在学校里我们对学生有很多制度要求以用于培养习惯，但是在培养习惯的过程中也遏制了孩子们很多东西。就像孩子们从幼儿园的时候就被要求排队，一直到初中、高中。但是为什么很多孩子出了校门就不再排队了呢？因为这种行为是在高度控制下完成的，并不是自发的。所以，我们要让孩子意识到排队是为了心中有他人，世界不只有自己。

怎样让孩子感受到这一点？我们把设置规定改为让学生自行讨论制订规则，让大家一起解决"吃饭乱""做操乱"的情景，变规定为约定。在约定的过程中制造契约，进而相互信任、遵守，保有对规则的敬畏。

又如，现在有很多限制让学校不敢春游，但是从教育本身来说，这是一件必须要做的事情。通常学校的春游都是老师带着孩子外出，孩子们带着很多食物，高兴地去，高兴地回来。但是从育人角度，如何把春游做成一个成长的载体？

我们做的改变是，让学生带着老师出游。

学生们要在时间和费用有限的情况下，完成一份活动规划书。在规划的过程中就会涉及多方考虑，随后会通过班级投票产生优胜策划，并且代表班级参加全校性答辩,代表班级参与答辩的学生要对评委团讲述为什么要去某个地方,去了做什么,如何保证安全问题以及要带几位教师去等。这个过程会培养学生的综合能力。

再如,成绩通知单也是学校的一项常规活动,每学期期末学生都会领到这份通知单。它对孩子很重要,对家长也很重要。那么,能不能让成绩单更加有针对性,更加全面?

我们的每科老师都会记录学生的平时表现、作业情况,到期末时,每个学生就会拿到一叠非常全面的素质成长报告。而且,不仅老师可以为学生写评语,学生也会给教师写评语。这样就会形成相互理解、相互尊重的氛围。

所以,创新不一定是大的变革,如果在小的、常规的方面不断改善,教育的生态环境就可能会变得更好。我觉得如果成熟了,可以进行改革,但是在成熟之前,还是应该慢慢地去改良。

在实践中培养"仁、智、勇、乐"

白丁:北京中学提倡个性化教育,有独特的"走班制"和实践性教学。您认为孩子在基础教育阶段应该着力培养的重要品格是什么?

夏青峰:关于基础教育阶段学生的重要品格与能力是什么,有很多讨论。对于北京中学来说,我们更注重学生的四种能力。

第一,共处能力。孩子是否幸福与他能否很好地和周围人共处有着很大关系。孩子在家庭里有很多人护看,是个体化的,而来到学校后要经历一个社会化的学习过程,因此第一步就是要学会共处。

第二,学习能力。要培养学生持续学习、终身学习的能力。

第三,创新能力。人类的发展史就是一部创新创造史,我们作为个体享受着前人创造的文明,那么创新创造就是我们对社会的回报,这是人的社会责任,承担这种社会责任需要有创新、创造能力。

第四,生活能力。人要活得舒展,要活得有品质。

这是我们比较看重的四种能力,概括起来就是仁、智、勇、乐。仁者不忧,知者不惑,勇者不惧,乐者不疲。我希望我们的孩子都能够具备这些品格。

白丁:那么北京中学是如何促进学生这些能力与品格养成的呢?

夏青峰：我们学校的课程教学都是围绕着这四种重要能力与品格培养展开的。古人说，"好学近乎知，力行近乎仁，知耻近乎勇"，我们在这个基础上加了"尚美近乎乐"。

（1）好学近乎知。

如何培养学生的学习能力？最重要的就是调动学生内在的好奇心和内驱力。

每个学生都是天生的学习者，都有很强的好奇心，但是现在有些不太好的教学方式在扼杀学生的好奇心，使学生从想学变得不想学。比如，课堂上的"等待"现象太严重，老师总要顾及着掉队的学生，其实这种模式浪费了很多时间，对学习快和学习慢的学生都不好。

那么有无可能让每个孩子按照自己的进度学习自己喜欢的内容，最终殊途同归？

孩子们的学习风格和方式不同，可能有人喜欢听讲，有人喜欢练习，有人喜欢实践，但是我们很多时候用单一性代替了多样性，总是让学生在同一时间段，用同样的方式学习。这个问题很难解决，因为班级授课制的先天局限性就是很难因材施教。

于是我们稍微进行了调整，按照学习方式的不同采取了"走班制"。如果学生喜欢自学，可以少上课，来学校后可以选择进图书馆或者自修室。学生可以申请自修某一门或几门课程，可以申请自修一个月，也可以申请自修一年。当然，这背后是老师做的大量支持性工作，而不是放任不管。这样的"走班制"是建立在调查、了解、诊断学生的风格和特点，提供支撑依据，帮助分析、指导和选择基础上的。

在现代信息化社会，教育一定要从控制变为服务，控制孩子是工业化生产的模式。服务是指学生需要什么，学校和教师就提供什么支持。

（2）力行近乎仁。

怎样培养一个人？只靠说教是达不到"仁"的境界的，要通过实践活动让学生体验、感悟、践行。

比如，如何培养学生的家国情怀？热爱祖国不是学生在课堂里说我爱祖国，把社会主义核心价值观背诵得滚瓜烂熟就行。想要学生爱国，就要让他们感受到祖国博大精深的文化。因此，我们做了"中华文化寻根之旅"活动。所有学生在几年中必须要走过陕西、河南、山东、江苏、浙江、四川、重庆、甘肃、安徽、内蒙古等地方。2016年的一个早晨,一批学生在黄山山顶,一批学生在泰山山顶,一批学生在峨眉山山顶,大家同时观看日出,拍照,写诗,在微信群交流。我们还走进大漠,走进草原,让学生感受悠久的文化、壮美的山川,学生们由此写了大量的诗词歌赋和研究报告。

(3)知耻近乎勇。

所谓知耻就是能够认识并承认自己的不足,反思不足,不断突破自我,坚持自我。可是让学生天天在课堂上做题是达不到这样的效果的,他必须在真实问题情境中才能发现自己的不足,这样能力才会有提升。而真实的情景需要通过项目来营造。

比如,每周五下午我们都会让学生参与项目制学习。学生们做了助残轮椅、校园操场共享等一系列有意义的项目。在这个过程中他们不断地去和各种陌生人打交道,不断地遇到困难,他们意识到解决问题其实没有想象中那么容易,但最终也不是不能解决。突破自我,一定是在真实的情景中。

(4)尚美近乎乐。

我们希望孩子们追求美、创造美。所以学校每周开设两节戏剧课、两节舞蹈课。学校每年还有戏剧节活动,每一个学生都要参与进来。孩子们只有在创造美的过程中,才会感受到美。

缓解教育焦虑要厘清的四种关系

白丁:现在社会中,教育焦虑的现象比较严重,比如,学校推行素质教育,文化课的比重减轻,但是家长们又担心在这种状态下孩子学习跟不上,课余时间纷纷再送去补习,对此您怎么看? 家长和学生该如何协调素质教育和分数之间的冲突?

夏青峰:这是一个非常复杂的问题,是社会各种矛盾交织在一起形成的。那么,从一名校长的角度来谈这个话题,有以下几个观点。

第一,学生还是应该注重分数,不注重分数是不负责任的说法。高考招生毕竟还是会看重分数,世界其他国家的名校招生也会参考分数。

第二,虽然重视分数,但是要思考用什么样的方式来提升分数。是加班加点,摧残学生的健康和兴趣,还是不断改善学校的教育生态环境,变革课程和教学方式,尊重教育规律,使学生在良好的状态中提高分数? 我们应该在改革课程、教学、评价等方面多做一些工作,让学生全面、自由地发展。目前最大的问题是,如何让学生既提升成绩,又用时较少,这还需要很多的实践探索。

第三,家长和学校都应该思考,除了分数还应该关注什么。分数固然重要,但是它不是孩子生活的全部。如果说素质教育是一个大圆,应试应该是其中很重要的一部分,但也仅仅是其中的一部分,我们还要关注孩子的身体是否健康,品格是否健全,关注如何发展孩子的特长。

对于学生而言,取得好分数也是素质教育中很重要的一环。是否要上补习班以及如何选择补习班,不能一概而论,要根据具体情况确定。但是学生和家长要厘清几个关系。

第一,"长"与"短"的关系。每个孩子都有长处和短处,家长不要将自己孩子的短处和其他孩子的长处进行比较。家长要做的是信任、发现、支持、引导,扬长教育可能比补短教育更重要。要弄清楚上补习班到底是在补短还是扬长。如果学生的某些方面达不到基本要求,就要补充短处。但是如果各方面都在基本要求之上,那么,发展长处效果可能会更好。

第二,"空"与"满"的关系。我们太喜欢把孩子的时间安排得满满的,但是孩子成长一定要有玩的时间、发呆的时间以及犯错误的空间,如果缺少了这些,他们就很难成长起来。

第三,"我"与"你"的关系。我经常会和学生们交流,他们告诉我自己业余时间学的东西不是自己想学的,而是家长希望自己学的。这样学出来的效果肯定不会好。其实家长也往往觉得不清楚孩子在想什么,那么家长就要懂得一些沟通的艺术,要经常和孩子交流,适当地引导他们,而不是控制他们。

第四,"远"与"近"的关系。关注分数是为了解决近期的平台问题,但如果盯着"近",而不想"远",就会得不偿失。所以,一定要让孩子在周末有实践活动,这对孩子的人格健全非常重要。我觉得在决定让孩子上补习班之前,一定要把这些关系想好。

任何时代教师都应具备的三种素质

白丁:我们正处在科技飞速发展的节点上,目前正在接受基础教育的 00 后也具有非常鲜明的时代特征。您多年奋战在教育第一线,在您看来,未来教师的角色会发生怎样的转变?要适应未来的教育,教师应该具备怎样的素质呢?

夏青峰：这其实是一个永恒的话题，每个时代的孩子都是不一样的，都有不同的特点，所以我们不仅要思考这个时代的东西，还应该更多地思考不变的东西。作为一名教师，无论处于什么时代，都应该具备以下几方面的能力和素质。

第一，与孩子心灵沟通的能力。教师一定要发自内心地爱孩子，还要懂孩子。孩子的思维特征和语言表达方式与成人不同。教师能不能通过孩子的一句话、一个表情、一个动作就知道他在想什么？这需要老师放下成人的姿态，弯下腰来与孩子们交流，不仅仅给学生上课，更重要的是要和学生一起聊天、游戏、活动，多看学生们看的书，玩他们玩的游戏。也许这样才能进入他们的世界，才能有和他们平等对话的资格，如果教师和学生的语言体系不同，那就很难进入学生内心。

第二，学科的专业素养。教师要懂得自己所教学科的本质、体系、发展态势，会教的老师与不太会教的老师的区别就在于，前者两句话就能将问题说清楚，而后者就同一个问题讲很多次，却依然讲不清楚，学生也很累。这个问题与教师是否具备深厚的专业素养有很大关系。

第三，与时俱进的学习能力和开放精神。无论处于哪个年代都需要不断地学习，教师通常是从学校到学校，如果不学习，如果每天都沉浸在课本的知识里，就容易与社会脱节。教师必须了解社会的发展、儿童的心理、自己所教的学科，必须与时俱进。同时也要具备开放的精神。从年轻到年长，教师慢慢会有守旧的倾向，会留恋、会固化，以至于难以接受新的东西。只有保持开放心态，时刻保持新鲜感，才能与学生对话。

未来学校将更加注重个性化与情感教育

白丁：未来学校、教育现代化也是我们谈论得比较多的话题，当我们把时间定位在2030年、2035年的时候，您认为那时候的未来学校会是什么模样？

夏青峰：其实很难描述未来学校会是什么样，因为现实的发展变化太快，很多职业到未来可能都不存在了。我猜想，未来学校可能会更加注重以下几个方面。

第一，更加注重学习的个性化。目前，信息技术推动了社会各个领域的变革，但到目前为止，教育所受到的来自信息技术的影响虽然有，但影响并不是太大。但是随着时间的推移，信息技术对推动教育变革的作用会越来越明显，它会将我们原来想实现但还没实现的个性化教育慢慢变成现实。在这种情况下,学校会发生一些变化。

(1)学习的泛在式更强。也就是说学习不一定在课堂里,可能在学校、在家、在社会的某个角落,时间和空间的界限不再明显。

(2)学生的选择性更强。现在学校的课程内容都是配置好的,我们能否在大方向不变的情况下,提供一些私人定制的东西?未来学生的学习内容、学习方式、学习进程都会有私人定制的考量。

(3)学校的多样性会更强。现在基本上是规模化办学、标准化办学,但是随着时代的发展,学校会出现不同的样态,不同的学校会为学生提供不同的课程选择。学生和教师可能是跨校、跨区域的。

(4)学生的自主性会加强。无论是泛在式、选择性还是多样性,最终都会回归到自主性,调动孩子内驱力,让孩子意识到学习是自己的事,学会自己选择,学会坚持,最终成就自我。

第二,更加注重情感教育和价值观教育。现在的孩子与手机等媒体接触多了,很容易沉浸在虚拟世界中。越是这样,我们就越应该把人文的、情感的、价值观的东西教给他们。就像联合国教科文组织发布的研究报告题目《反思教育:向"全球共同利益"的理念转变》,它要我们更加注重人文,注重关注生命和人类的尊严。

白丁:非常感谢夏校长做客《白丁会客厅》,让我们学习了如何在创新的过程中不走极端,如何更好地把握理想和现实的弹簧。就像北京中学现在所做的所有工作,都在朝着理想的方向前进。

(本文根据夏青峰 2017 年 9 月在《白丁会客厅》采访视频整理而成)

往来皆鸿儒

《白丁会客厅》教育访谈实录一

幼教篇

底子薄，欠账多……幼儿教育是整个教育体系的短板。在儿童教育这个大命题上，今天还远远没有形成定论，实现标准化的教育。因此，有人反对将学前阶段纳入义务教育范围，有人认为多开幼儿园并不能解决问题，在这一领域里，我们知道的还非常有限。

杜惠平：学前教育短板，没那么简单

十八大以来，学前教育事业快速发展，但由于底子薄、欠账多，仍是整个教育体系的短板，"入园难""入园贵"依旧是困扰家长们的烦心事。杜惠平在做客《白丁会客厅》谈及这一问题时说道：这不是多开几个幼儿园就能解决的问题。

作为重庆第二师范学院的校长，杜惠平专注于0~12岁儿童的教育研究，针对这一区间内不同年龄段的孩子有哪些需要关注的重点，以及存在哪些教育痛点，他都一一做了专业的解读。

人物简介

杜惠平，全国政协委员、重庆第二师范学院校长。

儿童教育是个大命题

白丁：十九大报告提出，我国社会主要矛盾已经转化为"人民日益增长的美好生活需要和不平衡不充分的发展之间的矛盾"。"期盼有更好的教育"越来越成为人民对美好生活向往的重要内容。您作为一所师范大学的校长，是不是有了更大的压力？

杜惠平：是的。在2018年的全国两会上，李克强总理在政府工作报告里提到，儿童是民族的未来、家庭的希望。我想，这个说法一定会深深打动很多人。因为这就是教育,教育是民族的未来,是每一个家庭的希望。因此,办公平而有质量的教育,是中国特色社会主义的应有之义。那么,作为一名家长、一名教师,作为重庆第二师范学院的校长,我的确深深感到压力。

重庆第二师范学院的前身是重庆教育学院,1954 年开始办学。2012 年,经过国家批准,转制成了普通本科院校,将师范教育作为办学重点。2015 年,根据学校情况,学校党委决定以面向 0～12 岁儿童的成长发展作为主攻领域。

儿童教育是个大命题,处在 0～12 岁年龄段的孩子不是说考试考 100 分,学会写字唱歌就可以了,他们要去认识世界,要在幼小的心灵里形成对世界完整的认识。这是一个非常重要的阶段,需要各个学科的知识来支撑面向儿童的教育。

目前我们学校的办学历史还很短,且地处西部地区,面临着很多困难。但是为了儿童教育坚持下去,我认为是值得的。未来给我们更多时间,我们可以做得更好。

0～3 岁,家长要具备一定专业性

白丁:在《2018 年国务院政府工作报告》中,我们注意到学前教育已经被提到了新的高度,同时全社会也都在关注如何让儿童接受更优质、更安全的教育。那么在 0～3 岁的早教阶段,您认为应该重视哪些问题呢?

杜惠平:第一,0～3 岁的孩子处在脑快速发育的阶段,对事物、对世界的认识正在逐渐形成,这个年龄段的孩子没有社会化交往的需求,还处在探索世界、认识自我的过程中,不会太多考虑他人。在这个年龄段,家长是孩子最好的老师,家长应该把更多精力放到孩子身上。

第二,这个年龄阶段需要真正有爱心、有耐心,最好还有一定专业素养的家长。在教育体系中,我们把这个年龄段的教育称为早教。早教的方式更多的是父母亲和孩子在一起,特点是交互性,是在很小范围内,在专业人员指导下进行的。

白丁:爱心、耐心通常是父母的天性,但是并不是每个家长都有专业性。作为师范院校的校长,您认为在 0～3 岁的早教阶段,师范院校能为家长成长和家庭教育提供一些什么帮助呢?

杜惠平:第一,最直接的帮助是我校培养的学生有一部分未来会进入早教机构,做早教的辅导员或老师。第二,在我们教学研究活动中,产生了大量的成果,比如,认知领域的研究成果、辅导材料,在认知的基础上设计的活动和玩法等。家长如果感兴趣,可以看看视频资源或正式出版的书籍。

其实对于每一个父母来说,孩子成长的过程都是短暂的,比如,孩子第一次叫爸爸妈妈,他为什么会发这个音? 是偶然吗? 父母很难对这些形成系统性的认识。但是家长要做有心人,可以找专业机构寻求帮助或指导,因为专业人士见得多。另外家长也可以通过读专业人士的著作了解更多东西。

3～6 岁,多开幼儿园不能解决成长问题

白丁:最近因为携程亲子园和红黄蓝幼儿园爆出的虐童事件,让 3～6 岁的学前教育也成了社会讨论的热点,包括优质的学前教育资源供给不足等问题都引发了广泛的关注。那么关于学前教育,您认为目前存在哪些问题呢?

杜惠平:3～6 岁是我们所谓的幼儿园学习阶段,在这个阶段,我国还存在很多问题,比如,普惠性幼儿园以及优质教育资源比较少。

但可以看到,通过几轮学前教育三年行动计划,整体形势已经有了好转。最明显的趋势是,我国幼儿园学位数量增长速度快于人口增长速度。这意味着在未来会有更多的普惠性和各种有特色、有质量的幼儿园。

3～6 岁也是儿童智力开发的早期阶段,更是一系列习惯养成的重要阶段。这个年龄段的孩子开始有了与他人交流、合作的需求。大家普遍认为 3～6 岁是我们熟悉的领域,但是随着对认知科学、神经科学的理解和认识,随着我们考虑问题越来越系统、越来越深入,我们发现对 3～6 岁这个阶段我们知道得其实还非常有限,还远远没有形成定论来实现标准化的教育。所以这个阶段的教育是开放的领域,是可以继续探索的。

白丁:您此前接受媒体访谈时,明确反对将学前教育纳入义务教育阶段。这是为什么呢?

杜惠平:首先我认为,我们对这个年龄段的教育认识还在不断地发生变化,如果把它纳入义务教育阶段,制定了教学方式,然后都按同样的方式来培养,这恐怕要扼杀很多天才,也要耽误很多孩子。

另外,这涉及公共服务的量力而行和尽力而为。如果全部用普惠园的方式

来做学前教育,确实不是现阶段能达到的。

现在有些家长有这样一种想法,希望将孩子送到幼儿园,让幼儿园包管孩子的教育,这是个大问题。这个阶段的教育,家长不但不该缺位,而且要起到主要作用,要让孩子感受到亲情,体会到爱,要让孩子能与家长进行情感交流,养成良好的习惯。如果全家围着一个孩子转都不能把孩子管好,那幼儿园每个老师负责十几个孩子,也不太可能将孩子管好。

与3~6岁发展过程中需要解决的所有问题相比,孩子在幼儿园要解决的问题只是一小部分。更重要的一点是,我们希望真正让每一个家庭、让全社会都来关注这个年龄段孩子的发展问题。他们到底需要什么?哪些是可以在幼儿园得到的,哪些是应该从家里得到的,哪些是应该从社会上得到的?最直观的一点是,我们给跳广场舞的阿姨们准备了广场,但是给3~6岁的孩子准备了什么呢?

我们现在都在关注幼儿园,政府也的确应该尽最大的能力来提供更多普惠制幼儿园学位,让孩子能在家门口上幼儿园。这样最大的好处是让孩子有更多的时间享受家庭生活,享受基础设施带来的便利,让他们认识公交、商场、各种各样的书店。

我们只有先把这个年龄段儿童需要的东西定位好,然后分析家庭能提供什么,学校能提供什么,社会能提供什么,各方形成合力,共同关注3~6岁孩子的问题,学前教育的发展才会更进一步,而不是多开几个幼儿园那么简单。

白丁:我们一直非常关注孩子受教育过程中的安全性,但是过去几年,每年都会爆出一些比较极端的事件。您认为背后深层次的原因是什么?

杜惠平:每个行业都会有一些问题,我们必须思考造成这些问题背后的原因。

第一,从业者的素质。现在有一个思维定式:博士毕业可以教大学,硕士毕业教中学,本科毕业教小学,学前教育的老师只要中职毕业就可以了。其实应该反过来,应该让最优秀的人才从事学前教育,让最有研究能力、批判性思维,最有爱心,最有耐心,最愿意从事这个行业的人来做学前教育的老师。但遗憾的是,这个行业普遍收入较低。有人说,每月请一个保姆都要花几千块钱,但幼儿园老师每个月的工资只有一两千,所以想让这些老师做得很安心很专业,恐怕很难。但教师工资高,学费肯定就会相应提高,完全依靠政府做普惠性办园来补贴也不现实。

我们怎样才能找到这之间的平衡？政府要加大投入，这毫无疑问。另外，我们也要通过政策吸引更多优秀的人，特别是要改变行业低收入水平的现状。

第二，关于家园互信。幼儿园跟家庭之间要有充分的沟通交流，幼儿园要用专业精神和敬业态度，而不是摄像头来让家长放心。用互联网等信息技术手段加强监控，是不是合适，可以再探讨，但是如果家长和幼儿园之间没有有效沟通，没有互相的理解和信任，事情就很可怕。

技术手段应该是最后一道防线，它不应该取代彼此之间的信任和理解。比如，幼儿园可以设置开放日、家委会，同时也公开一些信息，获得家长的认同和理解，这才是真正能解决问题的办法。

第三，关于从业门槛。要提高幼儿园教师的从业门槛，选择那些心智成熟、从内心喜欢孩子、愿意从事这个工作的有专业能力的人来做幼儿教师。

第四，关于幼儿园的管理机制。无论是相关部门对幼儿园加强管理，还是幼儿园本身加强自身的管理，或是政府部门对幼儿园进行考评，总之要有一些必要的手段来关注儿童的问题。

6～12岁，首先解决"愿意学"的问题

白丁： 在面对6～12岁这个年龄段的孩子时，我们必须要承认目前的基础教育是存在一些问题的，所以才要进行中高考的改革，但改革也是一个不断摸索的过程。最近，教育部严厉整顿不规范的课外辅导机构。我想，既然有这么多家庭把很大比重的支出投入在课外辅导机构上，那一定表明我们的基础教育、学校教育有很多要改进的地方。针对6～12岁这个阶段的课外辅导乱象，您是如何看待的？

杜惠平： 这里我想谈谈两个方面。

第一，现在的小学教育其实已经有了一些变化。比如，以前有小升初考试，现在是就近直升，没有考试升学的压力，这对这个年龄段的孩子和各级各类学校都产生了良好的影响。现在小学生的幸福感与原来相比也有了提升。

另外，原来的培训机构更多讲的是考试技巧，现在越来越多的培训机构是培养与科技、艺术相关的爱好，功利色彩越来越淡化，这也是好的变化。

第二，现在小学教育阶段，有些问题依然值得探讨。比如，小学教育可以细分成初小和高小，前三年的初小和后三年的高小到底要解决什么问题？有没有

性质上的变化？我认为是有一些变化的。

我所在的重庆第二师范学院是重庆市最早开展小学全科师范生免费培养试点的学校。在与小学校长的交流中发现，原来招聘小学全科教师是为了解决教师数量不足的问题，但是，现在越来越多的学校认为，对小学而言全科老师更合适，至少小学前三年是如此。

小学阶段学生开始学知识，但对各科知识的理解其实很难分开。在初小阶段，全科老师是有存在的道理的。甚至在一些发达国家，小学的全科老师要跟随儿童读完整个小学。这也让我们反思，我们到底希望小学老师扮演什么样的角色？应该怎样培养师范生，让他们在未来能更好地承担启蒙者的任务？

我认为至少要从两个方面努力：第一，需要有更高素质、更高愿景追求的人从事这个领域；第二，要为教师提供各种各样的技术手段，让教师成为学习的组织者、协调者，推动学生学习，而不是让教师直接把东西教给学生。

判断一所学校办得好不好的重要指标是小朋友愿不愿意来上学。其实考虑问题没必要那么复杂。只要孩子愿意到学校上学，那一定是因为这所学校有了不起的地方。

在小学阶段首先要解决学生愿意学的问题，只要顺应孩子的天性，只要能真正激发孩子的好奇心，我相信解决这个问题也不是难事。

白丁：刚才您提到课外辅导机构功利色彩越来越淡化，也让培训有了积极的意义。但是从某些方面来看，它的确对学校教育产生了一些冲击和不好的社会影响，我们应该如何看待这个问题？

杜惠平：这是一个非常大的市场。在这个市场里，真正有能力、有内控机制、约束机制，愿意将这件事做好的机构还是有的，但这也是个鱼龙混杂的市场，今天我们正视了这个问题，就有助于解决这个问题。

如果我们想要让更多的社会资源来为6～12岁的儿童提供差异化的服务，让孩子们有更幸福的童年。应该用什么方式实现？

第一，要有包容的态度，让真正负责任、真正有愿景追求的机构来做这件事。第二，要改善、加强公共服务。这里的公共服务，不仅是面向家庭和孩子，还要面向培训机构。比如，有没有针对这些机构的信息披露制度？有没有评估评价制度？由谁来评价？有没有行业协会？采取备案制或信息公示的方式，可以让家庭有更多的选择。

这个问题其实不难解决,只是需要一些社会机构共同关注各个培训机构老师的教育背景和能力,对这些老师进行评价。当成本较低时,培训机构一定愿意规规矩矩做事。但如果用猫捉老鼠的方式,恐怕再严密的措施都会有漏洞。

我认为这个市场的环境会越来越好、透明化程度也会越来越高。现在有这么多教育培训机构是因为有客观需求,因为学校并不能解决所有问题,我们希望能做到因材施教,但从客观情况看,不是不想做,是能力、精力水平等非常有限,所以才需要有一些资源做补充。

儿童研究院,为儿童的成长而来

白丁:不久前,重庆第二师范学院和教育部学校规划建设发展中心共建了儿童研究院。聚焦0～6岁儿童的成长和发展相关的研究工作。对于研究院,您有哪些规划呢?

杜惠平:我们学校虽然不大,但我们也有大愿景。毫无疑问,儿童研究院是个大问题。不是说我们已经做了多少事情,而是我们愿意做多少事。

关于研究院,我想说这四个方面。

第一,关注0～6岁儿童的成长。在联合国《儿童权利公约》对儿童的定义中,18岁以下都是儿童。从我们自身专业的意义上讲,我们更关注0～12岁的阶段,尤其是0～6岁这个最有开放性、最有挑战性的阶段。

第二,这会是一个开放、演进的平台。希望吸引政府、幼儿园、大学、企业、社会力量等共同关注儿童发展,探索0～6岁儿童的成长规律,让这个平台成为研究成果产出、应用成果产出的平台。另外,希望通过这个平台,采集各方信息,人人都是贡献者,人人都能从中受益。特别是用一些现代技术手段收集信息,可以使我们形成对问题的再认识,同时在应用过程中,提供反馈,以便研究新的问题,形成良性循环。

所以这个平台并不能一劳永逸地解决所有问题,而是提供一个起点,但不会有终点,因为每个时代有每个时代的问题,每个孩子都是独一无二的。

第三,我们愿意将人才培养、科学研究、社会服务工作与这个平台结合起来,为平台贡献力量,也让我校的师生关注更多的实际问题。

第四,儿童研究院每年会安排一次成果的集中展示和信息的集中交流。

　　白丁：感谢杜惠平校长在两会期间做客《白丁会客厅》。每分钟我们都有约33个新生儿出生，他们是国家和民族未来的希望，也是人民追求美好教育的压力所在。研究 0～12 岁的儿童教育，无论对于国家、政府、高校，还是企业，都任重而道远。

　　（本文根据杜惠平 2018 年 3 月在《白丁会客厅》的采访视频整理而成）

朱敏：做好未来人才的学前启蒙

到 2035 年，我国将迎来全方位的大转型，特别是教育，将总体实现教育现代化，迈进教育强国行列。很多人都在思考，2035 年的社会需要什么样的人才？换个角度说，我们如何从现在的学前教育着手，培养 2035 年的社会中坚力量？

未来对人才的需求使得我们不得不正视这样一个问题，这给现在的学前教育提出了新的挑战。北京市二十一世纪实验幼儿园总园长朱敏，积极投身于幼儿教育事业，相信通过她对学前教育的解读，家长和教师都能更加明确幼儿教育的发展方向。

人物简介

朱敏，北京市二十一世纪实验幼儿园总园长，民办学前教育专家，中国儿童少年基金会理事。

从白衣天使到幼儿教师

白丁：早些年，朱园长弃医从教，相信从一名医生转变为一名教师，带给您的不仅仅是社会角色、社会身份的转变，更多的可能是身上所肩负的责任和使命的改变。很期待您给大家分享一下您早年的这一份经历。

朱敏：每个人都有自己的理想，在选择的时候，实际上是被理想推动着去做的。早期的时候，我的理想是救死扶伤,就考进了医学院。

后来在医院实习过程中,我遇到了很多的病人,慢慢地就发现,即使再有能力、再强大的医生,在面对疾病时,很多时候都是无能为力的。于是,我开始对自己的选择产生了怀疑。

有一次实习时,我遇到了一个误服药物的孩子,经过全力抢救,虽然孩子的生命保住了,但他的智力受到了永久性损害,而医生是没办法解决的。当时我的心情特别沉重,就反思做什么样的事情才更有意义。

那么,从挽救孩子的角度来说,今后对他最有帮助的可能就是教育。于是我开始关注教育,后来也就直接投入学前教育中,从医生变成了一名教师。

白丁: 无论是在医疗界还是在教育界,朱园长都是儿童的守护天使。您个人觉得您过去学医的专业背景,包括从医经历,和您现在所从事的教育事业有什么关联吗?

朱敏: 过去学医的经历对我的教育工作的影响是方方面面的。第一,医学学习中科学严谨的态度和工作方法,使得我做事情习惯于从细节着手,从小处下手。

第二,医学背景使我更加重视孩子的身心健康。在我们幼儿园,对孩子健康的关爱不仅体现在体育教学等身体层面上,还体现在心理教学中。幼儿园设有"悄悄话区",方便孩子倾诉;还设置了心理宣泄室,里面有很多材料供孩子宣泄,让孩子在心理上能够得到支持和平衡。

第三,医学从业经历使我更加注重保教结合。保育是很重要的,包括孩子的看护、照顾、营养等方面。此外,医学的背景也帮助我在孩子的饮食健康和营养均衡方面做了更多探索。

白丁: 朱园长是北京市政协委员,也是海淀区人大代表,一直在参政议政的第一线。最近,十九大刚刚开幕,在十九大的报告当中,习总书记对教育提出了很多非常好的期待。

那么,朱园长是如何理解并规划习总书记对幼儿教育提出的要求的呢?

朱敏: 习总书记在十九大报告中明确提出,要办好学前教育,让每个孩子享受公平而有质量的教育。这让我特别有共鸣、有方向,也更加坚定了信心。我们当初办教育,提出的理念就是让每一个儿童都获得理想的发展。

　　我认为习总书记的讲话中有两个关键词,第一个关键词是"公平"。教育要体现公平,就是要接纳所有孩子,不能有选择,更不能拒绝。在招生中,对于听力障碍、自闭症等有特殊需要或心理有一些问题的儿童,我们幼儿园都是敞开大门的,接纳这些孩子入园。

　　第二个关键词是"质量"。很多人认为幼儿园就是看护孩子的地方,何谈教育质量? 其实,每个阶段的教育都应该是有质量的。幼儿园没有固定的课程模式和教学方法,但教育体现在方方面面、每时每刻。在设置课程时,我们不仅坚持了课程的开放性和融合性,还保证了课程的有效性,评估课程、培训老师,就是为了让教育有质量,真正让所有孩子都有所发展。

重视学前阶段习惯养成

　　白丁: 中国有句俗话,"三岁看老",我想这句话说的不仅仅是指基因的差别,更重要的是指孩子在三岁的时候已经形成和正在形成的习惯。

　　那么,幼儿园教育与儿童习惯的养成是紧密相关的,您是如何看待学前教育阶段习惯养成的重要性的? 学前教育阶段养成的习惯对于孩子的整个人生有着怎样的影响?

　　朱敏: 孩子到了小学后,会出现很大的差别。有些受欢迎的孩子对待学习和学校的其他活动,都有着很强的积极性;有些孩子交际能力比较弱,就很容易被其他人排斥。孩子之所以形成这种差异,实际上与幼儿园阶段养成的习惯有关。

　　幼儿园时期,孩子习惯的养成应该是综合的,生活习惯、交往习惯、学习习惯等都很重要。比如,小朋友刚到幼儿园,我们老师教孩子洗手时,旁边有个沙漏,让孩子看到时间的流逝,在规定的时间完成规定的动作。慢慢地,孩子就有了时间的观念,具备了时间管理的意识、能力和习惯。那么,在未来,他就会是高效率的人,能够有序安排自己的工作和生活。

　　白丁: 孩子通过沙漏就能感觉到时间的流逝,慢慢地就意识到时间的宝贵。

　　朱敏: 没错,他就会抓紧时间完成规定的任务。所以说,习惯真的很重要。

　　又如,我们要为大班的孩子做幼小衔接的准备。幼小衔接不仅仅是学拼音、做数学题,更重要的是让孩子养成自己的事情自己做的习惯,能够独立解决问题。同时，慢慢形成孩子的任务意识。孩子会觉得自己肩负任务、肩负责任，他就会要求自己独立去解决问题。

当孩子在幼儿园具备了这样的能力和习惯时，到了小学，就不会出现同样的问题了。其实这些也是小学阶段要求孩子具备的基本素质，甚至在高中、在大学、在职业中，都会强调时间管理观念的重要性。由此可见，孩子在幼儿园时期所形成的习惯，将对他今后的方方面面起到非常大的作用和影响。

白丁：是不是随着人的成长，习惯的养成难度或成本会越来越高？

朱敏：对，有句老话叫"江山易改，本性难移"。早期的时候，行为习惯一旦建立起来了，它就固化了，甚至成了一种行为模式，孩子自己就会觉得这已经是一件很自然的事。所以，越早养成好的习惯，对孩子来讲越能起到事半功倍的效果。

白丁：孩子习惯的养成，和幼儿园的课程、活动的设计有着很大的关系，但是也离不开家庭环境的支撑。我想请教朱园长，家庭应该如何配合幼儿园去塑造孩子的好习惯？

朱敏：家庭教育很重要。我们发现，虽然孩子在幼儿园里接受了各方面的教育，比如，要爱护环境、不乱扔垃圾。但是出了校门，孩子就会向老师反映，经常看见有人乱扔垃圾，甚至自己的父母也这样做。

这个时候，孩子就会产生价值观的混淆。自己到底应该怎么做？父母做得是否对？如果父母做得不对，自己要怎么和父母抗衡？久而久之，孩子就会产生自我怀疑。所以，幼儿园的教育也需要家庭的参与。

而且家庭提供的教育与幼儿园的教育应该是一致的，否则孩子就会有两面性，面对老师时取悦老师，面对家长时取悦家长，不停变换自己的原则和行为。每个家庭都不希望有这样一个百变的、没有规则的孩子。所以家长一定要注意自己的言行，按照和幼儿园相同的正确目标和原则去培养孩子。

白丁：对，这真的非常重要。一般来说，孩子都是偏向老师的。很多幼儿园的孩子，都会有意识地去纠正爸爸妈妈，尤其是爷爷奶奶一些不太文明、不正确的行为，我觉得幼儿教育在间接上是做了隔代教育的工作，这也是学前教育为社会所做出的一个隐蔽性贡献。

朱敏：是的，其实大人从孩子身上也会学习到很多。不仅是我们在教育孩子，同时孩子也在教育我们。

举个例子。我们给孩子传递了环保意识之后，很多孩子就说："我不去海洋馆了，我不想看见海豚被关在玻璃房子里，我希望它回到自己的家，回到大海当中。"

当孩子说出这些话的时候，第一，我们很欣慰，也很有成就感；第二，我们也会更加坚定地去做一个环保人，做一个有良知的、科学的教育者。

如何做好幼小衔接

白丁：教育部明确反对学前教育小学化，这基本上也是社会共识，但是幼小衔接又非常重要，如何厘清这两者之间的关系，让孩子能够顺利地从幼儿园过渡到小学，从而保证教育的连贯性？

朱敏：幼小衔接既是幼儿园必须要解决的问题和任务，也是小学的义务和任务，仅仅靠幼儿园一方的力量是无法解决这一难题的。

所以首先，幼儿园和小学要紧密地联系起来。幼儿园要了解小学的教育目标以及小学对小学生的要求，这样就可以设置相应的幼儿园课程，跟小学衔接起来。

更重要的是，小学需要学生具备什么样的素质，幼儿园就应该培养什么样的孩子。幼小衔接不仅仅起始于大班，应该从孩子刚入幼儿园抓起。包括孩子的自我管理能力、交流能力、交往能力以及适应新环境的能力等，这些都需要幼儿园去培养，而这绝不仅仅是大班一年就能解决的问题，一定是逐步养成的。

对待幼小衔接，一方面，不要一边倒。有人认为，防止学前教育小学化，就是幼儿园一点都不教和小学阶段相关的教学内容。这过于绝对。在有兴趣、无负担的情况下，孩子是可以学一些东西的，比如识字，如果孩子在阅读时认识了不少字，这当然可以，没有必要阻止孩子。

另一方面，我们也不能因为小学有识字的任务，有数学计算的要求，在幼儿园时就提前补课，把小学的任务下放到幼儿园，这是揠苗助长。过早给孩子带来这样的压力，会导致孩子厌学。所以说，这两种倾向都不能要。

另外，幼小衔接既是幼儿园要做的，也是小学需要做的，同时家长也要配合。我认为，幼小衔接最重要的是培养孩子的学习兴趣、学习习惯以及学会学习的能力。如果这些方面都能做好，孩子在小学不会有任何问题。反过来，如果仅仅从学习知识的角度让孩子为小学做准备，孩子的确学会了很多字，也会做很多题，但是这些字和题目总会有用完的时候，还很可能会导致孩子厌学，这样的话，孩子在未来的学习中就会很吃力，出现很多问题。

白丁：不错，在幼儿阶段，孩子的可塑性特别强，但是也特别脆弱。所以在对待幼儿教育上，可以追求极致，但绝不可以极端。孩子的教育必须达到专业的、艺术性的平衡。

朱敏：对，我们一般称之为科学教育，或者科学保教。为了了解孩子、认识孩子身心发展的特点和规律，我们开展了针对性的教育。在进行每一项教育活动之前，我们会根据孩子的兴趣，来设计教育活动、教学课程。

然后，在教育活动结束的时候，我们会观察哪些孩子得到了哪些方面的发展、在哪些方面还需要老师的支持和帮助等，解决这些问题后再开始设计下一个活动。所以，每一个教育活动都是环环相扣的，都是有目的的。这样，孩子才能在一个个的教育环节和教育活动当中，不断地成长和进步。

构建幼儿心理安全网

白丁：刚才朱园长在分享的过程当中，提到了三个字，"安全网"。我发现生活中极少数的人，工作不错，年纪也不小了，但是他跟人之间的交往有明显的障碍，把自己包裹得比较紧密，对外界很敏感。那么我就想，是不是在他幼儿时期，没有建立一定的人际安全感？

朱园长，您认为在幼儿教育阶段，在构建孩子身心安全感这方面，家长和学校应该注意什么？

朱敏：对安全感的理解，一方面是指普通意义上的安全，比如，食品安全、消防安全，就是要培养孩子的防范意识；另一方面是指心理安全，这是更深层次的，也是更重要的。

在构建幼儿安全感方面，学校和家庭要提供给孩子宽松和谐的氛围，让孩子心理放松，他就会信任这种环境里的人。当孩子信任他人时，就会无条件向他人倾诉，寻求帮助。当他遇到问题、自己又解决不了时，就能够获得各方面的帮助和支持。慢慢地，孩子的心理安全感就会建立起来。

我们提倡,老师和家长在与孩子日常交往时,要蹲下来讲话,抱起来交流,就是为了更好地倾听孩子的话,让孩子知道他与我们是平等的,他不需要惧怕我们,不用惧怕权威。他可以将自己的主张和想法大胆说出来,和我们交换意见,一起探讨。

大人不应该告诉孩子应该向左还是向右,而是要告诉孩子他有很多选择,帮孩子了解每个选择的结果是什么,这样的话,孩子自然就学会了如何选择,安全感也会随之建立起来,这样的孩子就是成功的孩子。

在幼儿园,当孩子的安全感建立起来后,孩子就会很自信,同时也会更加信任老师,有时候甚至能指出老师的问题。我们要培养的不是唯唯诺诺的小绵羊,而是有独立的思想、独立的见解和创造力的人,这样我们的国家才更有希望、才会强大起来。所以,老师和家长都要尊重孩子、理解孩子、倾听孩子、引导孩子,这是大人每天都要做的功课。

幼儿教育是培养未来的人

白丁:学前教育往往绕不开人工智能。在人工智能快速发展的时代背景下,我们要反思的是,应该注意培养孩子的哪些素质。朱园长,您认为在学前教育当中,应该如何渗透并完成对于孩子的素质培养?

朱敏:教育的目的是服务于孩子,服务于孩子的未来。教育应该关注未来社会需要孩子成为什么样的人,这是我们教育的内容和目标。

前几天,英国广播公司(BBC)发出一份关于预测未来人工智能时代的报告,报告中说,未来社会中,有一些职业会被淘汰,如会计师、保险业务员等,这些容易被淘汰的职业都有一个共同特点,即重复性,只是一种简单的重复的劳动。

还有一些不容易被取代的职业,如教师、公关人员、记者、建筑师等,这些职业都具有极大的创造性,需要人和人之间的交流,需要复杂的、有情感的劳动。

因此,未来需要的人才是要有情感的,能够真诚地帮助别人的,还要有创造力和审美能力的,这些关键素质就是教育的核心。所以,教育的核心目标直接指向人的自信、自主、关心、合作、探究、创新等基本素质。

要以此为目标,来设计课程,组织教学活动。通过一项项教学活动去实现这些目标的时候,我们的孩子就具备了这样的能力。我相信,这样的孩子不仅不会因为人工智能以及其他技术的发展而被淘汰,而且还会有更强的适应能力和推动社会发展的能力。

白丁：刚才在您的分享中提到了课程，很多教育专家对幼儿园课程都持有不同的认知和意见，您是如何看待幼儿园课程的？

朱敏：课程就是有组织、有目的的教学活动，幼儿园的课程也是如此。这里所谓的目的是指教育目标。每所幼儿园、每个家庭都应该有自己的教育目标，这些目标还必须服从于国家纲要、教育方针和教育目标。

所以，我国和其他很多欧美国家一样，有自己的课程纲要和课程指南。幼儿园就是在课程纲要和课程指南的指引下，设计并确定适合自己的课程。更重要的是，课程也要为国家的建设和民族的强大服务。

虽然我们幼儿园是民办园，但是我们很早就明确了一点——自主办学不等于自由办学。自主办学是在国家纲要和精神的指引下，学校可以有自己的办学特色。

但是必须要遵循纲要，不是想怎么办就怎么办，这是每个教育投资者和办学者都要明确的。国家每次的检查、省市的检查和督导，民办幼儿园都要接受，这是为了保证正确的教育方向和良好的教育质量。

白丁：在未来，您认为幼儿园环境、幼儿教学的模式将会发生什么样的变化？

朱敏：环境和课程如何改变，还是取决于我们要培养什么样的人这一教育目标。未来我们要培养的是有创造力、有丰富情感、有同情心的人。比如，如何培养孩子的创造力呢？

首先，创造力培养所需要的环境，是可以探究的、低结构化的环境。何为低结构化？比如，我们不是直接提供给孩子成型的汽车模型，而是给孩子分解的材料，让孩子展开想象，让他设计出自己认为能够达到自己所设定的标准的汽车。

其次，在这样的环境中，要提供给孩子更丰富的、尽可能多的材料，来自自然的材料是最好的。

最后，幼儿园的环境一定要追求美。这难度比较高，毕竟每个人对美都有着不同的看法。但无论如何，一定要让孩子处于美的环境中。色彩要相对单纯，不要过于冲突，不要过多地刺激孩子的视觉；材料要讲究丰富，但是又不能让孩子心烦意燥。那么，这样的环境就需要我们开动脑筋，由教育家、建筑师、心理学家等不同学科的专家一起来构建，这样才能发挥教育的最大效果。

另外，在课程设计上，要更加开放，要选择孩子最感兴趣、最能激发孩子探究力的教学内容。教师要进行有目的的提问，一步一步深入，引导孩子探索事物背后深层次的原因；然后让孩子进行假设，通过各种各样的方式去验证假设。

老师不是将结果直接告诉孩子，而是要引导孩子自己得出结论。不同的孩子得出结论可能都是不同的，但在这个过程中，最重要的是使孩子养成爱思考的习惯。这是未来课程的核心。

学前教育对教师的要求

白丁：一直以来，学前教育都没有统一的教学标准和规范，这给幼儿教师足够的发挥空间之外，更多的是带来了很高的专业性要求。那么，在学前教育阶段，对教师职业素质的要求有哪些趋势？

朱敏：开放性课程对教师最直接的要求就是要有设计课程的能力，这是非常高的标准。除此之外，教师还要有爱心、敬业精神、职业操守，要对孩子有无比的耐心，要具备看护、提问等专业的技能。

二胎政策颁布以后，幼儿园大规模扩张，需要大量的教师，而我们师范学院的人才培养不足以满足这样大量的需求。很多学前教育老师的素质先天不足，这是现状，但我们也不能过于被动。

我认为，要从国家资金投入、政策制定等方面，解决学前教师不足的问题，让幼儿教师这份职业更有吸引力，让更多优秀学生愿意做教师。教师的待遇、培训、福利等问题是政府要解决的。

国家在改变，师范院校也要改变人才培养机制。通过专业培养，让未来的教师素养能够有所提高，让教师能够适应未来发展的需要。

作为幼儿园办学者，在招聘教师时，要选择那些有爱心的人。同时，幼儿园要对教师进行在职培训，让教师适应未来学校发展的需要。

我弃医从教后，与孩子们在一起时，他们有各种要求，而且要求越来越高，我必须要不断学习，不断成长，才能满足孩子们的成长要求，所以说，孩子们也会督促我学习。

最后我想和大家分享一段话："教育不是将篮子装满，而是将灯点亮。"我们既被照耀着、引领着，也要成为一个光明的给予者，为孩子照亮人生之路。为了做到这一点,我们必须不断学习,不断进步,不断提升自己的理念,才能真正成为引领者,真正将灯点亮。

白丁:听了朱园长这番话,我非常感动,感谢您的分享!相信随着全社会对学前教育的重视,学前教育一定会越办越好,一定能促进孩子往更好的方向发展。

(本文根据朱敏 2017 年 12 月在《白丁会客厅》采访视频内容整理而成)

杨丽欣：适合孩子的教育
就是好的教育(上)

2017 年，是中国学前教育实现跨越式发展的一年，随着第六个全国学前教育宣传月的广泛深入推进、第三期学前教育行动计划的全面开启、全国学前教育改革发展实验区的开展建设等，学前教育也越来越被全社会重视。如何为孩子提供优质的幼儿教育，已经成为家长和教育工作者共同关心的话题。

北京市朝阳区枣营幼儿园园长杨丽欣，多年来一直扎根于幼儿教育工作。在本期访谈节目中，她从家长、教师以及学校几个层面，结合枣营幼儿园对孩子的培养实例，提出了非常有建设性的教育理念和教育建议。

人物简介

杨丽欣，全国优秀教师，北京市特级教师，北京市朝阳区枣营幼儿园园长。

明确孩子的起跑线
该从哪儿划起

白丁：随着经济的发展，我国对学前教育也越来越重视。但是，入园难、入园贵等问题依然存在，家长们很担心自己的孩子输在起跑线上，有些家长甚至因此而感到焦虑。您是如何看待这种现象的？

杨丽欣：我认为，虽然现实中存在入园难、入园贵的问题，但更关键的还是家长和教师的教育理念。理念没有对错，在理念到位的情况下，孩子的发展就可以有很好的前提保障。

在选择幼儿园时，有些家长想要选择更好、更优质或者大家更认可的幼儿园，就像您说的，很担心孩子会输在起跑线上。其实，最重要的是明确孩子的起跑线该从哪儿划起。

从先天遗传的角度来说，每个人在出生时，他的优势、潜质和弱势就在一定程度上定下了。"起跑线"观点带有竞赛性质，如果将人的一生看做是一场竞赛，太在意起跑线的话，学生和家长都会很累。所以，要给予孩子适合他的教育，并且让他在人生中找到自己的生命价值，这可能是教育更深远的意义。

如果家长太在意孩子的起跑线，整个社会过于强调孩子从幼儿园开始就有强烈的竞争概念和竞争意识，我觉得这是一个非常不好的现象。

把握幼儿成长的几个关键期和敏感期

白丁：杨园长，在您的整个学前教育实践中，一定形成了一些对学前教育独特的理念。那么，请结合您多年来的工作经验，谈一谈您对学前教育的一些观点或者看法。

杨丽欣：那我就和大家分享一下我的一点教育心得。

我认为，作为教育工作者，首先要有正确的儿童观，即如何正确看待教育的对象。孩子身上有先天遗传的特点，但也是有着无限发展可能的未来人。孩子在0～6岁接受学前教育的时候，特别是在3～6岁这一阶段，存在着人发展的若干个关键期和敏感期。

比如，孩子2岁左右，是培养规则意识的关键期，如果把握住这个关键期，未来培养孩子遵守规则的习惯就比较容易；孩子2～3岁时，是口语发展的关键期，要让孩子有更多倾听和交流的机会；当孩子5岁时，抽象思维和逻辑思维开始萌芽。只有清楚地了解并掌握孩子的这些关键期，才会真正了解儿童。

白丁：从事学前教育的老师们确实都不简单。

心里装着的是未来的社会人

杨丽欣：是的。基础教育可以通过一些手段和方式，对孩子进行整体衡量，但是对于现在的幼儿园教育来说，还没有统一的衡量标准。

因为受到语言、思维等方面的发展限制，儿童在表达自我时，只能通过一些肢体动作传递信息。比如，在爬到滑梯口时，有些孩子不知道接着往下滑，就说明他的深度知觉还没有发展。所以，幼儿教师要通过观察去了解孩子，这也是评价相对比较难的地方。

白丁：当下没有一个客观的可测量的标准，只能依靠幼儿教师在一些科学理念的指导下，靠专业、经验、爱心，以及各种各样的综合能力，去完成孩子的启蒙工作。

杨丽欣：虽说幼儿园教师的专业性可能不是那么明显，但是就目前来讲，幼儿教师之间的专业性差距还是比较大的。由于对入职有着不同的要求，加上行业本身的问题，在专业性上，未来还需要很长一段时间去提高。

这么多年来，我深深体会到作为一名教师，对孩子的培养一定要有这样的意识：眼睛看见的是现在的孩子，心里装着的是未来的人。

有时候，一些家长或者朋友会问我："你们幼儿园都教孩子哪些知识啊？"我就会思考，知识是什么？知识是人类现在已知的、过去已经澄清的概念和经验。但是，我们要培养什么样的孩子？

仅仅只需要知道过去所有的知识吗？好像远远不够。他们站在巨人的肩膀上之后要干什么？要有获得知识的态度，还要有获取知识的能力。最重要的，我们要培养未来能够创造更多知识的人。对于幼儿园老师来说，有这样的意识，才会有充分的空间来做这些事情。

每年开新生家长会的时候，我都会和家长们说这样一句话，"我们因为一个共同的目的而走到一起，都是为了培养未来能够立足于社会，并且能够促进社会发展的人"。现代社会的发展真是非常迅速，如果还停留在原有的、固有的水平上去培养孩子，真的远远不够。

白丁：也就是说，我们要培养的孩子一定是指向未来的。

教育的核心是孩子本身

杨丽欣：对。另外，我们还要关注的是，教育的核心是人，是孩子本身。孩子会有很多让我们想不到的地方。

有一天中午，大家在一起吃饭。有位老师拿来了一本孩子自己做的图画书，只让我们看书的封面，猜这本书的内容是什么。我们看到封面上写了"都是天"三个字，就猜想，是都是蓝天，还是都是阴天？最后，那位老师打开图画书，我们所有人都笑了，原来是"第一天，第二天，第三天……"通过学习，孩子自己会形成对"天"的一套理解逻辑和呈现方式。

白丁：是孩子自己的归纳、总结和概括。

杨丽欣：是的，孩子有自己的基本生活经验，有自己总结和概括的视角。成人往往是基于理性思维，所以很难想到这样的题目。在这种情况下，如果给孩子积极的鼓励，下次孩子还会愿意创造性地去思考问题。但如果跟孩子说这样写不对，用所谓的传统和标准去"纠正"他，就会框住他的思维。

所以，老师要给予学生更多的自信。成人与孩子是如何互动的，你给予了他什么样的眼神、支持、暗示或引导，对他内在潜力的发挥非常关键。

未来的孩子需要具备什么样的核心能力？不同的研究领域有着不同的答案。其中有一个相对比较集中的观点是，要培养孩子的自主性，让孩子在一些事情上能够自己做主。

自主和自信是相关的。有些老师和家长想知道如何培养孩子的自信心，但自信心不是刻意培养出来的，而是在生活中慢慢积累的。比如，在遇到一些和孩子相关的事情上，我们是否和孩子一起讨论过？孩子说话时我们是否在认真听？这个过程就会涉及孩子能否建立自信。如果孩子确定自己得到了对方的关注，并在对方心中有一定的位置，他会觉得自己是被尊重的，是没有被忽视的，是可以参与甚至决定这件事情的。

再如，幼儿园招生时，都要先对孩子、家长进行一轮面试。我建议家长要提前和孩子沟通幼儿园的相关情况，也可以带孩子到幼儿园亲身体验一番。因为孩子对他即将要去的地方毫无概念，这种未知会导致孩子的极度紧张和心理恐惧。

所以，类似这些细节问题，家长一定要让孩子参与进来，帮助他建立自信。有了自信，孩子的安全感就会提升，心理状态就会稳定。

接纳所有孩子，培养尊重意识

白丁：有的孩子开朗活泼，有的孩子内向安静，对于不同性格的孩子来说，其实他们都需要安全感，都需要建立自信。

杨丽欣：人和人对情绪的呈现方式不同，但安全感是底线，这和性格无关，每个孩子都有这方面的心理需求。所以，基于对孩子自信、自主能力的培养，我们幼儿园传递给孩子的首先就是尊重意识，尊重每一个生命，对所有孩子一视同仁。

因为孩子无法决定自己是什么样的，遗传、家庭、环境、经历可能就决定了他现在的状态。作为具备专业精神和专业能力的幼儿园教师，无论孩子是什么样的，都要无条件地接纳孩子。我们至少要有这样的专业精神和职业道德。换句话说，所有的孩子都叫我们老师，不能对孩子有区别对待。

白丁：教育的本质是心对心的滋养、生命对生命的滋养，尊重是前提，其次才是爱与关怀。

杨丽欣：如果教师能够无条件地接纳孩子的所有，他的内心就会有另外一份平静，另一份等待，给孩子的宽容空间会更大。

这对所有的教师来说都非常重要。以前的教育，偏向于强调学到了什么知识，学到了什么技能，但现在的教育还不仅仅是这些。教师接纳孩子，会对孩子有一个更深层次的认识，对教育也会有更深刻的理解，就会知道该如何去帮助和引导孩子，比如，引导孩子如何规避弱项带来的消极影响，如何最大限度地发挥优势和潜质。

适合孩子的教育就是好的教育

白丁：公立幼儿园招收学生，园方没有太多的自主权，也能最大化地实现无条件接纳孩子这一教学理念。但是，现在有很多非常高端的私立幼儿园，在选择孩子的时候，就设定了一些标准，而且这些标准非常高、非常复杂。您是怎样看待这种现象的？

杨丽欣：虽然，公立幼儿园和私立幼儿园都是从事学前工作的，但这两者的管理体系是不同的。公立幼儿园直接隶属于教委，私立园所主要由个人投资，有着自己独特的教学理念，它面向社会招生，选择生源的标准也略有不同。

对于一些私立幼儿园来说，他们在招生时建立很高的标准，是为了能够接纳那些和他们的理念相同的家长。理念没有对错，每一个理念都有自己的优势，而任何一个理念都不是完美的。

之前，我的一个朋友带着他的小孩来北京，小男孩大概五六岁，因为我有急事，就麻烦另一个朋友去机场接他们，然后送到宾馆。后来，我就听这位接机的朋友说："那小孩挺淘（气）的，但是他能听得进去大人讲的话，并且也很有规矩。"我想，这个孩子应该是受到了适合他的教育。

如果在我们成人看来，一个孩子身上有一些我们不能接受的言行或者不能处理的麻烦，但无论我们怎么去引导、沟通，这孩子都不接受。像这种情况，说明这个孩子曾经接受的互动方式都不适合他，都不在他的接受范围之内。

比如，在培养孩子的专注力方面，家长们无需太过刻意。在孩子很小的时候，对于自己感兴趣的东西，他一定会用眼睛盯着它，哪怕只是一两秒钟。遇到这种情况，有的家长就会当即打断孩子，问他在看什么，甚至有的家长将孩子的兴趣直接扼杀，让孩子产生一种被打击和被忽略的感觉。

家长们应该怎么做呢？我建议，家长们就顺其自然，让孩子先干他自己的事情，他什么时候想主动跟你讨论这件事情了，再认真地与他沟通，这就是专注力的培养。在一些细节的处理上，家长们不是不想做好，而是往往急于先表达自己的需求。

培养自主意识，让孩子自己拿主意

白丁：对于大多数家长来说，在给孩子提供物质生活方面，都知道什么是最好的。但在认识孩子自身的发展规律方面，是有所欠缺的。对此，您有哪些建议，帮助家长们获取这方面的知识，加强这方面的学习？

杨丽欣：家长可以上网去查一些国际上公认的对于儿童的评价标准，但一定不要将其作为衡量孩子的尺子。

教育工作者利用这些标准，是为了判断孩子发展到了什么水平，比如，在解决困难方面,孩子碰到困难时,是扭头就走,还是去拉父母的手,还是自己动手解决?扭头就走是回避的态度,拉着父母是求助,自己动手是探索尝试,但这种尝试可能是破坏性的,后果将无法预料。

像这种让孩子自己去探索尝试的过程,就是很正规的教育方式。在枣营幼儿园,如果孩子向老师求助,老师不会替孩子想办法,而是启发孩子自己想办法解决。

2016 年,我们幼儿园小班的几个孩子,用空心积木搭成了一个 1.8 米高的机器人,后来发现机器人没有眼睛,于是他们向老师求助。老师并没有直接帮他们安装好眼睛,而是问孩子们:"你们觉得哪里可以找到眼睛?"孩子们就自己想办法去找,在艺术区找到两个圆形板,对老师说"我要贴上去",老师也没有帮他们贴,而是抱着他们,让他们自己把圆形板贴到了机器人上。

白丁:这也是在培养孩子自主能力。

杨丽欣:对,但是在现实生活中的大多数情况下,家长们都是直接帮孩子做事情,孩子缺乏自己动手解决难题的机会,慢慢也会失去尝试和探索的意识。所以,我建议家长要让孩子多尝试,即便孩子说的办法不可行,也得让他亲自去试试。

现在,大多数家长都缺乏耐心,认为与其让孩子去尝试,结果还无法预料,还不如自己帮孩子轻而易举地解决。家长总是告诉孩子不可以这样,不可以那样,孩子一抬脚,家长就想告诉孩子把脚放到哪里。家长对于孩子的这种关爱,虽然无可厚非,但到了孩子高考填报志愿时,问孩子:"你想考什么学校?读什么专业?"学生往往会说:"看分数吧!"毕业后,孩子也不清楚自己要从事什么样的工作。这时候,家长可能就会责备孩子:"这么大孩子了,为什么还没主意?"

那么,请家长回想一下,一直以来,您的孩子可曾有过自己拿主意的时候?

我们幼儿园有一个图书馆,原则就是让孩子自己决定看什么书,所有老师不得干涉孩子的选择。有段时间,一个孩子一直在看小波系列的图书,他的家长就干涉:"能不能选一本别的书?"但是这孩子没有听家长的建议,一直坚持看自己选的书。后来没有续借小波系列的书时,他妈妈还问他为什么又不看了,这孩子说自己都看明白了。

这说明了什么?"看过了"和"看明白了"是两个很不同的概念,小孩子做事情、做决定一定有自己的理由，而家长和老师要做的，就是给孩子时间和耐心，让他自己选择、自己尝试、自己做主，把目标和眼光放得远一些。

理性沟通更能帮助孩子建立自信

白丁：还是希望家长们调整一下心态，在教育孩子的时候切勿急躁，注意一些处理问题的方式。

随着学前教育的发展，很多幼儿园的师资水平越来越高，教育专业化的程度越来越高，教学理念也越来越先进。尊重孩子已经成为教育界的一个共识。

但是，孩子和家长待在一起的时间也很长，在家庭里面，孩子应该怎样被尊重，也是一个非常值得探讨的话题。当然，溺爱不等于尊重。杨园长，您认为家庭应该如何更好地去体现对儿童的尊重，让他因为被尊重而更自信、更自主？

杨丽欣：所有人在理性地谈论对孩子的教育时，都知道溺爱不好。虽然我不认为溺爱是绝对错误的，至少有对孩子的关爱，有对孩子的关注。但为什么叫"溺爱"？是因为感性因素太多了。

对一个人来说，无论是在他今后走向社会时，还是在他面对日常生活时，一定是感性和理性并存的。所以，在与孩子相处的过程中，一定要让孩子知道自己有感性的部分，但自己是一个社会人，与他人相处时要有界限，彼此之间要有约定和规则。

白丁：把儿童当作一个社会人来看待，大多数家长还没有这样的意识，甚至整个社会还没有达到这样的教育高度。

杨丽欣：所以，我建议家长在与孩子交流的过程中，多一些理性思考，哪怕是晚上回到家，做一些简单的理性交流。有些家长看似对孩子很关注，但也只是在物质方面充分满足孩子，对于孩子教育上的探讨未必很多。

家长希望孩子受到好的教育、得到好的发展，很多时候只是一个愿望，没有切实落地。希望家长在意识到问题之后，能够改变自己的行为。如果真想为孩子好，即便很难，还是要改变自己。还是要站在整体、全面、多元的角度去看待孩子未来的发展，而不是单向、唯一的。

切勿急功近利，教育要等一等孩子

白丁：学前教育没有统一的强制性的标准，各种理念和方法都各行其道，学前教育小学化一直受到关注，教育部明确反对这一现象，您是如何看待这个问题的？

杨丽欣：我也一直很关注学前教育小学化这种现象。首先，对于儿童期的教育应该是什么样的，全社会缺乏统一的认识。我认为在儿童该玩的时候，要让他玩够了。

其次，家长出于一些功利性的考虑，为了将来让孩子上一所理想的小学，希望孩子在入小学时不会遇到太多的障碍，在小学读书时能够更顺利，就想提前做一些准备，有些幼儿园也会满足家长的愿望。家长的这种想法没错，只是教育呈现的方式和内容有问题。

一些家长经常会问幼儿园是否教孩子识字。其实，识字不是教出来的，不是训练出来的。语言是思维和交流的工具，分为内部语言和外部语言，内部语言是大脑内部的思考，和跟自己的对话；外部语言是我们和别人沟通交流时的工具。工具是什么？是需要被有效使用、被恰当使用的，而不仅仅是作为知识来学。

之前，有个小女孩转到我们幼儿园，她妈妈说这孩子已经能读报纸了，认识3 000个左右的汉字。但我们发现，小女孩的确认识报纸上的字，也能读出来，但是对于自己所读内容的意思，全然不知。此外，这个孩子在参加集体活动时，总是一个人待在角落，处于旁观的状态，不能够融入进去，其实这个孩子已经有边缘化的趋势了。

无论是现在的社会，还是未来的社会，都需要与人交流、与人沟通，这样你的社会价值感才会更大。所以，幼儿教育不能只关注孩子认识多少字，那应该关注什么呢？

每一本童话书呈现出来的有一部分是具体形象，具象的树，具象的人，还有具象的人的动作，孩子自己就能看懂这些，有自己的理解。还有文字部分，这是作者要传达的信息，也是教师要引导孩子去了解的内容。

在阅读的过程中存在两条线索，一条是倾听作者自己的故事，一条是形成自己的故事。图画书中的每个形象都是具体的，而文字是抽象的逻辑符号，教师要让这两者之间直接建立联系。

在和孩子一起阅读图书时,如果家长要为孩子朗读书上的文字,我建议一字不差地读出来。这样孩子在听、看的过程中,慢慢地,高频次的字就大致认识了,知道怎么读,而且还理解是什么意思。

如果孩子从小就受到这种潜移默化的教育,根本不用担心识字量的问题。当然,一开始给孩子选图画书的时候,一定要选背景简单、主体形象突出、文字少的类型,这样容易吸引孩子注意。如果太复杂,就会分散孩子的注意力。随着孩子年龄的增长,图画书可以越来越复杂,把故事的背景、情节以及线索慢慢加进去,这样孩子就会形成一个习惯:先看看图,大致了解是什么故事,再尝试着去理解文字内容。

对于家长来说,这是一个很好的教育方式,所以希望家长不要急功近利,给孩子留有足够的成长时间和空间。

白丁:这几年,我们很少看到媒体对"神童"的相关报道,这是一个比较好的现象,也是一种教育理念上的进步。

虽被誉为"神童",智商过人,小小年纪就在某些方面远超同年级的小朋友,但是,大多数神童在成长过程中,没有很好地适应社会中纷繁复杂的变化,最终沦落为所谓的"菜鸟"。所以,正如杨园长说的,我们的教育应该等一等孩子,慢慢来。

非常感谢杨园长对幼儿教育作出的深度解读和宝贵的教育建议!下一期节目会请杨园长为我们打开幼儿园的大门,让大家零距离地感知幼儿园的真实的教育环境。敬请期待!

(本文根据杨丽欣 2017 年 10 月参加《白丁会客厅》视频直播节目的受访内容整理而成)

杨丽欣：教育不只是学校的事（下）

2017 年，是中国学前教育实现跨越式发展的一年，随着第六个全国学前教育宣传月的广泛深入推进、第三期学前教育行动计划的全面开启、全国学前教育改革发展实验区的开展建设等，学前教育也越来越被全社会重视。如何为孩子提供优质的幼儿教育，已经成为家长和教育工作者共同关心的话题。

北京市朝阳区枣营幼儿园园长杨丽欣，多年来一直扎根于幼儿教育工作。在上期节目内容的基础上，杨园长将在本期节目中为我们打开幼儿园的大门，分享枣营幼儿园的活动实践、家长与孩子互动的正确方式，以及自己对于幼儿师资队伍的培养理念。

人物简介

杨丽欣，全国优秀教师，北京市特级教师，北京市朝阳区枣营幼儿园园长。

幼儿园的四类活动，落实教育理念

白丁：您在上期节目中分享了一些贵园在教学上的活动实例，比如，孩子对"天"的理解、孩子自己完成 1.8 米高的积木搭建、孩子自己选择借哪本书等，都非常精彩。

相信很多家长听到这些例子,更想知道自己的孩子在幼儿园度过了怎样的一天,"我的孩子参加了什么样的活动,学到了什么知识,做了哪些事情"。请杨园长为我们打开幼儿园的大门,让我们看看幼儿园里究竟发生了什么。

杨丽欣:出于安全的考虑和对孩子的关心,幼儿园的大门平时是紧闭的。对于幼儿园里发生的事,家长们或许知道一些,但未必了解得很全面。我特别想告诉大家,其实孩子比我们想象得更能干,就是一个小社会人。一有机会,孩子们就会给我们惊喜。

总体来讲,根据卫生部、教育部的相关要求,幼儿园里的作息时间和流程基本是相同的,南北方可能会有一些差异,北方的幼儿园基本上是规定孩子早上7点半入园,下午5点多离开。中间大概有两个多小时的休息时间,大班孩子和小班孩子的睡觉时间也略有不同。

幼儿园里的活动形式大致分为四大类。

第一大类是生活性活动,就是孩子洗手、吃饭、睡觉、喝水这些事情。生活类活动在幼儿园里占的比例很高。以洗手为例,一个班有二三十个小朋友,从第一个洗手到最后一个完成,这需要一段时间。

第二大类是游戏性活动。小孩子都喜欢做游戏,这是他们的天性。教育部就提出,游戏是儿童的基本活动,也是孩子探索世界、了解世界的基本方式。幼儿园里要有相对固定的时间让儿童自主做游戏。游戏性活动在幼儿园里占用时间长、重要程度高、活动形式丰富。

第三大类是集体教学活动,即集体的课堂教学。根据3~6岁的孩子的身体发展状况和注意力的不同,课堂时间也有所不同。一般的课堂教学是半个小时左右。3岁左右的孩子集体教学时间通常是每节课15~20分钟。这个年龄段的孩子能克服干扰,做到有意识地专注的时间是5分钟左右。教师需要不断变换方式,调动各种感官,用多种方式集中孩子的注意力。

第四大类是户外体育锻炼活动,这在幼儿园的活动里也很重要。

幼儿园的活动基本上就是这四大类,生活活动的时间占的比例还是很大的。冯晓霞教授在《幼儿园课程》中说道,幼儿园的课程就是有目的、有计划的各种活动的综合。也就是说,只要孩子走进幼儿园,所有活动的导向、标准,都是理念的转化和落实。

小孩子刚入园的时候,首先要适应从家庭状态到集体、有秩序、有规则的状态,适应所有的与之前生活状态不同的变化;适应之后,孩子要在老师的帮助下,学着规划自己一天的生活,什么时间段安排自己做什么活动。

我们幼儿园的小朋友要根据自己在幼儿园的生活经验,和老师一起做一张图。这张图上,计划好了小朋友每天的活动安排,早晨进入幼儿园先问好,然后洗手、吃早饭,再进行集体活动,接着是游戏……一直规划到他傍晚离开幼儿园。这样的话,小孩子就会很清楚自己接下来该做什么,就会很自然地去执行,不需要老师指定。

每个班这张图都不一样。小班孩子认识事物,往往是一种线性思维,所以是标好顺序去做活动;中班的孩子,可能他很喜欢一本书,书里提到一座100层的房屋,那么他就会用一层一层这个概念去分配活动;到了大班,小朋友要学习钟表,就会用准确的时间点来计划自己的一天。所以,孩子的能力是无法靠枯燥的说教去培养的,而是要放到真实的教育情境中,去发展他的能力。

真实的教育情境,自然状态下的学习

白丁:在很多幼儿园课堂上,老师给小朋友讲一个故事之后,一定要告诉孩子这个故事传达了一个什么道理,这是让孩子在成人刻意创造的环境中学习。这种教学方式能够提高孩子的认知能力,但在培养孩子的其他能力方面,还是会有所欠缺。

杨丽欣:现在的教学,像通过故事教学,不仅仅要发展孩子的听、复述和续编等能力,还要发展他们更重要的能力——观察能力。让孩子带着一系列的问题去学这个故事:看清楚了吗? 这里讲了什么? 这个小动物在哪里? 跟谁在一起? 它们怎么了? 这两个小段落之间有什么联系? 慢慢地引导孩子发挥自己的想象力,建立故事情节之间的逻辑关系。

那么,在这一学习过程中,孩子就会有一个非常明显的更多元化、更广泛的发展。所以,我们要为孩子提供真实的学习情境,帮助他们获得认识、激发他们的兴趣、丰富他们的情感,同时还要提高他们的能力,最终形成习惯。

像我们幼儿园为孩子提供的图画书,每个班级都不一样,所以开发了一个活动叫"串门儿",让孩子们去看看别的班级在干什么。我们希望在相对稳定的空间里尽可能增加孩子交流和认识的机会。

小班的孩子们去平级的其他班级,有时候也会想去看看中班、大班的哥哥姐姐们在干什么。当看到其他班有自己想看的图画书时,孩子们就会和老师说。

老师会先问他:"那该怎么办呢?"小朋友说:"我可以借呀。"老师问:"怎么借呢?"小朋友说:"要先问好,要懂礼貌,然后说我想借书,想借哪本书。"这个借书的过程就非常真实,孩子们会在这样真实的情境中有诉求、有欲望、有动力。

大班的孩子会提到很多种借书的方式,有的是给出承诺,一个星期内一定还;有的想到拿自己班级的书和其他班交换着看;还有的干脆请别的班级的孩子一起做游戏,成为好朋友。教师不会干涉孩子们怎么借,只是启发他们想更多的借书方法。在这样非常真实的活动中,孩子们的想法会越来越多,思维能力也会得到扩展。

白丁:还是要给孩子设置一点小困难,引导他自己想办法解决,想各种各样的办法,锻炼孩子应对挫折的能力。

杨丽欣:是的,孩子在今后的生活中遇到重大事件的时候,一定得有抗挫能力。当他们此时面对难题,又没人给他们想办法的时候,只能自己想办法,想很多的办法,自己解决难题。这不失为一个好的锻炼方式。

我们枣营幼儿园有一座天井式的楼,二楼和三楼之间的墙上,每年都会换一些图案,由全园的小朋友投票决定每年要放什么图案。因为幼儿园的环境是所有人的,老师不能强行剥夺孩子们装饰自己生活环境的权利。孩子们可以从图画书中选出自己喜欢的形象,说出理由,进行投票,得票最高的故事形象就会被放到墙上。

每年大班的孩子在毕业典礼前,都要到中班和小班去,告诉弟弟妹妹们:"我们要离开学校了,你们可以去参观,看看有什么想要留下的。"我们会在毕业典礼结束后留出一天的时间,让大班小朋友和老师一起将从借阅室借来的书还回去,将弟弟妹妹们要的东西送过去。

三年前,这些工作都是由老师亲自去做,现在让孩子们自己去做,并不是为了帮助老师减轻负担、减少工作量,而是引导孩子在这样真实的生活环境中,学到更多课本上没有的东西。

白丁:活动不分大小,只要注重生活中点点滴滴的培养,就能强化、丰富孩子成长所需要的元素。

杨丽欣:对,而且这样的培养,是真实、自然的,无需刻意。我们幼儿园有大型自助餐活动,大班、中班、小班的小朋友可以在一起活动,实现班级之间的纵向合作。

白丁：不同年龄段的孩子之间也会产生一些影响因素。

杨丽欣：大班、中班的孩子经常会起到榜样的作用，高年级的孩子和低年级的孩子交流的时候，为了让弟弟妹妹听懂自己的话，也会变换各种说法。

吃自助餐的时候，老师会在地上贴好标识条，孩子们根据这些标识找到自己的餐位。小班孩子可以先看着大班、中班的孩子怎么走、怎么去拿饭，再告诉老师自己想吃什么、不吃什么。一张桌子上有不同班级的孩子，小朋友之间会产生交流，就能互相学习了。吃饭时，小班孩子用勺子，中班、大班用筷子，中班和大班孩子有时候还会喂弟弟妹妹吃饭，那样的场景让人感觉很自然，也很温馨。

这些都是很真实的情景，将教育理念融进生活中，而不是老师和家长专门创设情境。

幼儿园开展主题活动，让孩子全面发展

白丁：这些不刻意创设的场景，确实能够提高孩子的很多能力。但是，孩子某些方面的发展还是要靠学校专业的教学活动去培养。杨园长，在您的幼儿园有没有一些不是在自然状态下营造的教育情境？

杨丽欣：枣营幼儿园每个学期都有大型主题活动，围绕一个主题，做大型的、全园型的活动。

比如，春天是孩子身体成长最快的时候，是生机勃勃的时候，也是人最想运动的时候。三四月份的北京还是雾霾天，所以我们做过健康、锻炼相关的主题活动。

小班孩子每天入园后，老师带他们做记录卡，让孩子自己选择表情卡片，如果今天很高兴，就在自己的名字下面放一个笑脸，今天不高兴，就放一个小哭脸。通过让孩子自己选择情绪卡片，让他们学会表达自己。

白丁：孩子们都会真实地表达自己吗？比如，有的孩子明明今天不高兴，但是看到别的小孩都选择了笑脸卡片，于是自己也跟着选了笑脸。类似这种情况，会不会经常出现？

杨丽欣：刚开始的阶段，这种情况会常常发生，一是因为孩子不能很准确地认识自己的情绪，二是因为不太清楚情绪卡片到底有什么意义。但是经过一段时间之后，这种情况就很少发生了，准确率还是很高的。

像身体不舒服的小朋友，可以在自己的名字下面放一个小手绢的标识；需要吃药的小朋友，就可以在名字下面放个小针管或小药片。慢慢积累下来，孩子们就会形成一种对自己情绪的清晰认识。

老师带着小朋友们一起数有多少带药的小朋友，看看有没有不开心的小朋友，一一记录下来，小班的孩子慢慢地就学会了统计这一技能。看到有不开心的小朋友，大家会问问他后来怎么样了。看到有带药的或不舒服的孩子，老师就会问："为什么会生病呢？"有些孩子说："喝水少。"还有孩子说："锻炼少。"老师接着问："那应该怎么办呢？"孩子说："要多喝一些水。"还有孩子说："要多锻炼。"老师把孩子们的意见收集起来。在这个过程中，孩子们就会明白，每天要锻炼，要跑跑跳跳，也就不需要老师去督促了。

学校里还开展过"妈妈最美"的主题活动，这是我们独创的，持续了两个月的时间，不同年级要从不同角度切入。

小班是从动物妈妈和它的宝宝的故事切入的，老师问孩子："你的妈妈爱你吗？"孩子说："爱。"老师问："妈妈是如何爱你的？"孩子就懵了，不清楚，说不上来。老师接着问："你爱妈妈吗？"孩子说："爱。"老师又问："你爱妈妈什么呢？"小班孩子还是说不清楚。

面对这些问题，中班和大班的孩子还能知道一些，说自己的妈妈为自己做的哪些事情，也能列出自己为妈妈做了什么。所以，老师就让小班的孩子回家问妈妈为自己做了些什么，让大班、中班的小朋友回家问妈妈为什么不让自己做某件事情。

老师会问孩子："你妈妈最喜欢什么颜色？最喜欢什么食物？"先让孩子记录自己的回答，再回家问自己的妈妈同样的问题，结果发现孩子的答案和妈妈的答案经常对不上。为什么呢？有个小朋友一直觉得自己的妈妈喜欢吃鱼头和鱼尾，但是经过这样一个小活动之后，才发现并不是妈妈喜欢鱼头鱼尾，而是要把最好的都留给自己吃。

我们让孩子回家问爸爸、问爷爷奶奶、问外公外婆，妈妈什么时候是最美的？这是一种吸收信息的方式，让孩子知道对一件事情做出判断时，要全面、广泛地吸收信息。

爸爸们就会告诉孩子，妈妈烫头发很漂亮；妈妈化妆的时候、穿新衣服的时候很漂亮；妈妈做家务的时候很美；妈妈认真工作的时候很美；妈妈每天都很美等。老人提到最多的词，就是"善良"和"最美"，这样孩子对人的认识就会有一个从外表到内在的深刻的过程。老师也就不需要再教学生这个道理。

老师也会问孩子："妈妈辛苦吗？"有的孩子就说："妈妈不辛苦，她玩手机，做头发。"老师就让妈妈们在孩子睡觉后将自己做的事情录像，拍照，这些资料收集起来后给孩子们看，孩子非常惊讶，才知道原来自己休息后妈妈在洗衣服、整理玩具、做自己的工作，妈妈为自己做了这么多的事情，其实是很辛苦的。

一步一步地，我们引导孩子往更深层次的地方去表达自己的想法和意愿。接下来，老师问孩子："爱是否需要表达？每一天是否有和妈妈说一句话表达对妈妈的爱？是否可以用行动来表达对妈妈的爱？"最后，所有孩子都达成了共识：每天对妈妈说"我爱你"。甚至大班的孩子还表达出爱妈妈的理由，决定以后自己的事情自己做，不再给妈妈添麻烦；帮妈妈做一些力所能及的事情。效果真的挺明显的。后来，我们幼儿园还开展过"爸爸最棒"的主题活动，组织爸爸们进行足球比赛。

在这些活动中，教学理念贯穿始终。具体到每个班，会根据孩子的身心发展状况来开展，因为孩子们的起点是不同的。有从图画书开始的，有从游戏开始的，有从现实中的矛盾开始的。所有的主题活动在开展前都要先和家长达成共识，如果家长事先不知道，最后的效果会打折扣。

家长应注重与孩子的互动质量，静待花开

白丁：小朋友除了在学校的时间外，其余时间都在家，和自己的爸爸妈妈相处。就会有一种现象，孩子在学校获得各种成长，但是回到家，环境变了，爸爸妈妈也未必有专业的态度和眼光，会抵消孩子在幼儿园里学的东西。请您给我们的家长在教育幼儿方面一些专业性的建议，让家园共育更加和谐。

杨丽欣：我特别赞同"家园共育"，以前提到家园共育，往往只是停留在家长和老师的沟通层面，就是老师和家长之间经常联系，老师将孩子的情况及时告知家长，了解家庭的需求，尽可能保证家长的需求等。

但这仅仅是形式。我们要让家长知道学校在推进的活动对孩子有什么意义,学校也要明确家长为孩子做了哪些事情,这才是真正的共育。

谈到家庭生活与幼儿园教育的差异,有时会彼此抵消或者不太一致,这种现象很正常,因为每个人理想中的家,是一个温暖的港湾,是一个可以放松自己的地方,对于家长来说,也同样希望如此。

有些家长在这种放松的状态下,就会忽略作为孩子榜样的责任。就算家长能够认识到自己的责任,也未必能时时约束自己。但是,家长一定要知道,自己的一言一行都会影响孩子,要有这样的意识。

白丁:现在,很多的家长都存在一个认识误区,觉得自己可以花很多的钱,把孩子送到一个比较满意的学校,找到一群最心仪、最优质、最专业的老师陪伴孩子,那么教育应该是学校的事情,自己就无需再对孩子的教育上心了。

杨丽欣:这种情况很普遍,但是最后的教育风险还是要由家长来承担。所以,我认为在家庭教育中,家长一定要认识到一点,即是否与孩子建立了一种非常好的关系不在于陪伴时间的长短,而在于彼此之间的互动质量。

比如,可以让孩子参与家庭的一些事情,当孩子表达意见时,可以告诉孩子,他的哪个想法非常棒,可以采纳,哪个想法暂时不能用,通过这样一种民主的交流方式,哪怕是非常小的孩子,也会获得被尊重的感觉。家长想让孩子学会表达,但如果不和他说话,孩子如何能学会表达?哪怕一个表情、简单的几句话、几分钟的互动,都是一种真诚的交流方式,孩子会感受得到。在孩子以后与别人的交流中,也会愿意用心倾听,认真反馈,积极地表达自己。

所以,在家庭教育中,点点滴滴都能影响到孩子。家长要真诚付出,积极培育,静待花开。

教师要接纳所有家长

白丁:每一位一线的学前教育教师,在理念层次、专业度、年龄、成长经历、生活压力等方面都各不相同。一所幼儿园想有优质的教育,肯定要有一支过硬的教师队伍。您作为一园之长,是如何疏导和管理您的教师队伍的?

杨丽欣:这是一个很关键性的问题,再好的理念,都需要每一位老师把它们切实落地,才能和孩子达成良好的互动,实现孩子能力的发展。所以,幼儿园最重要、最核心的竞争力在于教师队伍。

我很幸运在一所国办幼儿园任职园长，老师都有编制，稳定性有所保障，学历水平也相对不错。在做教师培训时，我对教师们说："如果你确实不喜欢这份工作，可以离开。如果你很无奈，不得不从事这份职业，那你必须要遵从这份职业的基本要求。幼儿园里教师的流动是很正常的，每个人的想法我都尊重，但只要你在这，就要遵从职业的基本要求。"那么，如果教师确实按照相关要求做了，用爱和行为表现了对教育的热爱和投入时，出现任何问题，我都会为老师做支撑。

现在的老师大多很年轻，没有丰富的阅历。我们曾用了一个学期做"理解家长"的主题活动。在活动中，我跟老师们讲："你们还没做妈妈，你们怎么知道妈妈们从怀孕到将孩子送到幼儿园，孩子和家庭之间发生过什么？你们有时候觉得家长溺爱孩子，知道背后的真正原因是什么吗？我曾见过有个孩子因为肺炎，左肺慢慢衰竭，他的家人都希望他能把下一口气喘上来。如果你们没有见过那个过程，你们就没有权利指责家长。"所以，老师也要接纳所有的家长。

白丁：杨园长对团队的要求，其实对各行各业都是适用的，如果你不喜欢这份工作就可以选择离开；如果你因为生活的压力等各种原因，不得不暂时从事这份职业，就请遵守这个职业该有的规则。我觉得这是非常有力量的，对学前教育这份职业很有鞭策力。

另外，杨园长让年轻的学前教育的老师，用一个学期的时间去理解家长，这是很温暖的。因为很多年轻的幼师，没有做家长的经验，所以需要教师真正地用心去理解，换位去体验、去感知，最后换得的一定是家长对老师更好的理解和支持，这样的话家园共育才能够更好地实现。

用心工作，就能得到认可和支持

杨丽欣：是的，这也是我们的目标。

另外，如果想给孩子更好的教育，老师应该怎么做？其实只要老师是真诚的，并且能让家长看到对孩子的这份用心，那么家长也会认可老师。

所以，我们幼儿园在某些方面有一些硬性要求。比如，老师每天要在校园门口,蹲在地上,张开双手迎接孩子上学,并拥抱孩子。大班的男孩子不需要拥抱时,可以选择自己喜欢的方式。但是每一天都要给孩子一个微笑,用笑来拉近和孩子的距离,家长能感受到老师是真笑还是假笑,孩子也能感受到。老师每天还要给孩子一些具体的鼓励。

对于这些,开始时我们是硬性要求,现在老师们已经可以很熟练地做到,形成了习惯。老师们每天晚上都会及时给家长反馈,让家长知道孩子的情况,看到孩子在幼儿园里的照片和视频,慢慢地,家长对教师的疑虑也会减少,信任会增加。有了家长的支持,老师自然也会有更大的动力。

我们一些理念的落实不仅指向孩子,也指向老师。比如,我们的小朋友每天都会有一个多小时的游戏时间,在玩游戏之前,孩子要跟老师说自己想玩什么,想用什么材料,在什么地方要做成一件什么事情,想跟谁一起做等,虽然是孩子自己拿主意,但都需要老师为每个学生制定计划。

孩子按照老师为他计划好的游戏去玩的时候,老师会从三个方面认真观察孩子。首先,孩子是否都按照计划执行了?其次,在玩游戏的过程中,孩子各个方面的发展水平如何?最后,孩子做完游戏之后,老师收拾好场地,要问孩子关于今天游戏的情况:计划是否都实现了?遇到了什么困难?有什么高兴和不高兴的事情跟大家分享?引导每个孩子去表达。

在孩子玩游戏的过程中,这三个环节,就是在培养孩子的计划、执行、回顾、反思的能力,这是每一个社会人都需要的基本能力。所以,我们设计这些活动,都是回归教育本质的,孩子的发展是指向未来的。

老师还要有很强的专业性。老师在观察和判断孩子的时候,有几百条的标准,所以老师们在开展的全园性活动中,都需要不断学习、慢慢掌握,包括前勤、后勤、行政、教学,老师们都会参与进来,进一步地提升自己的专业性,也能培养自己的职业素养。

白丁:专业度加强了,就会得到家长的支持和孩子的认可,老师也能从中获得鼓励,从而有更强的动力去工作。

与其说杨园长是在管理教师队伍,不如说您是年轻教师队伍的引路人。无论是在教育孩子方面,还是在加强教师素养方面,您一直所坚持的,都是通过活动实践、真实情境来达到培养目标,而不是直白的说教、枯燥的培训。

非常感谢杨园长的分享,相信家长也好,幼儿园老师也好,结合上期节目中您提到的教育理念，以及您在本期节目中分享的幼儿教育实例、家长与孩子互动的建议、培养师资队伍的心得等内容，都能从中受益匪浅。

（本文根据杨丽欣 2017 年 10 月参加《白丁会客厅》视频直播节目的受访内容整理而成）

往来皆鸿儒

《白丁会客厅》教育访谈实录一

家教篇

家庭是人生的第一所学校，父母是孩子的第一位老师，然而"期望过高""过分娇惯""过分放纵""过分殷勤"却让家庭教育没能发挥应有的作用。他们说爱也是一种能力，他们用最简单的事例与因果，引人深思家庭教育的重量。

王文湛：家庭教育无小事

现在，家长们越来越注重孩子的教育问题，从幼儿园开始，一直到大学，都希望自己的孩子能够上最好的学校、被最优秀的老师教育。然而，家长们往往忽略了最重要的一点，就是自己对于孩子的影响，即家庭教育。

"教育无小事"，教育部原基础教育司司长、清华大学教授王文湛就非常注重孩子的家庭教育。在本期节目中，已经81岁高龄的王教授针对家庭教育中的几大问题提出建议，逐一击破家庭教育中的误区、难点，并总结道："磨练出来的孩子——坚强，经历苦难的孩子——懂事，闯荡出来的孩子——勇敢，拼搏出来的孩子——自信，奋斗出来的孩子——成功。"

人物简介

王文湛，清华大学教授，教育部原基础教育司司长，原国家副总督学，中国中小学幼儿教师奖励基金会秘书长。

家庭是孩子的第一所学校

白丁：2015年，习近平总书记在春节茶话会上提出，家庭是社会的基本细胞，是人生的第一所学校。无论时代发生怎样的变化，我们都要注重家庭，注重家教，注重家风，发扬中华民族的家庭美德，促进家庭和睦，促进亲人相亲相爱，促进下一代健康成长。

2016年，习总书记在第一届全国文明家庭表彰大会上又提及家庭教育：家庭教育涉及的内容很多，但最主要的是思想品德教育，是如何做人的教育。

请王教授结合习总书记这两次重要的讲话，为大家简要地解读一下家庭教育。

王文湛：习总书记的这两次讲话为家庭教育指明了方向。

首先，家庭是世界上最主要的教育机构。孩子在家的时间远远多于在学校的时间。每一年，小学上课时间为192天，中学上课时间为197天，学生有170天左右的时间都放假在家，上课时的192天、197天里又有一半的时间在家里度过。家庭，几乎每天都在影响着孩子的成长。

其次，家庭是孩子的第一所学校，父母是孩子的第一位老师，而且是永恒的老师。班主任经常换，而家长一辈子不换；父母不但给予子女生命，而且塑造子女的内心世界；一个班主任教四五十个孩子，两个家长教一个孩子；孩子接触最多的是父母，对孩子影响最大的也是父母。

现在，大多数中小学生都是独生子女，父母对子女的教育非常重视。一个孩子的健康成长往往凝聚着一个家庭几代人的期望。把孩子教育好了，家长比什么都高兴。为了子女的教育，父母不惜投入人力、财力。

家庭教育要科学，避免"四重四轻"和"四过"

白丁：的确，现在的家庭对孩子的教育都非常重视。但在很多家庭中，父母一边催促着孩子去写作业，一边自己又玩着手机、看着电视。您是如何看待这种现象的？

王文湛：父母重视子女教育是一回事，是否科学、是否得法又是另外一回事。

现在的家庭教育普遍存在"四重四轻"的问题，重智育，轻德育；重理论，轻实践；重身体，轻心理；重言教，轻身教。我曾经在《人民日报》上看到一篇文章，其中提到一件事，一个6岁的小女孩要上小学了，面试时，有人问："你几岁了？"孩子说："6岁。"又问："你妈妈是干什么的？"小女孩脱口而出："妈妈是打麻将的。"总是打麻将的妈妈怎么能把孩子教育好呢？

此外，家庭教育中往往还存在"四过"的问题。

一是期望值过高。有些家长望子成龙，望女成凤，要求孩子一定要考多少分，一定要考上某学校，一定要从事某工作。往往期望越高，失望越大。

二是过分娇惯。现在多是独生子女，有的孩子在家里称王称霸，在外面却可能一事无成。

三是过分放任。有些家庭成员虽然同在一个屋檐下生活，同吃一锅饭，但是彼此没有交流、没有往来，像是陌生人，有些孩子甚至不愿意和父母在一起。

四是过分殷勤。以不同国家在饭桌上的差异为例，中国的父母在饭桌上是孩子的服务员，韩国的父母在饭桌上是孩子的长者，美国的父母在饭桌上是孩子的朋友。中国父母往往殷勤得很，椅子摆好，筷碗摆好，饭盛好，甚至到孩子上小学时，父母还在喂孩子吃饭。韩国父母还没入坐时，孩子不得先坐，父母不动筷子，孩子不得先吃，父母吃完饭了，孩子要给父母添汤加饭。美国的父母是孩子的朋友，自己吃自己的，谁也不管谁。

父母留给子女最好的礼物是什么？不是多少存款或者多少股票，而是让他们受到良好的教育，养成良好的习惯，具备优良的思想品德，掌握必要的科学技术知识，这是取之不尽、用之不竭、终身受用的宝贵财富。

全世界范围内流传着这样一个故事。19世纪末，英国一位绅士的儿子掉到粪坑里了，被一个农民救上来后，绅士掏出大把英镑递给农民表示感谢，农民拒绝了。绅士说："你既然不要钱，那我们订个协议，你把你的儿子交给我，我会让他受到好的教育。"农民同意了，签了协议。

几十年以后，农民的儿子发明了青霉素，青霉素可以医治肺炎，而在此之前，肺炎是不治之症。为此，农民的儿子获得了诺贝尔医学奖，这项发明延长了人类的平均寿命。后来，绅士的儿子得了肺炎，被青霉素挽救。

白丁：绅士的儿子是英国首相丘吉尔，农民的儿子是著名的科学家弗莱明。

王文湛：对，这则故事说明两个道理，一是良好的教育比金钱更加可贵；二是人间充满爱，人与人之间要互相帮助。所以，一定要让父母认识到，留给孩子最好的礼物是良好的教育。

家庭教育无小事，注重
"四个抓起"和"四个贴近"

白丁：家庭教育和学校教育有着很大的区别。学校教育侧重理论知识、集体学习等方面,而家庭教育更多的是一种生活,基本上都是大大小小的生活琐事。您认为,好的家庭教育应该是什么样的? 需不需要从生活中脱离出来,形成一套规范、标准的教育体系?

王文湛: 正是家庭生活中的一些小事,潜移默化地影响着孩子的方方面面,这是所谓的教育体系无法替代的。教育无小事,只要能够对孩子的成长起到一定的助推作用,都是好的教育。

我认为,家庭教育应该从"四个抓起""四个贴近"展开。

先说"四个抓起"。

第一,从学会叠被抓起,从参加简单的家务劳动抓起。调查表明,中小学生长期不叠被子的约占 70%,我国的中小学生每天参加体力劳动的平均时长是 12 分钟,韩国的中小学生每天参加体力劳动的平均时间是 40 分钟,美国的中小学生每天参加体力劳动的平均时间是 70 分钟。这就是差距。

第二,从孝心抓起,从孝敬父母、尊敬师长、关爱他人抓起。不能目中无人,只想自己。现在独生子女在这方面的问题很突出。

我有一次出差时坐飞机,旁边是 30 多岁的女士带着 6 岁左右的小男孩。午饭是牛排,小男孩很喜欢吃,很快就吃完了自己的牛排,然后又把他妈妈的牛排抢去吃了,他妈妈还挺高兴。等小男孩吃完睡觉后,我对孩子妈妈讲:"你不能这么惯着他,将来孩子长大了你会后悔的,孩子自己也会吃亏。如果你实在要给他吃,你可以这样讲,'妈妈不喜欢吃,你替妈妈吃',不能让他抢。"

白丁: 小时候就抢妈妈的食物,长大了可能会抢别人的东西。

王文湛: 对,所以从小就要教育孩子不能这样。第三,从说话抓起,从礼貌抓起。要讲文明,有礼貌,不能脏字连篇。"对不起""谢谢""请",这 6 个字很简单,谁都会说。但恰恰是这简单的 6 个字,反映了人的素养和人与人之间的关系。礼貌既是外在,更是内在。既是对别人的尊重,也是对自己的尊重。

第四,从小事抓起,从养成良好的习惯抓起。对于每件生活小事,都要培养孩子形成良好的习惯。比如,饭前洗手,饭后漱口,早睡早起,自己的衣物鞋子自己摆放整齐等。

再来说"四个贴近",就是贴近自然,珍爱环境;贴近亲人,培养爱心;贴近生活,脚踏实地;贴近书籍,增长才干。

家庭和学校，两个车轮要一起前进

白丁： 在家庭生活中，家长的一言一行都会给孩子带来影响，有的影响可能会伴随孩子的一生。好的影响固然对孩子的成长有帮助，但是，如果家长没有得到专业、正确的教育指导，很有可能会给孩子带来不好的影响。王教授，您认为应该如何规避家长对孩子的负面影响呢？

王文湛： 这就需要家庭和学校相互配合、共同教育。校长和老师不仅是孩子的校长和老师，还应成为家长的校长和老师。学校可以定期或不定期地召开家长会，共同学习党的教育方针，更新教育观念，沟通孩子的情况，学校、家庭两个车轮要一起前进，这样可以起到事半功倍的作用。

我看过一篇文章，题目是《三次家长会》。第一次家长会是在幼儿园，老师对家长说："你的孩子连3分钟都坐不住，有多动症，回家要管管。"回家路上，孩子问妈妈："老师说我什么了？"妈妈说："老师表扬你了，你过去只能坐住1分钟，现在能坐住3分钟，有进步。"孩子高高兴兴回到家，晚上吃了一大碗米饭。

第二次家长会是在小学六年级。班主任说："全班只有50名学生，你的孩子考试成绩排到四十几名，智力上有障碍，建议到医院检查。"回家后妈妈对孩子说："老师充分肯定你的进步，只要再努力，再细心，就会取得更好的成绩。"当天晚上，孩子做家庭作业非常认真，第二天早晨很早就去学校了。

第三次家长会是在初三。班主任说："你的孩子很危险，普通高中都考不上。"回家后，妈妈对孩子说："老师对你充满信心。只要努力，就可以考上重点中学。"几年过去了，孩子参加高考后，把录取通知书递给妈妈看，是清华大学的录取通知书。孩子说："我知道自己是个不争气的孩子。之所以有今天，都是妈妈的教育。"妈妈哭了，抱着孩子说："都是你努力的结果。我只不过是做了每个母亲都能做的事情。"

这是一件真事。前几年教育部门组织家长报告时就提过，从这件事中可以看出，这位母亲很懂教育，很会教育。如果家长和老师都能相信孩子，激励孩子，调动孩子内在的积极性，我们的教育就会做得更好，就能培养更多优秀的学生。

中共中央、国务院印发的《国家中长期教育改革和发展规划纲要（2012—2020年）》指出，要充分发挥家庭教育在青少年成长过程中的重要作用。家长要树立正确的教育观念，掌握科学的教育方法，尊重子女的健康兴趣，培养子女的良好习惯,与学校联手共推。

为了加强学校对家长的帮助和指导,2015 年 10 月 20 日,教育部印发《关于加强家庭教育工作的指导意见》;2016 年 11 月 30 日,全国妇联、教育部等部门再次发文,要求中小学、幼儿园成立家长学校,分管德育的副校长担任家长学校的校长,中小学每年至少对家长进行两次培训,幼儿园每年至少对家长进行三次培训。新的《幼儿园工作规程》规定,幼儿园要与家庭、社区联手共同推进幼儿教育工作,要求"三个建立",即建立家长开放日、建立家长学校、建立家长委员会。

总之,家庭和学校相互配合、共同培养孩子,还需要我们不断地探索、实践。

三大目的,家庭教育要培养出这样的孩子

白丁: 大多数家长对自己的孩子都有着望子成龙、望女成凤的期望,有期望是好的,就怕期望过高,导致教育孩子脱离了正常的轨道。王教授,好的家庭教育最终要培养的是什么样的孩子?

王文湛: 这里就涉及家庭教育的目的,我认为可以用 12 个字概括:立德树人、保教结合、重在养成。

第一,立德树人。党的十九大报告指出,要落实立德树人的根本任务。立德树人不只是学校的任务,也是家庭的任务。如何立德? 通过"三个教育":思想政治教育、道德品质教育、心理健康教育;如何树人? 要教给孩子"六个学会":学会做人、学会生活、学会劳动、学会学习、学会审美、学会鉴定。立德树人是家庭教育的根本任务。

第二,保教结合。家庭担负双重责任,一是教育,二是保育。保育要保持"两个促进":促进孩子身体健康成长,促进孩子各个器官协调发展。教育要促进孩子德智体美全面发展。要在保育的基础上进行教育,在教育的基础上提升保育。

第三,重在养成。家庭养成教育要注重四个方面。

一是养成祖国至上、民族至上的思想感情。国内一所著名大学的尖子生硕士毕业后,到美国哈佛大学读博士。该学生在国内大学里参加了我国北斗卫星的研制工作。到美国后,破解了北斗卫星的民用密码,在美国杂志上发表。我国为了研发北斗卫星,投入了巨大的人力和物力。该学生为了蝇头小利,损害民族大义,说低一些是品德不端,说高一些,这是叛国行为。所以要从家庭抓起,使孩子树立祖国至上、民族至上的思想感情。

二是树立自觉遵守社会公德的意识。之前,一所全国著名的小学参加世界童声合唱比赛,得了第二名,这是值得高兴的事情。但有些孩子在国外的表现却令人咂舌。如盘子里剩下很多饭菜;坐汽车时抢座位,不谦让年纪小的同学;到剧场看演出,交头接耳,大声喧哗,使得剧场工作人员几次干预。因此,平时要培养孩子自觉遵守社会公德的意识,如遵守交通规则、坐车时要排队,要给老人孕妇让座位,公共场所要安静等。

三是要有良好的心理素质。现在的孩子大多是独生子女,在家里很娇惯,心理很脆弱,经得起表扬,却经不起批评,遇到点挫折、失败,心理上瞬间就被击毁,动不动就闹情绪,甚至离家出走或跳楼。要教育孩子既能经得起成功的喜悦,又能经得起失败的教训,苦辣酸甜都有营养,成功与失败都是财富。2017 年新学期开学前,教育部印发《中小学德育工作指南》,其中就提到要加强心理健康教育,要求中小学生认识自我、珍爱生命、调节情绪、规划人生。

四是要培养孩子正确对待自己,尊重别人,处理好和别人的关系,这很重要。现在的孩子都以自我为中心,从来不考虑别人。如何能虚心地听别人讲话,让人家把话讲完,如何对人家有礼貌,如何交朋友,这些都是要在家庭中培养的。

四大职责,家长应重点培养孩子这些方面

白丁:有了正确的目标导向,那么,家长在教育孩子的过程中,重点要培养孩子哪些方面的素质呢?

王文湛:身为人父、身为人母,一定要明确自己教育孩子的职责,我认为基本上可以用 4 个词来概括。

第一个词,信心。

第一步,要让孩子相信自己会成为一个成功者、担当者;第二步,在此基础上努力奋斗、拼搏进取;第三步,成为成功之才。

北京光明小学开展过一次主题为"我能行"的活动,经过一段时间的实践,学生的素质明显提高,学校的办学水平也有了很大提高。校长把"我能行"活动总结为"相信自己行,才会我能行;别人说我行,努力才能行;你在这点行,我在那点行;今天若不行,明天争取行;能正视不行,也是我能行;不但自己行,帮助别人行;相互支持行,合作大家行;争取全面行,创造才最行"。总结得非常好,对家庭教育同样适用,要培养孩子的自信心。

第二个词,兴趣。

每个孩子都有自己的兴趣爱好,很多男孩子喜欢打仗,喜欢兵器。很多女孩子喜欢过家家,喜欢布娃娃。家长要善于观察,及早发现,加以培养,使孩子更快地成长、成才,为国家、社会做出更大贡献。

英国著名的科学家麦克劳德上小学时非常淘气,把校长的狗杀了。校长很宽容:"你杀了狗,接下来要做两件事。第一,画出狗的骨骼结构;第二,画出狗的血液循环图。"正是校长的处罚,激发了麦克劳德对生物学的兴趣,后来他发现了胰岛素,用它来治疗糖尿病,挽救了千万家庭,获得了诺贝尔医学奖。

第三个词,尊重。

家长要尊重孩子,爱护孩子,平等地对待孩子,尊重孩子的人格,尊重孩子的情感,尊重孩子的隐私,尊重孩子的差异。如果没有尊重,就没有真正意义上的教育。

有位张女士,某一天刚下班回家,邻居就跟她说:"你们家的孩子偷了我们家的书。"张女士一句话没说。第二天晚饭后,她把孩子单独叫到房间里谈话:"妈妈听说你喜欢看书,非常高兴。妈妈给你讲的很多有趣的故事都是从书里学的。今天妈妈特地买了一本书送给你,希望你喜欢。喜欢看别人家的书也是好的。但你要跟人家说一声,不然别人找不到会着急。妈妈陪着你把那本书送回去。"张女士始终没说"偷"这个字。小孩子喜欢别的玩具、图书,拿过来很正常、很普遍,不是道德品质问题,而是不成熟的问题,重在教育、重在帮助,不要有损自尊,要尊重孩子。

第四个词,习惯。

好的习惯主要是在家庭、在幼儿园、在小学里养成的。养成好的习惯非常重要。著名教育家乌申斯基说过:"如果你养成好的习惯,一辈子都享不尽它给你带来的利息,如果你养成了坏的习惯,一辈子都在偿还无尽的债务。"在诺贝尔奖获奖者座谈会上,记者问获奖者:"您在哪所大学、哪个实验室里学到了您认为最重要的东西?"获奖者回答说:"不是在大学,也不是在实验室,而是在幼儿园。"记者又问:"您在幼儿园里学到了些什么呢?"

"幼儿园教会我养成好的习惯,饭前洗手,饭后漱口,用完东西要放回原处,这些习惯使我的生活有规律,终身受益;好东西要分享给小朋友,这种品质使我交到了很多知心朋友,我们在生活上相互关心,在科研上相互帮助。"我想,家长更要用心培养孩子的好习惯,家庭会对孩子习惯的养成有着直接影响。

六大原则，家庭教育这样要求父母

白丁：每个家庭所形成的相处模式都是不一样的，但是在某些方面，家长应该遵循基本的教育原则，比如，每个家庭都有自己的"家规"，用来规范每个家庭成员的言行举止。王教授，请您给大家系统地讲讲家庭教育中的基本原则。

王文湛：是的，家庭教育也要重视一定的原则。

第一，身教重于言教。孩子几乎是父母的翻版，喊破嗓子不如做出样子。家长想让孩子做什么，首先自己要做到这件事；要求孩子不要做的，首先自己不去做。家庭无小事，父母无小节，要处处给孩子做楷模。

我今年 81 岁，兄弟姐妹 6 个，当时不讲计划生育。我们 6 个兄弟姐妹，2 个清华大学毕业，1 个北京大学毕业，3 个出国留学，工作情况都很好。可是我的父亲只念到小学四年级，母亲只念到小学二年级。父亲十几岁从农村到城市打工，当学徒，扫地擦灰。在银行，看到职工记账，他也自学，后来从勤杂工变成了办事员、科员、主任，最后当了银行经理。他写的字可以给商店作牌匾。我母亲从二年级后开始自学《红楼梦》《西厢记》。我的父母为人正派、严于律己，深深教育着我们兄弟姐妹。我们也教育自己的孩子，我还教育自己的孙子。好的家风是代代相传的。

第二，要树立民主、平等、和谐的家风。家庭成员之间应当是平等、相互关心的。民主的家庭充满着阳光，沐浴着每个家庭成员。

第三，要定下家庭的规矩。失去了原则，就培养不出好的孩子。每天几点睡觉，几点起床，要自己叠被铺床等，这些一定要坚持。

第四，要多一些父爱，父亲在家庭中要多起一些作用。我参加过多次家长会，来参加家长会的家长 80% 以上都是母亲。没有父爱是不完整的家教，父亲在家里要多尽些责任，父亲要在子女的心中播下理想的种子，引导他们乘风破浪，赋予他们顽强拼搏、刚毅果敢的品质。

第五，家庭教育既包括物质方面，也包括精神方面。精神可能比物质更重要。有个孩子对父亲说："生日那天能不能陪我去逛动物园？"父亲说："爸爸太忙，送你一个汽车模型行不行？"孩子很不高兴。这位父亲不懂，孩子更需要的是陪伴，需要和父母在一起，这是物质代替不了的。

第六，家庭教育要保持一个声音。孩子周围有 6 个大人——父母、祖父母、外祖父母,在孩子面前家长们只能保持一个声音,不同意见可以私下交换。父亲在孩子面前多夸母亲,树立母亲的威信;母亲在孩子面前也要多树立父亲的威信,这样的家教才能起作用。

六大常规,家庭要如期举办这些活动

白丁:我听说,很多家庭每年要带孩子出去旅游几次、带孩子去博物馆几次等,这对孩子的教育有什么作用呢? 这些活动是必要的吗?

王文湛:这些活动对孩子来说,非常重要,也就是要形成家庭教育的常规。我认为包括 6 个"一"。

第一,每天,家里要有小型的聚会,最好在晚饭前后,大家彼此交谈、一起散散步、看看电视,体现家庭的温馨、温暖,让孩子热爱家庭。

第二,每周,要和孩子谈心一次。是谈心不是谈话,谈心是平等的。父母和孩子谈心,让孩子说一说这周的体会和感想,问孩子有什么要求和建议。父母要认真听,要看着孩子的眼睛,不要在听孩子说话的同时,自己玩手机或者看电视。父母还可以给孩子提出一些要求和期望。

第三,每月,要陪孩子到商店一次。让孩子了解社会,接触生活,增长才干,还可以教会孩子如何选择自己要买的东西。

第四,每季度,要陪孩子旅游一次。带孩子到郊区,到公园,到科技馆,或者远足等,让孩子了解祖国的大好河山,光辉灿烂的古代文明,增强爱国主义情怀。

第五,每学期,要和班主任交谈一次。父母主动约班主任,沟通孩子在学校和家庭的情况,增进彼此之间的了解,共同教育孩子,切忌在和班主任交流的时候告状,孩子最反感这一点,要全面地评价孩子,要以肯定为主,同时也提出一些不足和疑问来跟老师交流。

第六,每年,要组织一次家庭聚会,最好是在节假日或者生日时。聚会的主人是孩子,家长要当导演,不要包办。家庭聚会怎么过,由孩子自己来设计,可以摆几盆花,做几条彩带,准备点零食,甚至吃顿便餐,让孩子约几个小朋友来家里,培养孩子交友的能力,让孩子体会做家庭主人的感觉,树立主人的意识,增强设计活动的能力、交友的能力。尤其要注意的是,千万不要到饭店大吃大喝。

五大区分，家庭教育要告别这些误区

白丁：现在学前教育小学化问题日益严重，很多家长为了让孩子能够上一所好的小学，在学前时期就让孩子学习各种文化知识，强迫孩子上各种辅导班。您对家长教育孩子有哪些建议呢？

王文湛：我希望家长在教育自己的孩子时，要告别教育误区，让家庭生活充满阳光。要实施科学的、符合孩子年龄特点的、注重今后发展的、增进家庭和睦的家庭教育，以有助于孩子今后的发展。

第一，区别个别和一般。科研表明，天才儿童只占 2‰～3‰，也就是说，1 000个孩子里只有两三个特别聪明、早熟，比别的孩子的认知能力强得多。这2‰～3‰的孩子能达到的，不一定所有孩子都能达到，不能把这少数的孩子作为标杆，这是不现实的。有些家长喜欢将自己的孩子和别人家的孩子作比较，说："人家会背那么多唐诗，会那么多单词，你怎么就不会？"甚至侮辱谩骂，结果只会适得其反，不仅毫无效果，还会伤害孩子的自尊心。

第二，区别常态与超常态。科研表明，通过大量的、机械的、反复的训练，孩子虽然可以提前掌握某些知识和技能，但会使孩子失去对学习的兴趣，厌恶学习，甚至觉得自己是低能儿，缺乏自信。通过这种训练，所获取的知识和技能只是短暂的。

第三，区别早期教育与早期智力开发。最早提倡早期教育的是美国前总统约翰逊，后来全世界都开展了早期教育，中国也逐步开始重视学前教育。但早期教育一定是全方位的，德智体美全面发展，不要把早期教育缩小到早期智力开发，更不能缩小为提前学习读写算，这些都会扭曲儿童教育的目的。

第四，区别外语和母语。如果孩子有极强的语言天赋和学习能力，有条件的家庭可以让孩子在儿童时代学一点外语。但是，孩子学习外语，目的不是要掌握多少语法、掌握多少单词，而是培养孩子学习外语的兴趣和语感。现在，很多家长把英语看得太重，我认为首先还是要学好母语，因为母语是一切的基础。

第五，区别兴趣和强迫。如果孩子有各种兴趣，家长加以培养是好的，但一定要从孩子的兴趣出发，家长不要把自己的意愿强加给孩子，更不要带有功利色彩。有些家长希望孩子能通过钢琴等级考试、作文获奖等，在上学时得到照顾。但是，中央文件明确规定，义务教育阶段的各种奖状证书在升学时一律不作考虑。

五大帮助，家长应该这样督促孩子学习

白丁：孩子每天放学回到家，都要在家写作业，作为家长，在孩子学习的时候能够提供什么样的帮助？

王文湛：第一，要选择家里环境比较好、光线比较好、比较安静的地方，作为孩子学习的场所。另外，为了预防孩子眼睛近视，学习用的桌椅要适合孩子的高度。

第二，给孩子准备好学习用具，笔、墨、纸、书籍等。

第三，帮助孩子养成良好的学习习惯。一是放学后开始学习的时间点要定下来。二是每天的功课都要复习。三是做作业之前要审好题，做完了要检查，字迹要工整。四是要预习第二天的内容。五是学习结束后，要整理好学习用具和书籍。

第四，采取启发式的学习方式，父母不要给予太多压力。有些家长像监工一样指责孩子："这个题都不会，你真笨！"不要这样，应该慢慢启发孩子："再想一想，从另外一个角度再考虑考虑？"要很温和、耐心地帮助孩子，没有压力的时候，才能高效地开动脑筋。

第五，在孩子基本完成作业的前提下，可以适当地提一些稍高的要求，告诉他："这道题可能比较难，你可能一个人完成不了，有什么问题，可以问爸爸或者妈妈，咱们一起来完成。"让孩子做出较难的题，让他体会成功的喜悦，增强克服困难的信心，非常有用。但一定要事先告诉他这题比较难，这样做可能更加有利。

少表扬一些天分，只批评过错本身

白丁：在生活中，家长免不了要表扬或者批评孩子，那么您认为家长在表扬和批评孩子时，应该注意什么？

王文湛：家长应该如何进行表扬和批评？要明确表扬与批评都要有，缺少任何一方面都是不完整的。

首先，如何表扬？

第一，要及时表扬，否则过几天孩子可能就忘了。

第二，要明确为什么表扬，让孩子知道哪点做得好，以后继续做。

第三，多表扬一些努力精神，少表扬一些天分。

第四，在表扬时提一些要求和希望，这时候孩子情绪比较好，家长提的要求，孩子容易做到。

第五，可给予孩子一些奖励，但我主张还是以精神奖励为主，物质奖励为辅。

其次，如何批评？

第一，在孩子出现过失时，家长不要把自己的情绪叠加进去。

第二，只批评过错本身，不要否定孩子本人，要把人和事分开。也就是马克思所讲的那个比喻，"泼洗澡水，不要把小孩也泼掉"。

第三，只批评孩子当下的过错，而不要算总账。有些家长甚至把孩子一个月前、两个月前的过错都加起来，秋后算账，这样不对。

第四，要选择适当的时机。表扬要立刻进行，但批评不一定。有时候，如果不立刻制止，可能会发生意外，那就要立刻批评；有时候，要等孩子心情好了，情绪稳定了，他能听进去了再批评。

第五，选择合适的处分方法。打骂、关小黑屋都不是好的处罚办法，比较好的处分办法有三种，第一种是记档案，把孩子一个星期的表现列个表贴在墙上。学习、卫生等项目，孩子表现好的给画红星，不好的画灰星。孩子对这还是很在乎的。第二种是扣减，比如，家长规定孩子每天可以看 40 分钟的电视，如果孩子哪天表现不好了，减少 20 分钟看电视的时间。第三种是以功代过。孩子如果犯错误了，可以罚他刷碗、扫地。

最后，我想就家庭教育说几句话：宠出来的孩子——危险，捧出来的孩子——霸道，惯出来的孩子——任性，娇出来的孩子——脆弱，打骂出来的孩子——逆反，磨练出来的孩子——坚强，经历苦难的孩子——懂事，闯荡出来的孩子——勇敢，拼搏出来的孩子——自信，奋斗出来的孩子——成功。

白丁：非常感谢王教授的总结！这份总结很到位、很精妙，相信对所有的家长都会有所启发。也希望王教授今天分享的这份家庭教育指南，能够帮助更多的家长更加科学、理性、高效地教育好自己的孩子。

（本文根据王文湛 2018 年 4 月参加《白丁会客厅》视频直播节目的受访内容整理而成）

曹廷珲：家长是中美教育
生态中的最大差异

如果说我们的教育生态是由学生、教师、家长这三个维度构成的，那么在孩子和老师这两个维度上，中美之间的差异其实不大，差异最大的是家长。

为什么会这么说？中国的家庭教育到底有多少误区？家长教育观念到底如何影响着学校教育变革，家长与学校又为何频繁产生冲突？在这一期对知子花教育机构创始人曹廷珲的采访中，都会找到答案。

他在做客《白丁会客厅》时谈道，人的价值、信念、行为、习惯，包括长大后找什么样的伴侣，无形中都会受到家庭教育的影响，但父母却常常在用经验而非科学的方法对孩子进行教育。于是拿别人东西、做危险动作、自卑、恐慌，甚至跳楼，都发生在了孩子身上……这些，恰恰不是学校教育造成的。

人物简介

曹廷珲，知子花教育机构创始人，北京师范大学心理健康传播中心主任，青少年心智教育专家。

家庭教育影响着人的
价值、信念、行为、习惯

白丁：我曾经看过一张图，上面画着一棵树，有树干、树枝、树根，图中把家庭教育放在了树根的部位,这说明家庭承担的教育功能是比较重要也是比较基础的,您如何看待这样的比喻呢?

曹廷珲:这是一个正确的论断,它定义了家庭教育的意义和重要性。为什么说家庭教育重要?因为人的价值、信念、行为、习惯,包括长大后找什么样的伴侣,无形中都会受到家庭教育的影响。

原北京市第四中学校长刘长铭就曾经说过,买学区房、送孩子进名校,不如让自己变成好家长。因为当爸爸妈妈变成更好的、更懂教育的父母时,错误的教育行为会减少,正确的行为会增多,这样一来教育的效率就会更高。

比如昨天,我接待了一位事业非常成功的妈妈,她提到孩子拿别人东西,问我,是不是孩子的道德有问题。

其实低年级孩子的行为决策与本能有关,与成人社会的道德没有多大关系。低年级孩子的道德发展还在他律阶段,仅限于避免惩罚。自律甚至更高水平的道德观是孩子的心理发展到足够强大后才能展现出来的品质,是人类这棵大树在成熟以后结出的果实。让一年级的孩子表现出很高的道德水准,这个要求本身就不道德。

白丁:刚才您提到一点,选学区房,进名校,不如成为一个好家长,我认同这种观点。好家长成本是最低的,但是好家长肯定要有时间作为保障,可很多事业成功的家长恰好没时间。您如何看待这样的矛盾?

曹廷珲:我觉得只要能用高质量和正确的方式面对孩子就是好的。一位知名校长曾和我提到过他所在学校一个孩子出现的问题。

这个孩子的父母没有过多错误的教育方式,但这么小的孩子却经常谈论生死,当爸爸妈妈不在身边时,他会问爷爷奶奶:"假如我死了,他们会难过吗?"孩子甚至尝试过做一些危险动作。校长对此不解。

其实是因为家长很忙,没有时间陪伴,孩子可能是想通过这种下意识的行为,通过模仿,进行情感敲诈。他想通过这种极端的方式让父母证明有多爱他。

这个年龄段的孩子正在构建安全感、归属感,要抵御内心的不确定性和恐慌。加上在互联网时代,孩子获取信息的途径、数量和频繁程度,远超我们的想象,但孩子的大脑发展、理性批判、分析能力还没有成熟,处理不了这么多信息,就会出现焦虑、决策失误。

很多家长理解不了现在的小孩。其实,是这个时代造就了这些个性的孩子,他们有全新的心智,我们要理解他们。知道孩子、了解孩子的想法和行为是教育的前提,如果你不懂得他为什么有某些行为,仅仅想凭借家长的权威和力量强硬地控制孩子,而不是因势利导地教育他,他就可能会出现更多的心理、行为问题,甚至影响孩子性格的发展。

白丁:刚才您说,孩子未来找什么样的伴侣与家庭教育有密切关系。我们也注意到,同性恋已经成为一个不可回避的社会现象和话题。那么关于孩子这方面的成长和取向,是否也与家庭教育有关?

曹廷珲:如果不考虑遗传基因密码中我们还没有彻底搞清楚的影响因素,我想性取向其实是深受家庭、亲子关系影响的。这里不对同性恋现象本身做评价。有一组数据显示,在中国,同性恋已经有几千万人了。

孩子的性别认同发展,大致会经历三个阶段:小时候,孩子们都是处于自恋的状态,并没有明显的性别角色;大一些时,我们会向同性父母学习,初步开始性别认同的发展,在这个阶段男孩喜欢跟男孩玩,女孩喜欢跟女孩玩。大概在青春期阶段,我们会完成对自己的性别认同,并逐步确定自己的性取向。大致的发展阶段是这样。

当然,我们会在与父母的关系和认同的过程中因为各种可能的缺失或偏差最终形成不同的性取向。

我们辅导过一位男同性恋大学生。在辅导过程中发现,他妈妈事业很成功,也非常强悍。妈妈与爸爸吵架时,经常拿起杯子砸向爸爸。导致孩子在向异性恋发展的过程中产生了"女人是残暴的"印象,于是就只能退回到同性依恋的阶段,这种在性别角色认识上产生的偏差,最终导致在性取向上也产生了不一样的结果。

当然,以上只是同性恋形成的众多原因中的一种。同性恋的形成也可能与环境有关。我们要尊重每个人的个人选择,也要反思我们家庭教育、家庭关系中一些因素的影响。

家庭对孩子的影响是学校的几十倍

白丁:在前段时间的一期栏目中,有位政协委员提到一点,中国需要有爱心、耐心、专业知识的家长。有爱心是父母的天性,那要做一个耐心、有专业知识、专业能力的家长，您有什么见解呢？

曹廷珲：其实爱也是一种能力，是有技巧和方法的，需要培养和训练。如果只有一颗爱孩子的心，没有爱的能力，也不太可能把孩子培养好。

现在很多 80 后家长是独生子女。独生子女没有兄弟姐妹、朋辈关系的生存竞争和协作环境，相对比较自我，再加上遇见了互联网，尤其是在移动互联网的影响下，碎片化的信息对人的专注力、心态都带来了影响。

比如，在我们刷朋友圈的时候，可能会刷出正能量，也可能会刷出焦虑、紧张和恐慌。那么父母的情绪就有可能会影响到孩子。当家长的心态被各种信息入侵后，就已经没有了那份平静、坦荡和自然。

我们知道人的耐心或者欲望的延迟满足是需要训练的。斯坦福大学有一个著名的棉花糖实验：他们让很小的孩子坐在糖果实验室里，如果孩子能忍住 15 分钟不吃糖果，就会得到双倍奖励，如果没忍住，那出来后就没有奖励。这个实验跟踪了若干年，发现在实验室里能忍住不吃糖果的孩子未来的人生成就普遍更大，他们的学科平均分要高出二十多分，尤其是那些通过捂住眼睛、唱首歌，或者左手伸出去，右手又把左手拉回来，想办法克服诱惑的孩子。这说明我们的耐心、忍耐程度，也要通过训练提升，不能仅靠意志。

在专业知识层面，中国家长教育孩子时有个误区，以为学校才是教书育人的地方。其实在中小学阶段，父母对孩子的行为、信念、价值、习性的影响是学校的若干倍。加上家长群体的人数往往是老师的十几倍，所以综合来看，家庭对孩子的影响往往是学校的几十倍。

有些家长说，我把孩子交给你了，他爱哭、畏难、暴力，请你帮我解决。但无论学校和老师有多大的本事都解决不了，因为这些问题的生长环境和背后的影响因素是父母的行为习惯问题。因此家长自身的改变和学习至关重要，家长的投入和学习对孩子的改变有着超乎想象的作用，比花钱给孩子报辅导班要有用得多。

现在专业知识的来源也已经非常广泛。无论是西方的心理学，还是中国的传统，都有相关的素材，只是其中科学有效、符合中国具体国情的素材还比较有限。

学会建立正确的亲子关系

白丁：家长应该树立起自己是教育第一责任人的意识，作为这样庞大、又分布在全国各地的一个群体，有些人可能无法接收到优质、系统的科学课程，那么有没有一些可以让家长自我学习的方法?

曹廷珲: 在家庭教育中,父母首先应该掌握一些相关的理念,比如,如何建立跟子女的关系。

中国的父母教育孩子,可能都是凭自己的经验,关于教育孩子的完全科学、系统的方法目前还没有成型。有些经验可能是家长自己都特别反感的,但家长还是不由自主地在用,因为已经习惯了,也只会这种方法。所以说家庭环境具有遗传性的原因就在于此。

我想重点谈谈父子关系。父亲对于孩子的影响非常重要。父亲首先是男性,具有力量感,对一个家庭来说,父亲的权威指数会较高。但很多父亲不参与孩子的教育,这就会导致男孩子的父性缺失。

传统上,我们常说严父,也就是爸爸要严厉。但是如果父亲经常批评乃至打孩子,可能会面临很大的风险,比如,导致男孩子的安全感变差,更多依恋母亲,甚至导致男孩子自卑、仇父。当男孩子开始仇恨父亲,就会产生俄狄浦斯情结,他会与父亲、权威、上级相关的角色对抗,讨厌上级,讨厌领导,讨厌老师。

理想的父子关系应该是山峰关系,爸爸像高山一样伟岸、高大,精彩优秀,最终让儿子站在顶峰,父亲去仰望他、成就他。

孩子和父母的关系,就是他将来和这个世界的关系,如果他觉得父亲是严厉的,不可战胜的,不可超越的,就会不愿意克服困难。那些退缩型的孩子就是这样被教育出来的。还有一种可能就是直接与父亲对着干,这还是健康一点的心理状态。更为隐晦的方式是报复父亲——毁掉自己,这就是对父亲最大的报复。这就是为什么很多很强的父亲,孩子却很糟糕的原因,因为他的强大带着威胁和压迫。

所以,理想的父亲可以强大,但能不能在还弱小的孩子面前,扮演一个"弱智"? 让他感觉到,这么优秀伟大的父亲,他也是有可能战胜的,这能让孩子更加自信,能让他有豪迈地战胜别人的勇气。比如,父亲可以请教孩子一些小东西要怎么用,这就可以给孩子带来一些成就感。

白丁: 除了父子关系,母子关系应该是什么样的呢?

曹廷珲: 首先,理想的母亲与儿子的关系是"海鹏"关系。妈妈在男孩子6岁以前尽可能亲自带,这是孩子建立依恋,形成安全感非常重要的时期。妈妈要像大海的港湾一样供孩子依靠,孩子就像小鱼在港湾里游泳。当七八岁以后,依恋期结束,妈妈要勇敢地推开孩子,不要再过分亲密,妈妈要学会忍受孩子离开自己时的那份孤独、不确定性,甚至是焦虑。因为离开妈妈怀抱的孩子才能长大。这时候的妈妈依然可以像大海的港湾,仰望空中展翅高飞的大鹏。

其次,妈妈要塑造男孩子的男性气质,赋予孩子责任感。比如,给予正确的赞赏、表扬,推动孩子认同父亲。如果妈妈总在男孩面前批判父亲,指责父亲,不管父亲真实的情况是好是坏,男孩都会因此焦虑、自卑、恐慌。

最后,要允许孩子参加一些对抗性的体育运动,做一些冒险性的活动。因为人的意志、勇气、团队竞争的习性,在运动中养成的效率最高。

对孩子要会表扬,也要会批评

白丁:除了建立正确的亲子关系,您对家长还有哪些其他的建议呢?

曹廷珲:我认为家长还应掌握教育孩子的基本方法,比如:批评、表扬、鼓励、惩罚等。

我曾经遇到过一个案例,在一所学校,因为孩子玩手机,老师批评了孩子和家长,回家后家长继续批评孩子,导致孩子跳楼了,紧接着第二天妈妈也跳楼了。还有一则案例:爸爸把手机从窗户扔出去,孩子跟着手机一起跳了下去。这些都是因为我们批评或表扬的方法不对。

我这里有一些方法,虽然不一定适用于所有人。

先说表扬。我们不习惯表扬孩子,觉得孩子把事情做对了是应该的,甚至潜意识里认为表扬多了,孩子就不思进取了。其实人都需要被表扬。另外,我们中国人也不太会表扬,大不了就说"你真棒"。

对于表扬而言,有几点需要注意的。

第一,表扬孩子要高频,家长要习惯于表扬孩子。

第二,表扬要有画面感。曾经有一位妈妈说,在一门家长课上听到要表扬孩子,于是在家练习了很长时间对孩子说"你真棒",结果孩子恶狠狠地说:"你才棒,你棒死了!"家长就很困惑。其实,孩子很聪明,能听出家长的夸奖有没有走心。

心理学认为,表扬孩子首先要有场景和画面。不能没有具体的事情就说他真棒。比如,当家长说"你今天把碗洗得这么干净,你太棒了"的时候,孩子大脑中会出现把碗洗得很干净的画面。第二天孩子还会继续洗碗。

第三,要表扬孩子经过努力后达到的成果。比如,孩子钢琴考过了九级,如果家长说:"你太聪明了,你的钢琴一考就过九级了。"这种表扬会让孩子认为自己是因为聪明才考过九级,他就不会练习了。家长可以对孩子说:"你每天练两个小时,坚持了三个月,终于考过了,你这么勤奋,如果继续努力,会取得更大的成绩。"这样,孩子记住的是勤奋。

如果家长表扬孩子不用经过努力就达到的、与生俱来的方面,那对他来说这种表扬实际是一种伤害。就像如果你去表扬犹太人的孩子长相、天赋,家长会非常反感,他认为在把孩子往坏处引导。

关于批评。我们要不要批评孩子? 一定要!

孩子在小时候一定会犯错,他不是有意犯错的,也不是道德有问题,是孩子的选择、判断和分析能力不足,做出了错误的选择和判断。这时候,当他犯了错,家长应该批评事情本身,而不是批评他的人格。

比如,对于前面提到的拿了别人东西的孩子,家长可以说:"你拿了别人东西是不对的。别人会很着急,妈妈会很难受,妈妈觉得你没有管好自己的欲望和想法。"而不能直接指责孩子:"你怎么能偷别人东西? 你怎么能当小偷?"

我们批评孩子要对事不对人。即便对这件事情我们表达了反感和深恶痛绝的立场,但是还可以心平气和地表达心中的爱——我讨厌你做的这件事,但是我依然爱你。所以我们经常对家长说:"你能不能平和地表达你的愤怒? 你可以表达你的愤怒,但你不一定非常愤怒、非常崩溃地表达你的愤怒。"

我建议的方法是,在批评孩子时,第一,要保护人格。不要一句话否定整个人。比如,指责孩子是小偷已经不是批评,而是羞辱了。第二,要表达期望。可以告诉孩子:"虽然你拿了别人东西,我知道是因为你特别想要,但爸爸妈妈又没有给你,你没管好自己。但我相信经过这件事情,你一定能够管好自己。如果你特别想要,你跟妈妈说,我给你买。即便你犯了这个错误,但我依然爱你,依然相信你可以做得更好。"这是批评的最后一步,表达信心、期待和爱。

家长成为学校教育变革的阻力

白丁:您从 2002 年开始至今已经辅导了几百家学校,您认为目前的学校教育发生了哪些变化呢?

曹廷珲:现在的学校教育在发生重大的变化和进步。首先是观念,学校的观念已经变了,但问题是家长的观念跟不上。

比如,我前段时间参观了北京一所中学,这所学校并不刻意追求升学率。为此也面临来自家长和社会舆论的各种压力。学校主张要把课堂还给孩子,比如,如果学生喜欢摄影,学校就为学生配置摄影器材和社团,让孩子发展出能够称之为事业的支点,有国外大学因此录取了这样的学生。这种教育理念就是大家都认可的因材施教。

为什么现在很多一线城市的私立学校越来越成为潮流,甚至报名和招生比达到40∶1? 就是因为私立学校的环境更自由、宽松,可能不会带给孩子那么繁重、高强度的学科教育。

但大部分公立校还做不到这一点。很多公立学校施行"走班制"、个性化教学,前提是要获得家长的信任。大部分家长还是希望孩子考进清华大学或北京大学,至于考进去之后怎么样,家长不会考虑。这是观念的问题。

两会期间,部长提到要减负,其实从学校和政府层面已经看到追求短期利益可能会丧失巨大的长期利益的后果。对中国五千多所高校的科技成果转化率研究发现,我们的成果转化率远远低于发达国家,为什么? 就是因为我们的孩子实际操作以及研发能力弱,现在政府和教育主管部门已经看到了这一点,但是家长还是要把孩子送进辅导班。为了孩子上名校的愿望,可能让孩子丧失一生的创造力、学习热情、整合能力和领导能力。这就叫为了短期利益,忽视了长期利益。

这也是用个体利益覆盖全体利益的现象,在个别家长的带动效应下全体家长都会疯狂地去做这件事,造成剧场效应。从这一点上讲,学校教育现在对此有一些力不从心。无论是学校、校长还是教师要改革,在家长处都会形成巨大的阻力。现在互联网导致每个人都被赋能,群体的权威在下降,个体的价值在崛起。有位校长说道:"今天,几乎是任何一个家长,只要足够疯狂,就可以把校长拉下水,不管他是对的还是错的。通过社交媒体、网络、谣言,他就可以做到。"

所以,学校教育面临的前所未有的风险就是家校共育的冲突。学校教育面临的困境就是如何让家长跟学校一条心,如何不迷失在学科教育的短期目标下。

白丁:像您提到现在私立学校逐渐成为潮流,是不是意味着一部分家长已经觉醒了,但是还有大部分家长在用升学这样传统的单一的指标来要求学校?

曹廷珲:是的。关于这一点家长要反省,你所培养的孩子是为了适应几十年后的生活的。想想看,十年前社会上没有淘宝店小二、快递、滴滴司机等职业。

未来这些新兴的职业和产业会更加频繁地出现。如果你仅仅为了今天的目标去锁定已经过时的标准，会吃大亏。

父母对孩子的教育会在一定程度上影响孩子的发展。有位心理学大师通过研究得出一项结论，家庭中第二个和第三个孩子有成就的概率大于第一个孩子。因为父母在生育第一个孩子时比较年轻，经验也比较少，教育方法可能会比较粗暴，生第二个、第三个孩子时，父母趋于成熟，教育方法趋于正确，孩子面临的压力相对比较小。另外，这位心理学家在调研中发现，青少年犯罪的孩子中，75%是家庭中最大的那个孩子。因为在生育了第二个、第三个孩子后，老大可能会被忽略。他的失落感如何安放？那么为了引起关注，孩子可能会有两个办法，要么做好事情，但是做好事太难了，尤其是靠考第一名来引起家长关注太难，怎么办？那就做坏事。很多在学校里面哗众取宠、作恶作剧的孩子，本质上不是想做坏孩子，而是想引起关注。但那些为了引起关注而做坏事的孩子，在未来就可能会犯罪。这是他们父母不够成熟的教养方式所导致的悲剧。尤其现在是二孩时代，父母要特别注意关注第一个孩子。

家校共育，家庭方更需补短板

白丁：谈过了家庭和学校，那您对家校共育方面有哪些建议呢？

曹廷珲：第一，家长要承担起自己的责任和应该做的事情。如果说，人的成长需要动力系统和能力系统，学校就是负责能力系统打造，而家庭负责动力系统打造。如果说学校负责把孩子打造成超级跑车的话，那么家庭就负责加油充电。所以即便是少年天才，没有持续的热情、动力和兴趣，也会平庸一生。这项分工一定不要弄反。

第二，父母要对学校和老师抱有宽容之心，不要使用破坏性的处理方式。

我们团队曾经辅导过一个数学经常不及格的孩子。我们问他上数学课时候的状态，他说："老土讲课时，我听不明白。"我问："老师姓土吗？"他说："不是，是老师批评了妈妈，妈妈就给他起了个外号叫老土。"

我们中国人讲究"尊其师，信其道"，父母如果摧毁了老师在孩子心目中的形象，孩子就不会跟老师学习了，甚至可能因为反感老师而讨厌这门课。

同时要注意，即便发生了家校冲突，父母过激的、非理性的表现，也会让孩子受到二次创伤。

我们遇到过一个孩子，他在学校跟别的孩子发生了冲突，他爸爸在网上学到一种方法叫"打回去"，所以这个爸爸就去把别人家的孩子打了。结果这个孩子反而就不去学校了，因此学校请我们去为这个孩子做辅导。

其实他是羞于去学校。因为即便是小孩子，心中也有天然道德。这个天然道德叫良知，叫天理良心，开始孩子会说因为害怕、不好意思去学校，但实际最根本的原因是他认为自己的爸爸在学校里像流氓一样大喊大叫地打了同学，他觉得这样做不对，他无地自容。

这就是家长以为自己抖起羽毛为孩子战斗是在为孩子争得荣耀，但其实你增加了孩子道德上的耻辱，让孩子没法见人。当然，这是一个特别极端的例子。

我想说，父母对孩子和学校之间的事情要抱有宽容之心。不要把自身的情绪和问题借助学校来释放。大家都知道学校是道德的高地，在学校里面肆无忌惮是安全的，其他人不会对你怎么样，但正是这种安全导致了越来越多有自我意识的家长，把学校视为法外之地，甚至有些家长提出的要求是违背法律底线的。

有些家长之间发生了严重冲突，学校让家长去司法机构，家长不肯，必须要学校处理，学校为了息事宁人，有时也就算了。我还见过家长暴跳如雷，歇斯底里，孩子拉着妈妈不要去和老师理论，哭着喊："妈妈，不要这么做，我特别喜欢这个老师。"

当然，不是说发生了冲突，家长就不能维权，但要理性维权，而且要恰到好处，不要给孩子带来心理上、社交上的长期影响。这是底线。

第三，要允许自己的孩子犯错，也要允许别的孩子犯错。在孩子犯错时，教育往往更有成效。如果我们把孩子保护得滴水不漏，当他离开学校时，如何在世界上生存？他总会遇见冲突和麻烦。如果丧失了解决冲突和麻烦的能力，家长又能保护孩子多久？所以，一些鸡毛蒜皮的事情，真的可以让孩子自行处理。

我觉得中国教育的总体环境会越来越好。我呼唤家长要相信教育，相信学校。校长和教师长期做道德和知识的传递者，他们有一颗公心。曾经有位家长威胁校长，如果不把另外一个孩子开除了，家长就要去告校长。校长说："我不能那么做，首先我没权利，其次我不能违背原则。他有错，但不至于开除。"家长说："那你等着看结果吧！"校长说："我大不了不当校长，不能为了当校长昧了良心。"后来校长得到了教委的支持。

可能普通家长不知道，在沸沸扬扬的家校冲突背后，校长、老师们受到了什么样的压力，但特别可贵的是，很多校长和老师顶着压力，保持公心。他们其实可以给孩子换个班级,换个班主任,但为什么有的人坚持不做? 因为他们心中还有原则和良知,这特别可贵,需要我们呵护和支持。

当然,这不是为校长和老师们唱赞歌。对于做得不妥的,我们也要批判。教育的改革和发展,依赖于广大校长和老师们面对几千个学生,几千个家长,日复一日的研究和探索。有了良好的社会环境和氛围,校长和老师们才能甩掉心理包袱,教育才可以发展得更好。

如果说我们的教育生态是由学生、老师、家长这三个维度构成的,那么美国的一位教授说,在孩子和老师这两个维度上,中美之间的差异其实不大,差异最大的是家长。我们的家长每天陪伴孩子的时间有多少? 我们让孩子运动的时间有多少? 我们关注孩子身心的程度怎么样? 我们又有多少时间在歇斯底里地推动孩子参加学科辅导?

正是因为家长的素养、理念、方法差异巨大,导致原本生下来认知水平、身体健康差不多的孩子,长大以后,才华、思想、成就有很大差别。所以,家校共育方面,家庭这一方需要补的短板可能多一些。

白丁: 感谢曹廷珲老师做客《白丁会客厅》,我们之所以高度关注家庭教育,是因为在中国的家长中,家庭教育存在着很大的缺失,我们希望通过节目能够为中国家长的教育舒缓一些压力。谢谢大家。

(本文根据曹廷珲 2018 年 3 月在《白丁会客厅》采访视频整理而成)

往来皆鸿儒

《白丁会客厅》教育访谈实录一

特别篇

　　这是教育领域的细分，是教育领域的前沿，是教育正在发展与探索的方向，STEAM、生涯规划、智慧学习、教育大数据……他们解析概念、分析现实，他们借鉴经验也回归本土，他们在喧闹中进行着冷思考。

周丽虹：让 20 年后的你
也不会过时的生涯教育

对每一位学生而言，从基础学校迈进高等教育，再从象牙塔走向职业社会，这是一条成长的必经之路。然而，很多学生在面临专业选择时往往困惑不已，也给今后的就业埋下了无穷隐患。

所以说，我们的教育，迫切需要生涯规划的参与和指导。

中国教育学会职业素养及学业规划教学项目办公室主任周丽虹就在节目中坦言，生涯教育侧重前瞻性研究，确保 20 年后的我们都不会被时代淘汰。一起来看周老师对生涯教育的全面分析。

如何发展自我？生涯
教育聚焦学生个人成长

人物简介

周丽虹，北京师范大学中国教育创新研究院特邀研究员，中国教育学会职业素养及学业规划教学项目办公室主任。

白丁：十九大期间，教育部部长陈宝生同志在接受媒体采访时表示，到 2020 年，我国将全面建立起新的高考制度。生涯教育、生涯规划与高考改革是紧密相关的，但对家长而言，"生涯教育"这个词还稍显生僻。请您为我们解读一下生涯教育应关注哪些方面的内容。

周丽虹：很多人都曾经听说过"生涯教育"这个词，今天站在高考改革的背景之下来谈生涯教育的内涵和外延，其实会有很多新的东西。

目前，从内在而言，生涯教育关注的是人对自我的认识，从外部而言，生涯规划关注的是人对社会的认识，以及人从学生到成为社会人、职业人过程中所经历的一切。例如，如何面对选择，如何发展自我，如何成就自我等。这些看似很宽泛的话题都在生涯教育关注的范围内。

白丁：现在，整个教育行业越来越关注生涯教育，越来越多的人力和物力被投入生涯规划的研究和服务当中。

周丽虹：这恰恰是我们的教育越来越人性化、越来越个性化、越来越聚焦在以学生的成长为中心的主要命题上的表现，也是教育改革一个比较好的方向和实践。

如何正确选择专业？
大数据指导生涯规划

白丁：在十九大报告中，习近平主席提出要推动互联网大数据、人工智能和实体经济的结合。大概两周前，一位清华大学附属小学的六年级学生，用大数据的方法分析苏东坡先生，引起了社会的广泛关注。

在周老师看来，大数据如何与生涯规划相结合，才能更好地推动教育的发展？

周丽虹：2015年，我们参加了一个国家大数据战略联盟的成立大会，当时从国家的高度把行业大数据的概念提上了日程；2017年，国家发展与改革委员会正式批准成立了教育行业大数据国家工程实验室。这些都是从大数据战略到行业落地实践的信号和方向。

生涯教育领域开始关注大数据是近几年发生的事情。生涯教育与大数据的结合，我认为它是教育发展、未来学校建设过程中，以人为本、关注学生个体、关注个性化这些教育理念落地的表现。

大家都在讨论这样一个问题，为什么在2017年上海、浙江第一批高考改革地区的考生中选择考物理的学生相对较少？这种讨论从原则上来说没有问题，但如果少了大数据的支持，就不清楚学生行为背后的原因。

从生涯教育的角度来看,虽然物理很重要,但是,如果学生对该学科确实没有兴趣,就选择其他的学科,这是没问题的,这也正是教育改革鼓励学生个性化成长的体现。

我们要关注的是,是否有学生喜欢物理,但由于考试分数等问题而选择了其他学科,比如,是否有学生认为物理不容易得高分,就退而求其次,选择了非物理的学科?这样的学生到底占多大比重?这对高考改革政策的制定者而言非常重要,但目前还没有这方面的数据。

与此形成对比的学科是政治。很多学生对政治学科并没有兴趣,但有相当多的学生在高考时选择考政治。这说明很多学生并不是依据自己的兴趣或发展需要,而是根据考试制度本身的技巧性分析来做出选择的。这与我们考试设计的初衷是相悖的。

另外,很多学生为了上一所好的学校而放弃了自己感兴趣的专业,调剂到自己不了解的专业。但是在大学就业指导规划过程中,我们发现很多学生其实并不喜欢自己的专业,在就业时甚至逃避自己专业相关的就业领域,不得不转型。

如何避免这样的问题?其实大数据可以帮助我们。比如,从高一时,基于学生的学习行为,生涯大数据就开始追踪学生的兴趣爱好。在未来面临调剂时,高校招生部门能看到学生过去三年积淀下来的兴趣爱好,可以知道学生之间的差距,高校在决定是否录取某位学生时就不只是参考分数。例如,有些学生高中三年来更喜欢人文学科,高校就可以将他们调剂到人文类专业。

有了大数据,相关部门能够进行更科学的调剂,减少相当一部分学生由于完全不能接受自己的专业而造成的痛苦,这也对学生后续的就业以及职业发展有很大的好处。

如何应对人工智能?
基础学科决定就业高度

白丁:马云坦言,"如果我们继续以前的教育方法,不让学生去体验,不让他们去尝试琴棋书画,我可以保证,30年后孩子们找不到工作。"关于30年后孩子们是否能找到工作的话题,最近也一直比较热。

那么,在周老师看来,未来的社会可能需要哪些职业?请您结合一些经典的生涯案例和大家分享一下您的观点。

周丽虹：2017年在我的高中母校的开学典礼上，作为校友，我分享了一篇主题为"人工智能时代的就业"的报告。

其中，我分享了一个这样的观点："人工智能时代到底需要什么样的人？第一类是制造机器人的人；第二类是为机器和人服务的人；第三类是研究人与机器人之间的关系，以及解决机器人带来的社会问题的人。"第三类职业可以这样理解，人工智能之父曾提出应该给人工智能设立道德底线。人工智能时代如果没有道德底线，可能会出现美国大片里的灾难。人与机器之间的关系到底是什么？这也是人工智能时代对人类的挑战。机器制造后会影响哪些职业？人能否服务于机器？这是社会学研究的新课题。

对于制造机器这份职业，要从广义上来理解。在给一些高中生做选科指导的过程中，我得出了一个结论：在制造机器人的过程中，有两件事情非常重要。第一，掌握算法这种能力，与算法最相关的学科是数学。第二，懂得传感器，与传感器最相关的学科是物理。数学和物理显然是基础学科中的基础。

白丁：我相信现在很多的孩子在中学阶段，对数学和物理没有太大的兴趣，但是正如您所说，未来职业的发展要求现在的学习应该更加关注数学和物理，这样在人工智能时代才能够更好地去适应社会。

周丽虹：是的。大学本科里的金融学、软件工程等都是所谓的热门专业，都有很好的就业前景，都需要有扎实的数学学科基础。2016年，我拿到一批考生的大学录取专业的名单，有一点小小的遗憾，很多高才生都多花了几十分的高考分数去学习商科，特别是金融学这样的所谓的热门学科。但是，极少有人能够真正地清楚，如果要在金融行业立足20年，自己最终应该学什么。

所以，其实我们是被这些所谓的热门、这些统计数据误导了，虽然大家都很积极地选择了这些热门专业，但是从职业在10年、20年之后的发展方向来说，并不一定是热门。

白丁：我们发现教育领域经常会出现这样的现象，很多非常优秀、非常成功的教育家，之前都是学习数学专业的。可能正是因为有一个比较好的数学基础来做铺垫，进而呈现出他们和其他教育家的一些不同。

周丽虹：没错，是这样的，像数学、哲学这样的基础性学科，对于抽象思维能力的培养和宏观视野的拓宽都有非常大的帮助。学习这些专业的学生，将来进入管理、设计等行业,他们的数学、哲学思维能力都会发挥非常大的作用。将来想做企业战略官,如果没有基础学科的功底,还是会有所欠缺。

我认为,学生进入高中开始深度学习数学和物理时需要清楚,这两门学科在未来 20 年、30 年中要扮演什么角色。生涯教育就能够起到把今天和未来联系在一起的作用。

人工智能或许可以替代 40% 或 70% 的职业,但人工智能时代的到来也会创造出很多新的职业。如果能够前瞻性地思考这个问题,在未来就不会被淘汰。

所以,在高一入学典礼上,我给学弟学妹们布置了一个任务,未来三年内,要一直思考一个问题:"什么可以被人工智能化? 什么不能被人工智能化?"要带着这个问题来观察自己和未来的生活,这样在毕业的时候,就不会落伍。

如何落实职业体验?
资源有限也需系统化设计

白丁: 职业选择是一个终极命题,的确需要用 3 年甚至更多的时间去思考、去规划。

马云鼓励孩子要进行体验式学习,您是如何看待这个问题的?

周丽虹: 近几年来,我们一直在关注体验式学习。从生涯规划的角度来看,体验式学习主要是指职业体验,职业体验的目的与马云的设想是高度一致的。现在的学生即便到就业时,对职场的理解、对社会生活的理解仍然非常狭隘。

如何拓宽学生视野? 这在过往几十年的教育体系中是缺失的,因为学校单凭校内资源很难解决职业体验的问题。

比如,有些校长认为,学工学农、秋游春游等都是社会实践。一到寒暑假,很多中小学生就到社区居委会打扫卫生。虽然这样的社会实践有意义,参与社会劳动、关注社会环境当然没有问题,但这些实践对学生的专业选择和职业方向选择是否有帮助? 能否在有限时间内帮助学生提高效率? 这是我们要进一步思考的问题。

所以,在过去七八年的时间里,我一直在推动学校进行在线模拟职业体验平台的建设,学校的社会资源、企业资源是有限的。90% 以上的非重点学校或者农村学校,完全没有条件去组织社会实践。如何让学生真正进入社会生活、得到相关体验? 如何通过体验式学习打开学生的视野,提升学生对社会的认知程度?

这些都需要系统化设计。

如何开展研学旅行？
科学指导有益未来规划

白丁：如今，教育部大力提倡中小学的研学旅行。周老师，研学旅行与职业规划之间是否有关联？如何才能让学生在此过程中有更大收益？

周丽虹：研学旅行其实是一个非常好的框架性设计，对生涯规划也非常有帮助。在教学实践的过程中，我看到很多一线老师都存在一些困惑，学生在走出校门之前，由于学校不能提供科学性的指导，学生就无法在一次旅行或者调研活动中获得一些有价值的信息。

那么，如何在研学旅行中，获得一些有价值的信息，并对自己未来的规划有帮助？我认为有这两件事情需要做。

第一，学生的研究性学习或研究性旅行主题的选择，要建立在体验的基础之上。有了充分的亲身体验，才能进行更为理性的选择。

第二，要体现研究性，要基于科学的研究方法，而科学的研究方法对每个人都会有帮助。能否在研究性学习前将研究性的方法教给学生？目前，这在教学设计层面是缺少的。

如果有相对理性的目标选择，有科学的研究方法作指导，即便是同样的教学活动，学生的收获与现在也会不同。

白丁：我认同周老师所提到的科学性指导的重要性。对于中学生来讲，他们所面临的职业选择更多的是基于未来，科学性指导能够让他们在未来的发展上更为强劲，更有生命力。

我们都知道，未来职业的变化实在是太快了，那么从研究的层面和实证的层面来考虑，怎样做能够让科学性指导尽可能地和未来职业相对应？

周丽虹：关于如何进行科学性指导，首先，也是我刚刚提到的，是导入一些研究方法，如如何做调研、如何设计问卷、如何进行数据分析等，这些属于非常基础的研究方法，应该提前导入。

其次，学科和职业之间有个很重要的跨度，现在在文的教学都是分学科进行组织的，但是在职业上是一种跨学科的应用，无论是理科、工科还是人文学科，都是一种跨学科应用。

比如，如果本科专业是学习国际政治，并不是说在中学只要读政治就可以了，还要学习中文，如果要分析国际问题，就要了解两个地区、两个民族之间的文化纽带和文化因素是什么。所以，国际政治中包含文化因素，考虑到这一层面，中学的语文学习就可以有一个新的高度。

跨学科学习是每一个学生进入社会所面临的最大挑战。在学校，学生受到的教育是分学科教学，在数学教室里学数学，在语文教室里学语文。但是到了职场，就要求学生把所有的知识汇总在一起解决问题。

那么，解决问题这个概念，回到学科教学，就是跨学科知识的应用问题。有条件、有资源的学校，如果能够提前导入一些研究性学习或一些研究性活动，我觉得学生会受益很多。

生涯教育侧重前瞻性研究，
20 年后也不会过时

白丁：目前，为学生提供的生涯教育，主要是教会学生职业规划的方法，还是告诉学生哪种职业是和自己的情况最匹配的？也就是说，生涯教育、生涯规划的研究和服务更侧重于什么？

周丽虹：更侧重于较长周期的规律性研究。

学生的所学和就业方向如何去对应？我认为，一是属于就业环节要做的事情，二是属于培训机构要做的事情。也就是说，如果你想成为一名厨师，那么一定要培训你关于厨师的各项技能，帮助你胜任这个岗位。这是培训机构尤其是就业指导环节重点在做的事情。

而生涯指导更为前瞻、周期性更长，至少是 20 年，而且 20 年之后不会过时、不会落后。生涯教育就是一场长远的目标规划，需要每一个人从书本上抬起头，看一看 20 年后的自己。当然，这给我们每一个做研究的人也带来了莫大的挑战，我们也需要前瞻性地往前看 10 年、20 年，不能只盯着孩子今天的学习、今天的生活。

前两天在学校做讲座的时候，有的家长就反馈自己的孩子的兴趣很不靠谱，喜欢仰望星空，这怎么能和孩子未来的工作联系在一起？我就从仰望星空的角度切入未来的职业，首先，仰望星空的孩子，他的发散性思维、冥想能力可能会更好，虽然只是看着星星，但孩子的脑袋里可能是一个非常丰富的世界，而冥想能力是创新思维的一个非常重要的基础。

另外，仰望星空的人说明什么？说明他更适应、更喜欢一种个性独立的工作环境。如今，扁平化的组织架构越来越多，互联网时代给我们带来越来越多的惊喜，领导与员工之间的距离越来越近。每个个体的独立性、自主性和创造性都能得到发挥。那么，仰望星空的孩子更适合扁平化的组织架构，如培训师、设计师、体验师等。这些新的职业、朝阳行业，都很适合仰望星空的孩子。

所以，从字面意义上来说，星空好像跟工作没关系，但是，从孩子的性格角度来考虑，和孩子深度的职业素养、职业能力息息相关。生涯教育看到的，不仅仅是孩子的某件事情和工作之间的直接关系，而是体现在孩子身上的未来的职业状态是怎样的，未来的发展路径是怎样的。如果能够前瞻性地往前看 10 年到 20 年，我相信教育中的很多政策和教学形式的设计都会有非常大的创新。

未来职业被拓宽，爱摄影的孩子也能当作家

白丁：生涯教育能够前瞻性地往前看 10 年、20 年，这是一种非常理性、客观的引导。您认为在 10 年、20 年之后，我们整个社会的职业将会发生什么样的变化？

周丽虹：面对未知的未来，我们要怀有一份谦卑的情怀。从生涯教育的角度来说，我觉得未来的人才培养会有一个质的突破，即人的适应宽度会发生改变。

未知的未来对于人才的要求是什么？是一个人的适应能力。为什么我们现在大力地去推动大家对基础学科的重视以及对基础学科价值的认可？因为基础学科是不变的定律。经济再怎么发展，经济学的定律也不会变，而经济学的定律是由数学支撑的；社会再怎么发展，哲学的基础性定律依旧不会变，我们认知世界的方式也就不会改变。

所以，基础学科给学生提供的基础能力，是为了拓宽学生未来职业的适应宽度。人只有到一定的宽度，才有可能把不同的知识联系在一起。

另外，宽度和深度并不相悖，而是相辅相成的。比如，读 MBA 的时候，我记得我的老师跟我说："我们在招生的时候，特别关注什么？关注每个人经验的深

度。"也就是说，如果一个学生来自军工行业，另一个学生来自教育行业，我们一方面会关注学生在自己的行业里待了 5 年还是 10 年、20 年，这是深度层面；另一方面，还关注 diversity，即多样性，这是宽度层面，因为 MBA 的学习最重要的一点就是同学之间相互学习。

对于孩子初期的选择，我更在意的是选择的宽度。因为孩子在从零开始认知世界的过程中，如果只局限在一个点上，那么他的未来只能在这个点上深挖了。所以，从事生涯教育的工作者，挑战之一就是要有非常好的想象能力。这个想象能力要到什么程度呢？

比如，你遇到一个热爱摄影的孩子，如果建议他将来可以去开影楼，或者当摄影师，或者当美妆师，这是远远不够的。要发挥想象力，热爱摄影的孩子将来可能是个旅行家，同时还是个作家等，多元的身份对一个人来说是有很大帮助的，也会让一个人更加丰富、更加多元、更有内涵。

除想象能力之外，生涯教育工作者还要尊重未来、尊重人性潜能，不对任何人轻易下结论，而只是做一个陪伴者。

白丁：您在研究未来的职业过程中，肯定也会涉及未来的教育、未来的学校。您想象中的未来学校是什么样的？

周丽虹：从生涯规划的角度谈未来学校，我期待未来学校里的每一个孩子，都知道今天所学与未来的关系是什么，同时，也期待未来学校里的老师不仅知道教什么，还知道为什么教、所教的东西对每个孩子的未来会产生什么影响。

也就是说，帮助孩子知道今天与未来的关系，让孩子们学习有目标、有动力，同时，让老师明确自己的工作价值，从生涯的角度为每一个老师重新定位自己的职业价值。

白丁：生涯教育的研究不仅仅跟中学生相关，跟一线的教师、学生的家长、教育主管部门都相关，需要我们一同关注，一同执行。

通过今天的访谈，相信大家对生涯教育、对生涯规划都有了一个更充分的认识，非常感谢周老师的倾情解读！

（本文根据周丽虹 2017 年 10 月参加《白丁会客厅》视频直播节目的受访内容整理而成）

李艳燕：谈谈 STEAM
教育的中国化实践

当下，教育界正如火如荼地开展 STEAM 教育，尤其是校外的教育机构，不断地推出 STEAM 课程，吸引着一大批家长为自家的孩子报名。

什么是 STEM 教育？什么是 STEAM 教育？

中国当前的 STEAM 教育的应用情况究竟如何？

STEAM 教育会取代传统的单学科教学模式吗？

......

相信大家都很想更清楚地了解时下大热的 STEAM 教育，北京师范大学知识工程研究中心主任李艳燕是研究 STEAM 教育方面的专家，我们邀请她来为我们一一解读这些疑惑。

人物简介

李艳燕，北京师范大学博士生导师，教育技术学北京市重点实验室副主任，北京师范大学知识工程研究中心主任。

STEAM 教育源自
多学科融合理念

白丁：最近，教育中有两个比较热的词——STEM 教育和 STEAM 教育，请您谈谈这两个概念的来源和目前的应用情况，让大家对它们有一个比较清晰、宏观的认识。

李艳燕： STEM 教育源于美国，从 1986 年起美国就开始提倡 STEM 教育理念。传统的教学是单学科教学，就像我们从小就分别学习语文、数学等各学科。但是，在人才培养的过程中人们发现，单学科知识很难解决一些复杂的、真实场景中的问题。面对具体的问题时，我们总是有些束手无策。

因此，美国就提出要将多学科融合。怎样具体地融合呢？当时提出了 STEM 教育，即科学（science）、技术（technology）、工程（engineering）和数学（mathematics）这四门学科融合而成的教育。

后来，又加入一个 A，也就是 art 的缩写，通指人文学科。未来的人才除了要掌握基础的理工科知识外，还需具备人文素养。

现在 STEAM 教育在国际上非常热。美国提出学科融合后，英国、芬兰、德国等纷纷从国家战略层面提出了学科融合。我国实践开展也比较早，但从国家层面上提出这一概念相对较晚。

白丁： 国家层面提出要进行学科融合，是不是与建设创新型国家的战略紧密相关呢？

李艳燕： 是的，其实中国在教育方面的投入是非常大的，包括从教育顶层到教育部，再到下面的各级区、县，还包括学生家长。实际上，中国的家长是教育特别大的推动者。

当前的 STEAM 课程门类泛滥，
教学成效有待商榷

白丁： 目前，关于这一教育理念的相关实践开展得很多，特别是校外培训。很多校外培训机构，但凡与科技有关，涉及动手和实验的培训，都打着 STEAM 教育的旗号，但那是不是 STEAM 教育呢？对 STEAM 教育而言，最关键的方面是什么？

李艳燕： 到现在为止，关键的是如何将这四门学科或者五门学科融合起来。在 2017 年，重要学科的课程标准里已经明确提出，要把 STEAM 教育纳入中国的未来教育当中，形成具体的教学实践。

我的儿子今年 9 岁，有着工科男孩的潜质，他从小不喜欢童话，认为那些都

是假的。我认为孩子应该具有天马行空的想象能力，而他比较关注真实世界中的原理。所以，在这样一个触动下，我决定投身于STEAM教育。

现在，中国的STEAM教育做得非常热烈，门类也特别多，但作为教育者和孩子家长，我认为这些STEAM课程缺乏科学性、系统性和连贯性，所讲解的内容都是碎片化的，仅仅是点到即止。

几乎所有孩子对现有的STEAM课程的反馈都很好，这些STEAM课程中经常有手工制作环节，老师还会进行一些启发。但从一名教育工作者的角度出发，我认为这些课程的成效有待商榷，还有很大的提升空间。

如果说课程的目的是要激发低年龄阶段的学生的兴趣，那它的成效是可以的，但对于年龄稍大一点的孩子，我认为我们需要有意识地引导孩子逐渐掌握一些未来需要储备的知识。如果想把孩子培养成未来社会所需要的人才，就应该在兴趣的驱动下，慢慢地让孩子逐步掌握一些知识和能力，尤其是解决问题的能力。而大部分中国孩子的实际情况是习惯性刷题，碰到同类问题，做题速度非常快，效率特别高，碰到新的题型就解决不了。

之前在美国卡耐基梅隆大学访学时，我带着孩子参加了当地的一些STEAM课程。我发现，中国孩子在某些方面特别有优势。我儿子刚上小学二年级，画画比较好，被美国的同学称为艺术家；而美国的二年级孩子画画像涂鸦，跟国内幼儿园儿童的水平差不多。我儿子的数学也远远超过美国同学。同学们都觉得他太厉害了。

但是，美国当地的教学是开放式的、自然的，非常注重呵护孩子的动机。而我们中国是前期关注孩子的兴趣，但慢慢就开始注重知识的输入和输出，比如，孩子学英语时，老师和家长就关注他掌握了多少单词和句型。慢慢地，孩子的兴趣就没了。国外的STEAM教育相对比较开放，呵护孩子的兴趣，不太强调知识的产出。当然，这种方式主要应用在孩子处于较低年龄的时候。到了初中、高中，美国同样也很重视学生的测试和结果产出。

当前的STEAM教育有两类应用，应试体系成绊脚石

白丁：中国已经从教育部层面，通过一些相关政策的要求确定了STEAM教育这样一个比较好的教育方式。那么，目前STEAM教育在中国的应用和推

广情况怎么样？

李艳燕：目前，STEAM教育在我国的应用和推动主要有两大类型。

一类是体制学校里进行的STEAM教育。现在公立学校也比较重视STEAM教育。在学校里，科学老师会带领学生进行种植等活动，通过这些亲身实践使得学生更深入、更真切地学习一些生物知识和科学知识。虽然受到成本、师资等方面限制，但很多学校已经做了很大努力，也没有统一标准，但大家都在努力尝试。

据我了解，在课程设计方面，北京市第十一中学以某个学科老师为主，把相关老师集合起来，大家一起探究、打磨、设计STEAM课程。另外，一些经过培训并且了解STEAM理念的老师，会独立设计相关课程。

白丁：在STEAM课程设计方面，学生有没有参与其中？

李艳燕：在课程参与度方面，目前的学生基本上都是课程的参与者和执行者。有一些学校还会进行开放式的主题活动，给学生一个主题，让学生自己想任务，但通常是作为非常态的学校特色活动存在，还没到常规课程设计的程度。

另一类是校外的专业机构所开发的STEAM课程和相关服务。此类STEAM课程可以弥补学校资源的不足。有些公司根据美国的课标和比较完整的STEAM课程，经过中国本土化改良后在学校推进STEAM教育。

我想，无论是学校，还是校外企业或培训机构，开发STEAM课程的初衷都一样。毕竟从事教育的人都是有情怀的，只是在具体的实践中各有特色。

学校有固定的学生群体，能够保证学习时间，但教师通常是单打独斗或小团队合作；校外企业的资源比较多，预算又充足，能聘请一些专业人士设计课程，所以课程比较全面、系统，但产品和服务进入学校时，还存在壁垒。一些企业通过校外培训机构来开展课程，也有些企业开始进入学校，但在课时上是大打折扣的。所以目前这些产品或服务还是作为第二课堂、作为校本课程存在，远远没形成重要的教学形态。

白丁：我想，这应该和我们的应试评价导向有关系。

李艳燕：肯定是有着密不可分的关系。课程标准对于学生和老师来说，都是一个明显的制约，这样的话，课时首先就要满足应试或者考核的需要。

现在的孩子，他们的学习难度相较以前提高了很多，压力是很大的。我们既希望孩子们能够很好地掌握基础知识，又期望他们在真实、复杂的场景中，具备分析问题、解决问题的能力，所以孩子们在时间、效率和产出方面都面临着很大的挑战。

如何在保证孩子们足够的学习时间之外，又有一定的自由活动时间；如何让孩子既能学到基础知识，又具备知识融合的能力和问题解决的能力，这些都是需要我们在时间层面上考虑的因素。

倡导 STEAM 教育，
并非要取代单学科教学

白丁：STEAM 教育最顶层的设计初衷是想培养有探究意愿、探究能力，有创新意识、创新能力的新一代学生。那么，传统的单学科教学对学生个人的成长和发展有哪些贡献？

李艳燕：单学科教学的优势在于夯实基础。比如，中文博大精深，底蕴深厚，所以在学习语文时，单学科教学不可替代，对基础知识的掌握尤为重要。数学、生物、物理、化学等学科也是如此。单学科教学有助于学生掌握基本概念，理解较难的知识，对于今后的实际应用很有帮助。

然而，实行单学科教学已经有很多年，我自己也是在单学科体系下成长的，当时似乎觉得没有问题。但当我有了孩子之后才发现，在碰到真实的生活情景问题时有些束手无策。

单学科教学更强调概念的掌握、知识的积累以及各级考试。单学科知识学完后，除了用于解题，也就在考试中能用到。这就会导致一些人虽然单学科学得特别好，但难以将知识综合应用。

之前在家校群里，有位家长就提出一个问题："泡腾钙片放到水中，发生的是化学反应，物理反应，还是两者都有？"有的老师说："这是典型的化学反应。"有的家长反驳："没有物理反应吗？固体溶解了。"还有人说这两种反应都有。其实这些知识大家以前都学过，但以往获得的都是单学科知识，也没有在真实的情境中用这些知识去解决问题，老师更没有引导我们锻炼自己的思考能力、分析能力和应用能力，所以学过的知识很快就被遗忘了。但我不认为单学科学习存在什么问题，只是在应用时，需要强调各科知识的融合。

白丁：过去，在师资严重匮乏的年代，有很多"全科老师"，一位老师能从一年级教到五年级，还能教语文、数学、英语等多门学科。后来，教师的分工越来越精细。那么在您看来，全科教师和单科教师、单科教学与 STEAM 教育，哪种更有优势？

李艳燕：我认为各有各的优势，没有优劣之分。

我儿子在美国读二年级的时候，学校实行的还是全科教师制度，每个班级的教师每年换一次。我想，全科老师的优势在于可以跨学科，将各科知识融会贯通，带着孩子进行各种尝试和实践。但全科老师对单一学科知识的掌握可能没有那么深入。

STEAM 教育所倡导的全科融合，不是要取代单科教学，而是在单科知识掌握比较好的情况下，综合运用多学科知识。所以单科教学依然重要，只有在积累了一定的单学科知识后，遇到问题时才能融会贯通。

在经过基础性的单科知识的学习后，学生自己是不能综合地运用这些知识的，因为在他的认知里，学科之间是割裂的。所以必须通过实践让孩子慢慢养成学习习惯，STEAM 教育强调的是，当单学科知识有了一定量的积累后，教师就可以设计很多复杂的生活情境中的问题或项目，引导学生运用多学科知识，巩固习得的知识或技能。

STEAM 中的 art 必不可少，
或将帮助人类战胜机器

白丁：我注意到您在网络上的公开演讲当中，比较多地提到 STEAM 教育，也提到了 STEM 教育。对于增加艺术门类，您有哪些看法？

李艳燕：在美国，他们提出 8 岁以上的儿童就可以用可视化方式来编程，可以制作视频和动画，深受孩子喜欢。

其实，编程不仅仅可以训练孩子的思维能力，还可以提高孩子的语言表达能力。我儿子的语言表达能力没那么强，但通过自己动手完成一件作品后，他在向别人讲解自己的这件作品时，语言表达的流畅感和丰富度会强很多。

这件事对我很有启发。除了让孩子学习逻辑编程，是不是也可以将编程和讲故事结合起来？比如编动画、编视频等。所以，我带领学生做了一项探索性研究，相当于把绘本故事的制作、学生看图说话的能力和语文学科结合起来。

在这个项目中,除了让孩子学习编程外,还鼓励孩子根据绘本或图片发挥想象力编故事,做成动画或视频。只要能掌握一节课需要掌握的语句即可。在研究过程中也可以看到性别差异:女孩子编的故事都是唯美型、温馨型的,而男孩子编的故事大多是打斗型、力量型的。研究结果表明,孩子们通过做动画、讲故事,语句的连贯度和用词的丰富度都会有所提高。

而现在市面上的一些课程,几乎都是让孩子依葫芦画瓢,孩子自己没有进行创造,这在一定程度上会扼杀孩子的想象力和原创力。

白丁: 教育最终是使孩子成为内心充盈的人,创造自己的幸福。前面提到的 art 与人文艺术相关。那么,人文和艺术是否也是教育中必不可少的部分?

李艳燕: 是的。因为 art 也包含了审美,而审美在现实生活中无处不在。art 看似简单,其实并不容易。为什么一些广告能让人眼前一亮,就是因为创作者在 art 上是有专业水准的。

谈到 art,我想到了乔布斯。苹果公司之所以成功,可能 art 的作用非常大。我原来忽略了苹果的某些设计。当我看完乔布斯的传记,重新审视苹果手机、苹果电脑时,我发现每个细节都用心良苦,都需要专业人员花费大量的心血。我们在用的时候觉得很自然,那是因为它挖掘了我们内心的潜在需求。

现在的 STEAM 教育,更多的可能只是注重技术和功能。但是,在包装或呈现作品时,用一种吸引众多目光的方式,让大家感觉更愉悦,也是需要一定技巧的。这与人一样,虽然内涵更重要,但第一眼的印象也很重要。所以,在 STEAM 教育中,art 将越来越受到重视,会逐步培养孩子在这方面的能力。

白丁: 从一定程度上说,在未来,人和机器是有竞争的,有一种观点认为,人能战胜机器,是因为 art 起着重要作用。毕竟机器不具备人文思想。

李艳燕: 现在,人工智能备受世界瞩目,各个国家都把人工智能作为未来抢占世界强国之位的一大利器。虽然机器不懂艺术,离拥有人类的情感艺术可能还比较远,但慢慢地,未来人工智能也会在这方面有一定的贡献。

一般来说,人工智能可以分为强人工智能和弱人工智能,强人工智能可以替代人类的工作,至少在某些工种方面可以替代人类,但弱人工智能在思维和情感方面还没达到人的水平;而强人工智能的情况是未知的,人类可能会通过最新的研发,让机器自主思考。但个人认为,人工智能在创意方面与人类相比还差很远。

教师如何实践 STEAM 教育？
三大可行性建议

白丁：李教授，在您的研究中，一定看到了 STEAM 教育和 STEM 教育在整个落地的过程中存在的很多问题，请您给正在实践 STEAM 课程的一线教师提供一些教学建议。

李艳燕：对教师的建议，我主要强调几个可行性的方面。

第一，教师要爱学生和课堂。有的老师把讲课当成任务，他们并不享受这种工作状态。如果老师不爱学生，不享受课堂，他们只会机械地完成教学。而如果老师爱学生，他们把课堂当成自己的舞台，会愿意和学生一起去体验每节课，每天上课前都会放下个人的烦恼，以很愉悦的状态投入教学中，这会对孩子产生正面影响。

当老师全身心地投入课堂中，课堂氛围变得融洽，学生会积极地反馈，也就会激励教师更加努力，如此形成了良性循环。

第二，教师要具备一定的专业性。教师不仅要具备比较先进的教学理念，还要在准备教学内容、准备教具、设计教学方式、开展教学等一系列的过程中，充分践行这些理念。

第三，遇到困难时，教师可以寻求帮助。有些老师认为，教师应该是至高无上的，感到无力时，他们不愿或者不好意思向同行请教，也不愿与学生沟通。我们常说不耻下问，但有多少人真正能够做到？当教师面临科学教育或相关的实验项目时，如果感觉知识匮乏，能力有限，是可以向同伴寻求帮助的，向学校申请一些资源、听一些讲座、加入相关社群和兴趣相同的人共同切磋等，都是可以的。

未来教育中，互助式学习非常重要。老师鼓励孩子们进行互助式学习，但当老师面对困难时，也可以进行互助式学习，这是比较快捷的解决问题的方式。

家长怎么配合 STEAM 教育？
权威也要学会示弱

白丁：家长们越来越重视孩子的素质教育，不再把分数看得那么重要，但是很多家长还不太理解 STEAM 教育,请您给家长们提供一些能实际操作的建议。

李艳燕:我就从个人的感悟谈一谈吧,我也是在不断摸索中去寻求适合自己的孩子和适合自己的模式。

抛开经常谈的核心素养,家长能做的其实特别简单,就是要摒弃所谓的家长权威,不要总认为孩子一定要听父母的。家长们都知道应该和孩子交朋友,但往往只是口号喊得响,在实际中做不到,因为家长总会有各种琐事缠身,工作压力大,就会产生一些负面情绪,甚至会情绪失控。

昨天晚上,看到孩子写微日记时,一个常见的字又写错了。当时我也有一些烦心事,突然就爆发了,声色俱厉,孩子的眼泪就在眼眶里打转,他说:"妈妈,你不是说过吗? 不会因为我写不对字而责备我。"我一直向他灌输的理念是我关注他的学习习惯和学习效率,不会因为他写不对字而责备他,但昨天我没遵守,打破了这样一个理念。

今天在孩子去学校的路上,我郑重地跟他说了一声"对不起"。孩子有点惊讶,问为什么。我说:"妈妈关注你的学习习惯和学习效率,但昨天妈妈因为你没写对字就发脾气,对不起。"孩子听完,明显就看出他有点高兴了。

白丁:因为他心目中的权威对他示弱了。

李艳燕:对。所以抛开所有的理念和追求,对于家长来说,最重要的是要敢于承认自己的不足和缺点。

从个人经历来说,我会对孩子说:"对不起,妈妈这方面也不足,我们一起努力。"孩子会经常问我各种问题,比如,为什么切洋葱会流眼泪? 为什么暖气管不能像电灯一样开了就来,关了就没有了? 他问的很多问题,我答不上来,但我会说:"妈妈不太清楚。"然后跟孩子一起去了解。既然普通人做不到那么完美,干脆就放低姿态和孩子一起进步。

此外,不要拿别人的孩子和自己的孩子比较,不要经常说别人家的孩子如何如何优秀。我们家长也经不起比较。大人和自己的同龄人比较时,也会觉得内心挣扎。如果从小对孩子说别的孩子怎样怎样,孩子会慢慢变得不自信,进而就会出现各种问题。

所以我经常对孩子说,不要与别的孩子比,要和之前的自己比。现在他也会说:"妈妈,我这次考试考了八十几分,比上次高了 2 分,妈妈我进步了。"虽然当时我心里认为这没有达到我的期待,但我会鼓励他:"2 分的进步也是进步。"

白丁：现在市场上有很多 STEAM 教育的相关课程，但良莠不齐，家长们不知道如何去选择适合孩子的课程。请您谈谈，我们应怎样看待 STEAM 教育？家长应该怎么配合、怎么选择这方面的课程？

李艳燕：第一，如果孩子对这方面感兴趣，或者有这方面的潜力，家长就可以为孩子寻找合适的课程，并充分配合。

家长可以先带孩子试听课程，货比三家，或者通过口碑去了解一下情况。孩子上兴趣班时，如果孩子愿意，家长最好在一旁陪着，但前提是不影响孩子正常上课。在这个过程中，就能知道孩子的进步或不足。每次课前课后，可以与孩子聊聊天，有的孩子可能拒绝讨论，一次不行，就多次尝试。

通过课前、课后跟孩子互动，知道他在课程中学到的内容，家长与孩子之间就会有一些共同话题。这对于建立良好的亲子关系，对于孩子在科学方面的成长，都有帮助。有些孩子学了课程后不会表达，通过沟通，让他回忆学过的内容，还可以训练孩子的输出能力。家长在时间有限的情况下，只能起点拨或者激励的作用。

第二，要在日常生活中，为孩子提供所需的环境，要尽可能地为孩子提供动手的机会。

STEAM 教育首先强调的就是培养孩子的动手能力。在孩子动手过程中，不要害怕孩子犯错。这说起来容易做起来难，因为错了会耽搁时间，习得感会比较弱，但还是要让孩子动手。

现在，一旦家里有需要动手组装的东西，我都会先跟孩子示弱："妈妈对这不擅长，你来做吧！"有一天，家里需要组装书柜，他马上眼前一亮，觉得像玩玩具一样，自己大展拳脚的机会到了。

家长也可以带孩子去科技馆和博物馆，并做好相关工作。有些家长愿意带孩子去科技馆、博物馆，但只是负责接送，前期没准备，后期也没交流，孩子的收获会打折扣。家长可以利用碎片化的时间和孩子交流，帮他把看到的东西串起来，慢慢你就会发现孩子对哪些方面很清楚，哪些方面不清楚，自己可以在哪些方面给孩子提供帮助。

我想，这些是常识性的东西，不会太难。每个孩子都有自己的特质和闪光点，在与孩子的聊天中你会慢慢发现他的闪光点，发现他的新想法。这时也是抛开学习成绩，对孩子进行正向鼓励的机会。

白丁：相信通过这期的直播节目，我们对 STEAM 教育和 STEM 教育是怎么样形成的、如何培养孩子好的探究习惯、如何帮助孩子形成核心素养等，都会有自己的理解，教育工作者也能从中受到很好的启发。非常感谢李教授！

（本文根据李艳燕 2018 年 4 月参加《白丁会客厅》视频直播节目的受访内容整理而成）

方海光：互联网时代的智慧学习与教育大数据

VR、AR、大数据等新技术在教育领域的应用已经不是什么新鲜事儿，我们称之为智慧教育和智慧学习。当然，技术在改变传统教学模式的同时，也给整个教育生态带来了新的机遇和新的挑战。

前沿科技帮助教育工作者解决了很多以前无法解决的难题，也在帮助学生朝着更好的方向发展。然而，北京师范大学智慧学习研究院智慧学习首席研究员方海光提出，"随着整个技术的推进，它也可能会带来一些弊端"。

智慧城市离不开智慧教育

白丁：现在，教育界对智慧教育、智慧学习这方面的研究非常火爆，而智慧教育、智慧学习都离不开智慧城市这一大环境。

作为北京师范大学智慧学习研究院智慧学习首席研究员，您对这方面一定有着丰富的研究和实践，请方教授先谈一谈智慧城市。

方海光：从进入新世纪到现在，全球范围内都特别强调智慧城市的整体建设。尤其是在城市

人物简介

方海光，首都师范大学教育技术系教授，北京师范大学智慧学习研究院智慧学习首席研究员，教育部教育信息化专家，CSAI 顾问团教育信息化首席顾问。

建设中,如何让广大民众获得更多的收益或更好的体验,是未来的一个整体导向。

对于老百姓来说,大家关心的主要话题之一就是教育。关于教育和城市,国际上有一个主流的观点是,教育可以为城市的良好运行提供一些基础性的服务。也就是说,通过全民教育、通过教育对环境的支持,能够为整个城市的各行各业提供润滑剂,使得各行各业整体运行的质量和服务的质量更高。所以,从宏观上看,教育服务对城市发展非常重要。

此外,随着城市的不断发展和居民生活质量的提高,教育的整体质量也在提高。所以,教育和城市是息息相关的。我想,未来智慧城市的发展,离不开整个智慧教育的发展。

智慧学习环境的三大支柱

白丁:大家也越来越关注社区和学校的关系。请您谈一谈智慧社区,以及智慧社区和学校之间有什么样的关系。

方海光:这也是一个特别值得关注的话题。

2015 年,我们正在做"中国智慧学习环境白皮书"的相关研究,在当时,这是国内一项非常顶尖的研究。在梳理中国过去 30 年关于教育、关于社区的政策和文献的过程中,我们发现了一些典型的规律,如与学校教育关系最密切的两大领域是社区教育与家庭教育。

当前,这两方面的重要性已经得到认可,尤其是关于家庭教育,现在有一些很主流的观点,比如,一位好父亲相当于 300 位好老师。有一项研究也说明了这个问题:决定孩子成绩的第一要素其实不是学校教育,而是家庭教育。随着社会的发展,大家都越来越重视家庭教育,很多研究也开始聚焦家庭教育。

另外,社区教育围绕人们的日常生活展开,对孩子产生潜移默化的影响。对老人、对孩子,社区教育都非常重要。

所以,家庭教育、社区教育、学校教育,这三者是息息相关的,我们称之为"智慧学习环境的三大支柱"。

通过智慧"教"达到智慧"学"

白丁:智慧教育和智慧学习,这两个概念特别容易混同,但是这两个概念所表达的并不是同样的内容。请方教授为大家解析一下智慧教育和智慧学习之间的区别。

方海光：这是两个特别容易混淆的基本概念。

首先，我们需要了解什么是"智慧"，它和传统的"智能"不是一个概念。现在很多人认为智慧教育就是智能教育，将人工智能用在教育中，但这不是我们真正希望的智慧教育。我们更关注的是，智慧教育如何给学生的学习提供便利，带来更多的智慧。

其次，到底什么是"学习"？什么是"教育"？教与学之间的关系是什么？长期以来，很多哲学家和学者都在研究什么是学习。简单来说，学习可以概括为"受到一定因素影响后，人的行为发生了改变"。比如，学会某些知识，会带来一些行为的改变。

那么，什么是智慧学习？什么是智慧教育？教学包括教与学两个方面，从教师的角度来看，这种行为是教育，教师是教育的提供者；从学生的角度来看，这种行为是学习，学生是学习者。所以，智慧教育是一方面，而智慧学习是另一方面。

当前，教育领域的主要观点是，要逐渐从关注教师的"教"转为关注学生的"学"。传统教学常常会存在这样一种现象：教师将知识传给学生，但是学生没学到，最后没有达到预期的效果。要摆脱这种现象，就需要更多地考查学生的学习效果。所以，在营造环境时，我们强调智慧教育；在教育效果方面，我们强调智慧学习。我们期待通过智慧教育达到智慧学习的效果。

智慧"教"强调为学生提供便利

白丁：在信息技术高速发展的互联网时代，请您谈一谈目前在"教"这一方面所达到的智能程度或智慧程度。

方海光：目前，在"教"这一层面，我们有能力营造不同的教学环境，强调的是这种环境怎样为学生提供便利，使他们更好地学习，取得更好的学习效果。不仅仅包括学生成绩的提高，也包括用在提高成绩上的时间的减少，还包括学生在提高成绩的过程中，让他们的感受更愉悦。

随着技术的整体推进，我们通过将技术引入课堂，从而引入教与学的过程当中，确实比以前便利了很多，以前解决不了的问题，现在也有了新的解决途径。比如，语音识别、文本分析、自动判题、自动统计等先进技术的应用，节省了大量的人力成本和物力成本。

另外，现在我们强调技术上的一些新思维。如教育大数据，是将大数据技术运用到教育中，力图通过数据的汇集和分析，看见以前教学过程中看不见的一些现象。例如，以前有两个学生都考了90分，在大家看来，这两位学生的水平是一样的。但是，现在通过教育大数据分析，可以看到这两位学生不同的学习轨迹，他们各自犯错的地方、花费的时间以及在哪里思考的时间更多，他们学习的过程是不一样的。接下来，就可以依据数据分析为学生提供精准的辅导。

随着引进的技术越来越多，对于学生的状态，我们会看得比以往更加清楚、更加全面。我们可能有更多新的办法，使得教学过程中的决策更有科学性。所以，我对这方面充满期待。

智慧"学"促进教育生态良性发展

白丁：在现代的技术条件之下，教师的幸福指数应该是越来越高的。刚才您也提到了，最前沿的研究都聚焦在智慧学习上，这是一个非常大的变化，代表我们真正的关注点开始转向学习这一方面了，这也是我们经过对未来教育的探索、对未来教育的反思所逐步达成的共识。

方教授的研究方向主要聚焦于智慧学习。什么是智慧学习呢？相信很多人对此还不太了解，请您谈一谈智慧学习。

方海光：从2016年到现在，家长们对学生的学习有了新的认识。现在，家长越来越能接受一些过去很难接受的观点。比如，现在家长已经认识到，学生在iPad上的很多行为是可以学习知识的，并且学习效果可能会更好，有一些家长就亲自体验了这样的学习过程。之前有位家长跟我说，他的孩子在家里通过远程技术就能与外国人进行对话，英语口语能力提高得非常迅速，这对以往的孩子来说，是很难做到的。

另外，很多校外机构已经逐渐用数字化手段去支持学生的学习。比如，通过网上平台，把学生在课堂上学到的东西、培训班上学到的东西和课下在家庭中要做的一些事情连在一起，构成一个整体的学习闭环。

白丁：这些课外辅导机构应用的信息技术是不是比学校应用的信息技术更前沿一些？毕竟辅导机构对成本是比较敏感的。

方海光：我们也在思考，为什么课外培训机构这么重视数字化技术的应用？当然，课外培训机构有考虑经济上的回报，但更多的是因为技术促进教育的大环境越来越成熟。社会提供的服务更多了，家长的选择余地更多了，学生的学习体验也会更多，那么，整个的教育生态就会良性发展，这是主要的。

另外，公办学校也在逐渐地迎合潮流。现在几乎任何一所学校都离不开数字化学习的概念。在5年前，可能有很多学校认为，只要有黑板和粉笔，老师就可以讲课了，不需要任何技术。但是到了今天，学校更多考虑的是怎样更好地选择适当的技术解决以前解决不了的问题。

目前，很多学校都在尝试手机、iPad进课堂，每个学生都有一个终端。以前更多的是电子白板或一体机，主要用于老师的教。当应用了平板终端、手机终端后，会带来两个潜移默化的转变。

一个转变是由老师的教逐渐转变为学生的学；另一个转变是通过课堂上教师的教课和学生自己在iPad上的学习，实现了课上课下、线上线下的混合式教学，实现了虚实空间的结合。当然，对于学校来讲，能不能用iPad还受制于很多方面，比如政府采购、整个社会的观念、平台资源等。但我相信这是一条良性发展的路，至少是向前发展的方向之一。

智慧教学应规避技术弊端

白丁：新的科技肯定有两面性，智能技术在教育上的应用，给我们带来方便的同时，可能也存在某些问题。

我也是家长，当孩子在学习上遇到一些难题的时候，他首先会通过手机百度等网上查询方式，比较快地取得答案。这对于孩子自主探究习惯的形成以及创新能力的培养，是不是有负面的作用？

方海光：随着整个技术的推进，它也可能会带来一些弊端，我们应该做的，就是要想办法规避这些弊端。比如，对于学校让学生利用平板电脑学习，如何避免学生过度沉迷其中呢？我的建议是：一堂课中，学生使用平板电脑的时间最好不要超过20分钟；也可以做一些辅助措施，如当学生与平板屏幕的距离小于20厘米时，平板就会弹出相关的警告，当学生使用时长超过规定时长时，平板也会弹出超时的警告等。

技术一般分成两种，一种是源自教育的技术，第二种是源自技术的技术。有的学生做一道题,当他不会做时,可能会通过拍照搜题,把答案抄上,这种技术就不是源自教育的技术,根本没有考虑教学过程。引导学生深度思考的技术才是良性的技术。

在推进技术的过程中,还要考虑心理、生理、认知等方面的辅助手段,但是,我们不得不承认,整个社会已经逐步在信息化、数字化,高速发展的社会离不开互联网。现在,有两大假设,一个假设是:人类做任何事情都离不开技术;另一个假设是:学习本身就是生活的一部分,生活和学习离不开技术。我们怎样去拥抱和使用技术是非常关键的。

智慧课堂拓展学生的思维空间

白丁: 方教授所在的智慧学研究院,和一些最前沿的教育科技公司有着比较紧密的合作,请您谈一谈 VR、AR 等一些新技术在智慧学习中所发挥的作用。

方海光: 现在,基本上可以把智慧课堂分成 3 种类型,第一种是以教为主,称作基础型,如大屏幕的课堂;第二种是以平板电脑和机房为主,称之为简单的智慧型;第三种是 VR、AR、STEM 等为代表的新的教学类型。

VR、AR 的教学环境是在原有环境的基础上,营造了一个虚拟三维的空间,这种智慧学习环境,我们称之为空间型的学习环境。在这样的环境中学习,学生的思维空间会进一步拓展,对于真实物体的接触又往前走了一步。所以,我相信这种智慧学习环境是未来很主流的发展方向。

当然,VR 除了成本很高之外,资源的科学性尤其重要。比如,VR 所展示的物体的各方面比例是不是准确?所以,未来在资源方面的建设才是 VR 整体发展的关键,才是未来的真正着眼点之一。当然,我们还有很长的路要走。

总之,我相信智慧课堂在原有的基础上,为学生提供了一种更好的学习环境体验。反之,智慧学习环境越来越优化,也能更好地支持智慧学习。

智慧教学支持学生的个性化学习

白丁: 我们都知道,人和人之间是不同的,学生 A 和学生 B 有着本质的区别。那么,智慧学习是不是可以为不同的学生规划不同的学习方式?

方海光: 归根结底,智慧教育也好,智慧学习也好,真正期待的是提高学生的学习体验,这也是判断智慧学习的 4 个主要原则之一。

另外,还要关注智慧教学能不能支持学生的个性化学习,也就是说,学生个体能不能朝着自己优势的方向发展、朝着自己真正要走的路线发展。每个人发展的路径都是不同的,个性化发展才是真正的走向。即使同一个班级的学生,认知水平也不一样,个体之间也存在着差异。以往,教学考虑的是整体的中间水平,有了技术手段,就可以把学生个体分开,分出每个个体的学习方式。

目前,只有数字化能够支持这种个性化学习,可以在不同学生的学习路径中,推送不同的课程和不同的测试方式。

比如,某个班级有 A 同学和 B 同学,他们的资质不同、背景不同,那么对于 A 同学来讲,可能只需要推送 5 堂课就已经足够了;对于 B 同学来讲,可能需要推送 7 堂课,或者 8 堂课才可以。因为 A 同学真正的授课时间可能只需要 20 分钟,而 B 同学可能要达到 40 分钟。这就是个体之间的差异。实际上,从另一个角度来看,也是为部分学生进行了一些学业减负。

白丁:目前有学校实现了这些技术的应用吗?

方海光:国际上有很多学校已经在尝试应用这些新技术了,国内的很多学校也在尝试。但整体来说,完全支持学生的个性化学习的技术应用,目前还没有真正地完全实现。如今的新技术发展得如此迅猛,我相信在不久的将来,一定会出现全面应用这些新技术的学校。

大数据发掘智慧教育的新价值

白丁:教育大数据是目前比较热的话题,也就是数据和教育的一种结合,您认为教育大数据对智慧学习有哪些支撑呢?

方海光:的确,现在很多做互联网教育的企业,如果不提公司与教育大数据相关,似乎都有点不太好意思。好像没数据,自己的产品就拿不出手一样。所以,这是一个整体趋势。

教育大数据从最初的学术研究逐渐落地,慢慢地渗透到我们的日常生活中。对家长来说,他们不需要特别地考虑背后的技术因素,但至少能够认识到这是一种新的方式,认识到要按照和以往不同的思考方式去解决以往解决不了的问题。

关于教育大数据,首先需要注意的是,数据不是数字,数据是承载信息的载体;其次,教育领域的相关数据过大,以至于不能用传统的方法去处理它们。通常会有以下两种理解,第一种理解,教育领域中的数据大了;第二种理解,大数据技术应用于教育领域。这两种理解的取向完全不同。

当然,学生运动的数据、出生的数据或者其他领域的相关数据,也可能会用在教育中。在应用的过程中,更多的是考虑如何解决现在的问题。也就是说,能否解决教育中的问题才是关键。这就相当于我们把教育领域的数据放大了。比如,以往我们可能不会考虑学生出生的信息。

前面提到的两种理解中,把大数据技术放到教育中应用,这不是我们特别倡导的,因为这样可能只是简单地将一些技术叠加到教育中。我们更倡导的是,让教育领域中的原有数据产生价值,甚至应用其他领域的数据从而产生新的价值。

所以关于教育大数据,我们更强调的是数据在教育领域中能不能带来价值,能不能带来额外价值;能不能发现以往发现不了的问题,能不能解决以往解决不了的问题。

从这个角度来说,数据量达到什么程度不是关键,关键是产生了哪些新的价值,发现了哪些新的问题。比如,一所学校原本只有学生的基本数据,到了现在,就会把学生在运动课或者运动会中的相关数据叠加到以往学习的成绩上,就会发现一些新的关系,像一些体质比较好的学生,思维可能会更敏捷。这就会带来一些新的价值,对学生会有新的认识,对学校也会有一些新的建议。所以,数据量大小不重要,数据只要齐全,有价值就可以。教育大数据真正关心的是能不能产生价值。

一般认为,随着技术的进步,学校中会有不同的场景,学习的场景、生活的场景、运动的场景,甚至包括学生成长的场景,而这些场景能否通过教育大数据叠加在一起,相互产生新的价值? 这就是教育大数据的关键。

所以,对于学校场景来讲,教育大数据的价值是能够产生跨场域的新价值。技术不进入课堂,是失败的,因为课堂场景是最复杂、最难进入的。对于课堂场景来讲,教育大数据要实现什么样的价值? 就是要实现每个学生都有一整套自己的数据,在学生学习的过程中逐步完善这套数据。学生通过这种数据,可以构成一个循环。

通过学习,学生学到了一个什么样的程度? 下一阶段要达到什么程度? 达到的程度是否合格? 是否能够再进行下一个阶段的学习? 所以,对于学生来讲,教育大数据逐渐形成了一个学习反馈,而这种反馈是一个闭环的反馈。这就是教育大数据对于课堂的价值。

另外,在没有大数据之前,观察课堂时,可以用数字化方法进行交互分析。现在,通过教育大数据,能够把很多应用贯通在一起,可以考虑教材设计是否和课程设计一致,课程设计是否和课堂表现一致。如果通过教育大数据把这三者连在一起,就是整个教育方式的贯通,意义会更大,也会更难。

总体来说,教育大数据在学校场景、课堂场景、教材场景等方面都实现了新的价值,这也是教育大数据真正的魅力所在。期待教育大数据的研究和应用更加具体,能解决更多的问题。

大数据将智慧学和智慧教融为一体

白丁: 您所分享的教育大数据,主要跟智慧教育相关。那么,教育大数据对于智慧学习来说,它的价值有哪些呢?

方海光: 现在的课堂,我们称之为"双主课堂",以教师为主导,以学生为主体。也就是说,在课堂中,教师不能完全丧失管控。如果完全由学生自己学习,那就类似于在家学习。对于课堂,我们寻求的是一种平衡。

当前,这种平衡实际上更多的是以教师的"教"为主导,所以其中有很强的智慧教育的成分。对于智慧学习来说,当前我们有一些新的教学方式,很多教师也在尝试一些新的教学方法。

如翻转课堂,在上课前,学生可能已经在家提前学完了一部分内容,可以在课上进行知识消化、小组讨论。现在,甚至可以在课堂上进行一个小的翻转,拿出一堂课的 10~20 分钟,让学生自己学习,之后通过评测来检测学习效果,就可以发现学生还没有解决的一些问题,教师再根据这些数据,进行智慧教学。在此过程中,问题反馈是关键。教育大数据能够把学和教融合到一起,这就是它的价值所在。

白丁: 学生是教育大数据的主要来源,也是最大的受益者。但是,整个教育大数据的应用,更多的还是在学校和老师层面,还有一些提供教学服务的教育机构。

方海光: 是的,学生是这些数据采集的来源,但根据这些数据如何判断、如何决策、如何进行下一步的相关服务和支持才是关键。

白丁：随着信息技术的发展，很多载体都可以采集数据，如应用手环、二维码等。一般来说，学生在校外的时间会更长一些，也会产生大量的、对智慧学习有重要价值的数据。在您的研究和实验过程当中，有没有关注到校外的领域？

方海光：这也是我们正在研究的内容。先说一下我们的基本假设：More technology，more data，技术越多，数据越多。也就是说，无论是校内还是校外，技术环境是获取数据的关键。

比如，有些学生在课堂上学习的内容，已经自己在课下学过了，那么，怎样将其在课下已学过的内容反馈到课堂中？其实，可以将课内外的数据统一到一起，然后对其进行分辨。以往，课外培训的内容是单独的一套体系，试图往课堂上去靠，但靠不进来，课内的教学也不关心课外培训的内容，所以这两者是分开的。

现在，我们越来越希望这两者变成一体。从技术角度来讲，我们采用共同的标准；从架构角度来讲，课外学习的内容存到课外的系统中，课内学习的内容存到课内的系统中，有个中立的系统，我们简单称之为"校本教育大数据平台"，将学生在课外通过平板电脑、电视、手机、物联网等渠道学习的内容汇集到这个系统中，课内的学习内容也汇集到这个系统中。然后，系统分析的结果就能给学校的老师、校长提供一些建议，也会给培训机构提供一些建议。这是一项比较良性的设计，但是在实际落地过程中还会有很多困难。

未来学校边界淡化，智慧化手段支撑学习

白丁：2017 年 10 月，教育部学校规划建设发展中心对外公开发布了未来学校研究与实验计划，您也承担了相关条目的撰写工作。请您谈谈未来的中小学、未来的幼儿园会是什么样的。

方海光：这是一个很好的话题，也是一个很难的话题。

第一，未来学校的边界会逐渐淡化。当前，除了关注智慧学习方面的发展，大家也都在关注未来学校的发展趋势。诸多研究发现，未来学校的边界在逐渐淡化，学校和社区都将是学习环境的一部分，当学校界限淡化后，学校可能会成为社区的一部分，社区也可能成为学校的一部分，家庭也是如此。

第二，智慧化手段支持学生的学习，使得课堂在逐渐泛化。当学校界限发生变化时，很多地方都具备了学习的功能，比如，博物馆、动物园、电影院、图书馆都会成为学习的场所，这种学习场所又逐渐和传统的课堂融在一起，课堂在逐渐

泛化。

第三,学校将变成大范围的学校。现在的"走班制",已经使得学生对于班级的归属感越来越弱,那么未来的趋势到底是什么?未来学校的形态到底是什么?我想,未来的学生可能不清楚自己到底有几个班,不清楚同学包括哪些人,甚至全校的学生都可能是他的同学。未来学校在概念上会逐渐缩小,逐渐变成一个班级,但实际上,未来学校没有界限,会变得社会化。

综合这三大趋势,在未来,我们强调的不一定是学校,也不一定是班级,而是强调未来的学习空间。这个空间在物理上,可能就是现在的一个会议室或图书馆,也可能是野外,还可能是我们倡导的大平台。对于学校的管理者、教师来说,他们的很多职能也会发生转变,教师和校长更多的要考虑如何为学生提供更精准的服务和诊断。

白丁:除了诊断,教师在教育设计方面是不是会变得更重要?

方海光:是的。教师要提供各种个性化服务,就不得不去关注国际化的走向。当学习的整个系统都采用了互联网、物联网、区块链、大数据等支持方式时,学校的界限在淡化,国界也在淡化,同班同学可能来自全世界。所以教师未来的挑战,一方面是如何使数字时代的网络"原住民"更好地应用这些技术;另一方面,就是如何拓宽学生的国际化视野。

白丁:今天非常有幸,能够听到方教授给大家分享的最前沿的研究和实验。然而,我们的教育发展毕竟不够均衡,最新技术的应用也不够全面。所以未来的路,可能还是一个比较长的过程。

目前,诸多的教育学者、社会的教育机构正在积极地投入一些相关的研究和实验中去;很多的家长、学校、校长、老师,也敢于突破传统,做出一些新的尝试,所以我相信,我们的教育一定能更好地往前发展。

(本文根据方海光 2018 年 5 月参加《白丁会客厅》视频直播节目的受访内容整理而成)

刘林：破解这三大教育
难题，还要这么干

近期，教育领域不断涌现出的热点、难点，成为全社会共同关注的话题。产教融合如何落实？中小学课外辅导热如何抑制？学前教育的诸多难题如何解决？北京城市学院校长刘林针对这三大教育难题，结合北京城市学院多年来的成功实践，逐一作出了深入解读，并提出了专业性的指导建议。

人物简介

刘林，国务院政府特殊津贴专家，全国政协委员，全国青联常委，北京城市学院校长。

落实产教融合，关键在机制

白丁： 前段时间，国务院出台了《关于深化产教融合的若干意见》，产教融合问题被确定为国家战略，这也是近期教育领域的一大热点。请您结合该文件出台的背景，谈谈高等教育应如何落实产教融合，更好地提升人才培养的质量？

刘林： 文件的出台正逢其时，体现在两个方面。第一，我们国家的发展进入新时代，整个中国的社会发展和经济发展都在转型，这对高等教育，包括应用型本科院校、研究型本科院校和职业院校提出了新的时代要求，而新要求很大程度上来自产业界、来自社会。所以，强调产教融合，是高等教育进一步适应新时代、新要求、新发展的一个重要战略举措。

第二，我国高等教育自身正在进行新一轮的调整和深化改革，重要措施之一就是院校的分类发展。2010年，国家通过了《国家中长期教育改革和发展规划纲要（2010—2020年）》，分类发展被提上日程，这也是高等教育从速度发展转为质量发展的新要求。高校要根据产业界和社会的新需求，找到自己的定位，实行分类发展，推进改革，从而使高等教育在整体上适应社会发展的大趋势，每所院校都能得到充分发展，为社会做出更大贡献。这也是高校自身发展的一个必然选择。

这份文件有很多亮点，其中给我印象最深的是，在新一轮的产教融合中，要推进融合机制建立的积累。

产教融合不是一个新的理念，从高等院校的建立和发展，到提出高校要走出校园、面向社会办学，现代大学就是建立在产教融合与社会融合的基础上的。

但是，怎样才能让产教融合更好地落地？无论是中国的高等院校，还是国外的高等学校，都经过了相当长时间的探索，积累了很多经验，也同样面临新的挑战。在推动新一轮产教融合的过程中，要根据产业的新需求和产业自身发展的新规律，找到高校与产业发展之间的结合点，围绕结合点，建立融合机制。所以，怎么落实产教融合，关键在机制。

白丁：机制的制定和出台，主导的还是国家层面、政府层面。

刘林：我认为机制建设要注重从两个层面发力。一是政府层面如何促进产教融合。产教融合是具体的院校、具体的行业组织和具体的企业之间的融合。如何促进这一融合，需要从国家层面出台对应的机制，比如，在财政、税收方面采取一些能够促进产教融合的手段，在实习生制度、灵活用工上，采取新的发展机制。

二是融合机制的建设应该由学校层面和产业组织根据双方的意愿和需求进行探索。"鞋是否合适，只有脚知道"，还要靠他们自己去寻找、去磨合，最后才能找到合适的院校或企业，达到理想的融合状态。

现在，各学校都在做各方面的探索。目前来看，探索中最重要的是建立双方合作的利益机制，也就是说，必须照顾到双方的利益关系，这种利益不仅仅是经济利益，也包括其他各方面的需求，如在对接需求的基础上，找到促进双方合作的办法。

白丁：各级地方政府怎样才能在产教融合机制的建设方面发挥更积极、更主动的作用？

刘林：各级地方政府在产教融合方面能够大有作为，也需要更有作为。十九大报告中，再次将教育放到优先发展的位置，这里的优先发展和前一轮的优先发展是不一样的。

这一轮的优先发展中，很重要的一个方面是推动产教融合。换句话说，是在新的产教融合背景下的优先发展。因此，从地方的整体规划，到具体政策的实施，地方政府都应把产教融合纳入其中。高等教育和职业教育，包括部分基础教育的课程，都应考虑产教融合。从产教融合的角度，去思考相关问题，自然就会找到措施。

地方政府要在出发点上找准位置，出台政策，制定办法。以产教融合为主线，优先发展教育。从某种意义上讲，这也会给区域发展带来重大机遇。

找准产教融合着力点，向下看和往外看

白丁：您所在的北京城市学院是中国民办高校的典范，应用型教育做得非常有特色。您曾多次代表国内高校，与德国以及其他一些发达国家的高等院校进行交流，也曾随国家领导人出访。请您结合做校长的经历以及北京城市学院的发展过程，谈谈产教融合应该怎样落到实处。

刘林：做校长，我认为一定要有一双"慧眼"，更重要的是这双"慧眼"要看向哪里。从产教融合方面来说，首先眼光要向下，主动关注社会基层部门的需求，要看到职业院校、应用型院校是以服务一线生产管理、满足一线人才需求为主要定位的。

看到了需求所在，就要积极与学校的定位相联系，"找"出自身能办的，找到结合点。北京城市学院的大部分专业，都与北京这座城市的需求息息相关，而且与北京城市的发展时时同步。例如，经过多年探索，中央批准了北京城市发展的新定位，即全国政治中心、文化中心、科技创新中心和国际交往中心，北京城市学院如何在服务北京四个中心定位的过程中找到自己的位置？

在北京的四个中心定位中，首先是政治中心。作为首都，要求北京必须有安

全稳定和谐的社会环境。所以，我们找到了一个服务"点"，培养信访与社会矛盾调处专业的硕士研究生。这一专业创新，不仅在北京信访系统深受欢迎，而且在全国产生了强烈反响，受到了国务院领导的表扬。

第二个中心是文化中心。北京作为历史文化名城，非物质文化遗产众多，但是在本科、硕士层次非遗专业类人才长期空白，我校在这个领域迅速发展，建筑人才高地。

第三个中心是科技创新中心。我校开设了 3D 打印、大数据、机器人、新能源汽车等方面的专业，满足高精尖产业的发展。

第四个中心是国际交往中心。我校培养英语、日语、德语、法语、西班牙语、葡萄牙语、韩语等多语种与金融、商务、贸易、管理、传播等多专业的复合型人才。

所以，只要有"心"，就能在城市的发展中，特别是在满足基层的需求中，找到着力点。

另外，眼光要往外看，要找榜样、找路子。在国际交流方面，这些年来，我校和德国、英国、加拿大、美国等应用型教育较发达的国家的学校建立联系，一方面开拓我们的眼界，了解国际上应用型教育最新的教育理念，另一方面引进优质资源，迅速提升各个专业建设的国际标准。

所以，通过眼睛向下，找到市场的需求，通过眼睛向外，提高优质发展的能力，这两点共同推动学校的发展。

白丁：向下看和往外看，这两者并不矛盾。

刘林：对，向下也可以看得深远。我一直有一个观点，中国的高等教育是一棵大树，相当一部分高校特别是理论性的学科型高校，就像一棵大树的树冠一样；而应用型院校是树根，要向基层扎根，扎得越深越好。

开门办学，积极参与社会发展

白丁：您是第十三届全国政协委员、十八大代表，还曾多年担任北京市人大代表，积极参与社会活动。作为大学校长，关注社会和国家发展，对您的本职工作带来哪些促进作用？

刘林：举个例子，北京这几年强调疏解非首都核心功能。北京城市学院被市委、市政府列为高校疏解的典范。为什么将我校作为典范？第一，我校疏解得最早。第二,我校疏解的人数最多。第三,我校疏解的速度最快。第四,我校疏解得最彻底。

之所以作出重大的疏解决策,与我做代表、做委员的工作密切相关。这些工作使我开阔了眼界,了解到政策的走向和发展趋势,因此能更好地从战略上把握学校的发展方向。

白丁: 很多时候,我们关心身边、关心国家、关心社会,反过来就是真正地关注我们自己,也一定能够惠及我们自己。

另外,从教育的本质上来讲,尤其是高等教育,它本身就是为所在区域的政治、经济、文化包括产业服务的。所以,在产教融合的大国家战略的背景之下,更要求大学校长不能再沿用传统的教学理念,关起门来搞教育。

刘林: 对,我非常赞同您的观点。实际上,作为学校的校长,应该是"三家":政治家、教育家、科学家。现在更注重校长是一名政治家和教育家。从这个角度来讲,校长绝不是坐在校园、坐在办公室就能成为一个办学的政治家和教育家的,更多的应该是积极地参与到社会、参与到发展当中,办好自己的学校、履行好当校长的职责。

学校本身也是一个富有社会责任的机构。那么,作为校长,首先要了解社会,知道社会需要你为它做什么。所以,校长应开门办学,积极参与到社会发展中,了解社会需求,办好学校,履行好校长的职责。

产业快速升级迭代,没有
围墙的大学终会出现

白丁: 国家进入新时代,科技孕育新未来。在产业快速迭代和升级的大背景之下,会有很多新的工种出现。请您谈谈这将对高等教育带来哪些影响?

刘林: 未来对高等教育影响最大的力量是科技变革,特别是以信息技术为代表的科技革命的到来。从内容到形态,这场革命对高等教育都将产生很大的影响。

第一,学科和专业方面。社会职业会发生变迁,一部分职业消失,一部分新的专业涌现,这就要求高校调整学科和专业结构。

第二,课程方面。岗位的职责会从操作性转入脑力型。岗位的内容变了,对技能的要求也会发生变化,这就要求学校改革相应的课程。

第三,教育思想、教育理念方面。科技革命会对社会伦理和社会观念带来冲击,也会带来教育思想、教育理念的转变。

第四,学校形态方面。我认为,未来的学校和今天的学校会有极大的不同。科技革命带来的冲击是深刻而广泛的。在知识共享的时代,每个人都可能是知识的生产者和传播者,又是知识的接受者。这种角色的变化对社会带来的影响值得深入研究。我们不能置身以外,要参与其中。早晚有一天,会出现真正的没有围墙的大学,出现可以将所有资源面向全社会共享的大学。

治理课外辅导热,要从三大抓手努力

白丁: 最近,我们教育领域又一热点问题,是由教育部牵头,对全国的中小学课外辅导机构进行大规模的整治。那么,请刘校长分析一下整治的背景是什么? 如何抑制课外辅导热呢?

刘林: 当前,课外辅导加重中小学生负担问题已经从教育领域的问题转变为关系民生的社会问题。网上有大量的帖子都提到孩子不堪课业重负、一些家庭将相当高比例的收入投入课外补习班中等现象。

我曾在中关村医院亲耳听到这样的对话,一位老太太对医生说:"要少开自费的药,省下钱,给孙子报辅导班。"医生说:"我现在一半多的收入也贡献给了课外辅导班。"老人为了下一代的教育,不仅省吃俭用,连救命治病的钱都要省。

还有一次,一位送孩子上辅导班的家长跟我说,他看到一位穿着清洁工制服的阿姨在前台为孩子咨询上数学辅导班的事情。原来上辅导班的孩子主要来自一些收入较高的家庭,现在越来越多的人,包括一些工作非常累但收入很低的家庭,都被裹挟其中,用菲薄的工资供应孩子上学。虽然公办中小学学费免了,问题是免费的教育并没有让家长放心、安心,课外补习已经演变成一个复杂而敏感的社会问题。

现在确实到了反思、规范和治理的时候,有必要出台一些相关政策。多年来,治理课外辅导班几起几落,的确是一个很大、很普遍的难题。个人认为可以从以下几个方面努力。

第一,要研究非教育部门注册的校外辅导机构的管理和发展是否有问题。此前,我做了一些调研,发现一些大的辅导机构,多数已经在教育部门办理了办学许可证,并在工商部门完成了法人注册。相信这批机构中的大多数已经认识到了问题性质的转变,能够理解近期的政策,配合政府做好相关工作。

所以,那些没有完成注册的机构应成为管理和规范的重点,这些机构的数量非常大,规范的成本也非常高。出台的文件也提到了这些问题,让没有办证的机构去办证。要让所有从事课外辅导的机构都被纳入正常的轨道中。

第二,要从教育内部去反思这个问题。解决很多人提到的"课内不教全,课外收费教"的问题,需要基础教育部门和各个学校下很多功夫,特别是要运用督导、评估、评价等手段,使中小学把该教的内容都教了,还要教到位,这样学生就不需要到社会上去补课,从而使市场进一步压缩,使校外辅导机构能够和课堂教学进行相应的配合。

第三,要探讨出现这种情况的原因。为了获取优质的教育资源,为了进入优质的中小学或者高校,学生必须要通过学业竞争考试或者其他变相的考试,依然是千军万马过独木桥。总体来看,考试的指挥棒发挥了关键的助推校外辅导热的作用。只有考试制度的改革到位了,指挥棒发挥正确的引导作用,也会对抑制课外辅导热发挥积极作用。

消除课外辅导热,应加大优质资源供给

白丁: 全国范围内已经陆续开始了高考制度改革与中考制度改革。在您看来,新一轮的高考改革、中考改革是否能缓解课外辅导热这一问题?

刘林: 我认为会有一些缓解作用,但不会起到根本性作用。总体来看,现在的高考、中考改革方案更多是在传统基础上进行的一些渐进式改革。个人期待改革力度更大一些,更重要的是,要加大优质资源的供给。

另外,我们国家还要从教育大国发展到教育强国,才能从根本上缓解大家对优质资源的焦虑,才能逐步消除课外辅导和学生课业负担重的问题。

白丁: 我们中国人越来越富有,对物质的消费也越来越理性,但对优质教育资源的追求却愈来愈热。作为一名教育家,您如何看待家长在优质教育资源不均衡背景下的焦虑情绪?

刘林: 十九大报告指出,我们社会的主要矛盾已经转化为人民日益增长的美好生活需要和不平衡不充分的发展之间的矛盾。教育领域也是这样的问题,

大家对更优质、更多样的教育的需求越来越强烈。我们应该更积极、更正面地看待这种需求，应该把这种需求转化成教育工作者的责任。

从供给方角度讲，我们做得还不够，没有满足大家的需要，应该更努力地创造更优质的教育资源。民办学校可能要在这场教育改革中担当更积极的角色，发挥更积极的作用。民办教育要运用自己的独特优势，特别是体制机制方面的灵活优势，一方面，向更优质的方向发展，另一方面，提供更多样的教育产品和教育服务，满足大众的需求。

所以，我认为教育领域主要矛盾的变化，对整个民办学校来讲，是一个可以大有作为的新机遇。

理性判断课外辅导热，确定质和量的标准

白丁：家长选择课外辅导机构，实际上也是一种对教育的外包消费。中国的家长更多是把教育看作是学校的事情，当家长认为学校提供的教育不能保质保量，不能满足自己的心理期待，就会选择课外辅导的机构。从某种意义上讲，家庭教育应该承担的责任的比重可能是存在疑问的，是否可以这样理解？

刘林：这里有一些前提——对量和质的界定，怎样才算保证质和量，家长认为在哪方面没保质，哪方面没保量，判断的依据是什么。比如，在攀比状态下，家长的判断可能就会出现问题。

这里有两点。第一，有些学生和家长认为，课堂上学的东西，在选拔考试中不够用。一些很好的学校的学生也去补习。有些家长认为，老师在课堂上把该讲的知识点都讲了，但考试超越了学校所讲知识的难度系数，另外，考试需要灵活运用知识，总之家长认为老师没讲到位。由于教学内容、教学中教给学生的能力和方法与考试之间的错位，导致家长认为质和量都尚不到位。

第二，真的质和量都尚不到位吗？我看未必。前面提到的第一个问题在一些地方可能是存在的，但不是所有地方都存在，更多的是源于家长对孩子未来的担心，担心不够质、不够量，担心自己的孩子跟不上未来的发展。

把质和量的标准确定下来，就可以知道学校应做什么，家长应做什么。在这一轮的改革中，一定要关注这个问题，否则难以解决家长心中的焦虑。

白丁：家长的焦虑在很大程度上与考试分数、与选拔标准相关。您作为大

学校长,在新入学的大学生中,喜欢什么样的学生?根据您的观察,什么样的学生在大学四年期间以及毕业后,能有更多的收获和成长?

刘林:根据我个人的教育理念,"适合教育"是第一位的,我们应当因材施教,根据每个学生的不同特点,提供适合他的教育。从这个角度讲,我没有特别喜欢和不喜欢的学生,这也应该是高等院校的校长和教师应该有的理念。我们要把有不同特点的孩子培养成才,让每个人的人生都有出彩的机会。这也是我们一直在做的,城市学院一直追求四个理念——适合教育、有效教育、实用教育、全人教育。

关于第二个问题,我认为在应用型院校中,学习能力和动手能力强的孩子会成长很快。另外,情商比较高的孩子更能在社会上取得成功。所以应用型院校应该注重对所有学生学习能力和社会适应能力的培养。

白丁:很显然,目前的课外辅导机构大多还是以考试作为指挥棒,再进行一些相关培养,这和您提到的情商离得还很远。

刘林:他们走的是以应试教育为主的模式。所以,家长应该更客观、更理性地去判断课外辅导热的问题。

多角度开发幼儿园资源,激发社会活力

白丁:近几年来,学前教育越来越被重视,这也是教育工作者经常谈到的热点和难点问题。北京城市学院有开设学前教育师资培养的相关专业,也承担了一些普惠性幼儿园的开发建设工作。您认为,学前教育对人一生的发展,会有什么作用?目前在学前教育和早期教育中,有哪些值得关注的问题?

刘林:我的孩子刚刚上小学,所以不久之前我也是幼儿园孩子的家长。当时孩子就在我们小区幼儿园,我有时亲自去参加活动,对学前教育有着直接的体验。

中国有句古话叫"三岁看老"。由这句话就足以看出学前教育、早期教育对人的重要性。在孩子上幼儿园时,由于时间上相对灵活,所以家人也多次带孩子去国外参加当地学前教育机构组织的亲子营、夏令营、冬令营、春季营等短时段体验活动,假期时我去"探营",发现国外特别是美国、加拿大、英国等这些发达国家,对学前教育重视程度不亚于中国人。

现阶段,我认为学前教育领域有两个问题值得特别关注。

第一，政府部门对早期教育(0～3 岁)的重视度不够，管理也不到位，导致早教市场比较乱，这里的乱不仅体现在办早教的主体多而杂，还体现在多数早教产品的服务科学性较差，没有章法，不符合婴幼儿的成长规律。

有的机构为了招揽生源，提出"不能输在起跑线上"，对孩子进行知识教育的起跑线已经提前到出生的那一天。有些家长受到这种思想鼓动，在孩子出生时就天天给孩子念英文，营造英语环境。虽然不是没有一点儿作用，但可能只会起到事倍功半的效果。

所以，我们应该思考怎样做才更科学，才能让孩子真正健康成长。国家要加强对早期教育规律的研究和早期教育的规范管理。

第二，在学前教育领域，目前最大的问题是供给不足。很多地区出现了学前教育学位紧张的问题，加上 2017 年发生的一些幼儿园极端事件，使学前教育成为全社会关注的焦点。

为了解决学前教育的问题，我曾到我国香港、台湾地区和国外一些地方做调研。调研后发现，很多幼儿园，总体上规模还是偏大，一些政府官员、办园者还是规模化办学、办大园的思想。实际上从很多发达国家和地区的经验来看，可以有灵活多样的办园形式。在时段上，有半日制、全日制的学前教育，还有利用业余时间的周末园；在场地上，将社区的一些公共活动区域作为学生的活动场所的幼儿园也很多。

所以，应该多角度地开发幼儿园的资源，对不同类型的幼儿园制定合理的管理和评估办法，使不同类型的幼儿园在规范的基础上得到健康发展。在学前教育领域中，最重要的是激发社会活力，调动各方办园的积极性，办出让家长满意的幼儿园。

办普惠性幼儿园，从最紧张的资源着手

白丁：国家在大力建设普惠性幼儿园，您认为应如何促进幼儿园的发展？

刘林：总体来说，普惠性的民办幼儿园目前占比还是不大，各地也不均衡，有的地方占比高一些，有的地方占比低一些。引导一些有特色、高收费的民办幼儿园，变成普惠园，这是政策的着力点之一。

现在看来，普惠园的问题在于政策的吸引力不够，那些办园者认为与其办普惠园，不如办高价园。所以，要在补贴标准和支持手段上更多地想办法。

另外，政府提供的场地，比如，小区里的场地，可以建公办幼儿园，也可以建

民办幼儿园,但如果建民办幼儿园,必须办普惠性幼儿园。从最紧张的资源着手,引导和支持幼儿园的发展。这也是推动普惠园发展的一个重要的措施。

培养幼教队伍,要兼顾这两大方面

白丁：提升学前教育质量,还有一个重要因素,就是师资。近期发生的一些幼儿园极端现象都与师资相关,如红黄蓝幼儿园虐童事件。作为一名大学校长,您认为应该怎样解决学前教育师资发展的问题?

刘林：我认为,应从两方面入手。

第一,提高学前教育质量,首先要提高幼儿园教师的待遇。如果这个问题不解决,即便高等院校培养再多的相关人才,他们也不一定全部去从事学前教育,就会造成专业人才流失。中小学教师的现行规定是待遇不低于当地的公务员的工资水平,学前教育领域也应该有相关规定。

第二,师资培养的质量问题。现在各地都缺老师,幼儿园老师非常抢手,很多地方教委与我校签协议,实行订单制培养,由教委提供学费,由我校来培养人才。

但是,我觉得对这个问题要理性看待：幼儿园需要两部分人,一部分是承担保育职能的人,一部分是承担学前教育职能的老师。所以,对这两部分人的培养,应该建立不同的体系,采取不同的措施,并且要制定标准进行评价和评估。

如果没有将教师培养好,学前教育的质量就得不到根本的保证。所以,对学前教育的师资培养,应数量和质量并重,对两支队伍应采取不同的培养路径和培养方法,要因人制宜,制订相应的培养方案。

白丁：如果没有过硬、稳定的学前教育的师资队伍,学前教育质量就会出现问题,也就意味着整个的小学、初中、高中阶段必然也会出问题,那么,无论是为研究型大学还是应试型大学输送的生源可能也会存在问题。所以,师资队伍的培养很重要。

非常感谢刘校长,对整个教育领域作出了全链条式的分享,也对当前教育中出现的一些热点问题、难点问题,提出了专业的评价和建议。

(本文根据刘林2018年3月参加《白丁会客厅》视频直播节目的受访内容整理而成)